AF175393

Gustav Gerbachers Hütte

Henri du Mont-Tonnerre

Gustav Gerbachers Hütte

Roman

BoD – Books on Demand

**Bibliografische Information
der Deutschen Nationalbibliothek:**

Die Deutsche Nationalbibliothek verzeichnet diese Publikation in
der Deutschen Nationalbibliografie; detaillierte bibliografische
Daten sind im Internet über www.dnb.de abrufbar.

Coverbild:
Foto © Henri du Mont-Tonnerre (2006)

© 2018 Henri du Mont-Tonnerre
Herstellung und Verlag: BoD – Books on Demand, Norderstedt.

ISBN: 9783752877793

Without going out of my door
I can know all things of earth
Without looking out of my window
I could know the ways of heaven
The farther one travels
The less one knows
The less one really knows

George Harrison
The Inner Light (1968)

1. Die richtige Linie

Gustav hatte die quälenden, mit Schmerzlust versüßten Diskussionen über die »richtige Linie« in Erinnerung behalten, die damals in seiner Studentengruppe geführt wurden. Wenn die »richtige Linie« festgelegt war, schien man die unaufhaltsame Weltrevolution wieder ein Stückchen vorangebracht zu haben. Jeder, der die Weisheit dieser Strategie nicht einsehen wollte, wurde zum Renegaten erklärt. Einem solchen drohte Verachtung, im äußersten Falle Ausschluss aus der revolutionären Avantgarde. »Was würdet Ihr mit so einem Scheiß-Liberalen wie mir anstellen, wenn Ihr an der Macht wärt?« pflegte Gustav zu fragen, wenn ihm die geforderte Linientreue suspekt erschien. Ein gönnerhaftes, verlegenes Grinsen war die Antwort, keine verbale Aussage. Wie diese lauten würde, glaubte Gustav zu wissen. Wer sich Lenin, Stalin und Mao zum Lehrmeister nahm, um nur die namhaftesten Autoren zu nennen, deren Schriften man studierte, wusste nur zu gut, wie mit Renegaten zu verfahren sei. Um der großen Sache willen mussten alle Hindernisse, die im Wege standen, beseitigt werden, unerbittlich und ohne Ausnahme. Diese Strategie wurde auf der Puppenbühne der Studentenbewegung vorgespielt, ohne je die Chance zu bekommen, ihre Stringenz im siegreichen Klassenkampf beweisen zu müssen. Gott sei Dank, dachte Gustav.

Jahrzehnte später musste er sich besonders an dieses Schauspiel seiner Studentenzeit zurückerinnern, auch wenn sie ihm Faszinierenderes als marxistisch inspirierten Agitprop beschert hatte. Diese Form politischen Handelns kam ihm neuerdings wieder aktuell vor. Heute schienen die politischen Vorzeichen zwar vertauscht zu sein, der totalitäre Mechanismus aber war derselbe. Jetzt hatten die »Gutmenschen« das Sagen, jene Leute in Politik, Medien und gesellschaftlichen Einrichtungen, die von ihrer richtigen Linie überzeugt waren und alle Abweichler brandmarkten. Was wurde nun als Schandmal eingebrannt? Nicht »Renegat«, »Konterrevolutionär« oder »Klassenfeind«, sondern »Nationalist«, »Rassist« oder »Nazi«. Der gutmenschliche Hass war beachtlich und erschreckend zugleich.

Gustav konnte ihn einmal direkt bei einer »rechtspopulistischen« Demonstration beobachten, die ordnungsgemäß angemeldet war. Die Polizei hatte den Platz der

Kundgebung hermetisch abgeriegelt: außen eine Kette mit Polizisten, dann ein Absperrgitter und innen eine Art Wagenburg mit Polizeifhrzeugen. Der Zugang zur Kundgebung war versperrt, wer dennoch dorthin wollte, musste sich durch die dichtgedrängte Schar von Gegendemonstranten zur Polizeikette vordrängen und wurde dann nach Befragung durch Polizisten durchgelassen. Ohne diese rigorose Abriegelung hätten »Antifaschisten« die Demonstrationsteilnehmer niedergemacht. So viele hassverzerrte Gesichter, so giftiges Gebrüll, soviel blindwütige Selbstgerechtigkeit auf einem Haufen hatte Gustav lange nicht mehr erlebt. Er registrierte die Schlachtordnung der Gegendemonstranten: Im Hintergrund spielte eine Band auf kleiner Bühne, daneben ein Mikrofon für Redner, die für die gute Sache eintraten, allen voran der Bürgermeister, dann viel Raum für die Gegendemonstranten, die sich stolz »querstellten« und von Kommunalpolitik, Gewerkschaften und Kirchen dazu aufgefordert worden waren. Die Speerspitze der Bewegung aber bildete die »Antifa«, die in ihrem Furor von den Ordnungshütern zurückgehalten werden musste.

Das Erlebnis hatte sich in Gustavs Gedächtnis eingebrannt und mit alten Erinnerungsspuren verbunden. Sah die »richtige Linie« auf der großen Bühne heute so aus? Und was hatte das mit dem Land zu tun, in dem er lebte? War das Deutschsein schuld an diesem Hass und Vernichtungsdrang, die ja nur aus einer totalitären Gesinnung erwachsen können? Er hatte sich eine Formel zurechtgelegt, die grob war, aber der groben Wirklichkeit angemessen, wie er fand. Sie lautete: Ein Land (um nicht zu sagen: ein Volk), das einen Luther, Marx und Hitler (auch wenn der gebürtiger Österreicher war) hervorgebracht und damit weltverändernde Revolutionen ausgelöst hat, leidet an einer schweren Hypothek. Es ist die Hypothek des totalitären Denkens und Handelns, welche besonders dort gedeihen, wo Harmonie und Gemütlichkeit als hohe Tugenden, ja Staatstugenden gelten.

Harmonie und Gemütlichkeit lassen sich aber nur herstellen, indem alles, was diese Grundpfeiler des geglückten Zusammenlebens ins Wanken bringen könnte, abgewehrt und unschädlich gemacht wird. So hatte sich in der medial beherrschten Öffentlichkeit eine kollektive Front der Abwehr und Neutralisierung gebildet. Sie verfolgte ihre Strategie mit äußerster Konsequenz: Zuerst definierte sie den Feind und stellte ihn an den virtuellen Pranger, dann folgte die Phase der Verhöhnung und des Bespuckens in der Öffentlichkeit, und schließlich erledigten Gewalttäter den Feind, die sich selbst als Avantgarde im Kampf gegen den Faschismus verstanden. Das Muster war erprobt und bekannt. Gustav konnte es leicht wiedererkennen in den Tagesnachrichten, Videoclips und Blogbeiträgen.

Was haben Rassentrennung und Mülltrennung in ihren extremsten Auswüchsen miteinander gemeinsam? Das hatte sich Gustav schon öfters gefragt und sich die provokante Antwort gegeben: Deutschland. Er erinnerte sich an einen Mitbewohner aus dem benachbarten Mietshaus, der es sich angewöhnt hatte, vor der wöchentlichen Leerung durch die Müllabfuhr noch einmal den Deckel der Tonne aufzuheben und den Inhalt auf seine Zulässigkeit zu überprüfen. Er wurde von den anderen als »Blockwart« bezeichnet und hatte es sich zur Aufgabe gemacht, im Auftrag einer imaginären Ordnungsmacht zu kontrollieren und notfalls einzugreifen. Solche Eingriffe waren für einen Beschuldigten nicht ungefährlich, sie wirkten wie zwangsweise verabreichte Giftspritzen, denen man kaum ausweichen konnte.

Gustav verfolgte die aufgeheizte Debatte, was zu Deutschland gehöre und was nicht, mit Staunen und Amüsement. Wenn ihm etwas »typisch deutsch« erschien, so war es gerade diese Debatte. Mit fünf Worten hatte ein früherer Bundespräsident ein Beben im öffentlichen Diskurs ausgelöst, das mit den Jahren nicht abflaute, sondern sich zu einem Tsunami aufbaute: »Der Islam gehört zu Deutschland«. Die Antwort darauf war nicht weniger pauschal und knapp und umfasste nur ein Wort mehr: »Der Islam gehört nicht zu Deutschland«. Diese Kontroverse zeigte, worauf Deutschsein hinausläuft: nämlich auf einen Prozess des gegenseitigen Einschließens und Ausschließens. Er ist ernst gemeint. Er kennt keine Grauzone, keine Gnade der späten oder frühen Geburt. Vor allem kennt er keinen Humor. Warum ist das so? hatte sich Gustav oft gefragt. Immer wieder kam er auf seine Luther-Marx-Hitler-Formel zurück und fand eine einfache Antwort: Weil solche Pauschalsentenzen religiöse Endzeitfantasien ausdrücken. Diese haben es in sich, nicht nur Gegenargumente zu verteufeln, sondern auch diejenigen, die sie äußern. Diese Art von Deutschsein kann über Leichen gehen und sich dabei fühlen, als würde man übers Wasser laufen.

Litt er selbst am deutschen Selbsthass, möglicherweise sogar am kollektiven Schuldkomplex, den man den Deutschen nachsagte? Gustav wusste keine Antwort. Er wusste nur, dass er die Versuche, den Makel der »jüngeren deutschen Vergangenheit«, der »dunkelsten Epoche unserer Geschichte« oder wie immer man die zwölf Jahre umschrieb, auszugleichen oder gar zu beheben, zumeist zweifelhaft und missglückt fand. Er wurde hellhörig, wenn von »Wiedergutmachung« oder »Bewältigung der Vergangenheit« die Rede war. Er wurde wütend, wenn er beobachtete, wie Gutmeinende siebzig oder achtzig Jahre später heldenhaft Widerstand leisteten und durch ihren »antifaschistischen« Kampf die Nazis nachträglich besiegen wollten – als könne man die Zeit zurückdrehen und das tun, was seinerzeit die eigenen Eltern oder Großeltern nicht vermochten. Diese Einstellung war zu einem Teil der verinnerlichten Staatsräson geworden, die selbst Kabarettisten und sonstige Kleinkünstler im Gesinnungskorridor gefangen hielt. Gegen die »Braunen«, die »Rassisten«, »Rechtspopulisten«, Islamophoben, Nazis durfte wahllos geschossen werden. Der unappetitliche Begleitumstand war, dass die vom Mainstream getragenen Schützen im Einklang mit diesem ihr Freiwild selbst definieren konnten, das damit zum Abschuss freigegeben war.

Aber ging es in anderen Ländern nicht genauso zu? War die Frage nach dem »Deutschsein« nicht irrelevant angesichts politischer und sozialer Verwerfungen in Europa und der Welt? Auch anderswo zeigten sich die nämlichen Konflikte. War es deshalb eine müßige Frage? Gerne hätte er das bejaht. Ein Misstrauen hielt ihn zurück: das Unbehagen an diesem kollektiven Verlangen nach Harmonie und Gemütlichkeit. Deutlicher noch als beim Kabarett zeigte es sich im Karneval, wo auf die üblichen Pappkameraden munter und politisch korrekt eingedroschen und die selbstgerechte Häme dann mit donnernd dreifachem Tusch abgesegnet wurde. Gustav hatte davon die Nase voll.

Vielleicht fehlen mir nur gewisse Erfahrungen im Ausland, dachte Gustav, die Beschäftigung mit internationalen Vergleichsstudien, um in den mutmaßliche Symptomen des Deutschseins allgemeinmenschliche Verhaltensmuster zu erkennen. Vielleicht war er ja nur Opfer seiner eigenen Idiosynkrasie, einer Überempfindlichkeit gegenüber bestimmten Erscheinungen, wodurch sein Wirklichkeitssinn getäuscht wurde. Die Psychologie hatte hierfür den englischen Fachterminus »cognitive bias« parat. Andererseits war er sich ziemlich sicher, dass er sich den deutschen Komplex »Harmonie und Gemütlichkeit« nicht nur einbildete. Er war verwurzelt in dem, was früher »Volksseele« hieß.

Der Komplex produzierte automatisch Normen, Regeln, Verhaltensweisen, alle darauf ausgerichtet, die Einzelnen zu einer Herde zu formen, sie mit dem Kitt eines warmen Gemeinschaftsgefühls zusammenzuhalten. Wodurch war das zu erreichen? Gustav fiel die Antwort leicht: Indem man diejenigen, die nicht zur Herde gehören wollten oder sollten, zu verlorenen Schafen erklärte, die der gerechten Strafe, etwa vom Wolf gefressen zu werden, nicht entgehen würden. Als Kind in der Kirchenbank hatte er die schaurige Botschaft in sich aufsaugen müssen, wenn der gewaltige Prediger – der Begriff »Hassprediger« war damals noch unbekannt – all jene schwarzen Schafe verdammte, die nicht zu seiner Sonntagspredigt gekommen waren. Gustav erinnerte sich an den wohligen Schauer, der damals durch ihn hindurch rieselte, und er fühlte sich darin mit allen anderen Kirchgängern wärmstens verbunden, die um hin herum saßen und wie er die harte, kalte Kirchenbank drückten. Denn sie konnten nun auf jene, die draußen im Bösen verharrten, hinunterblicken und mitleidig deren Verdammnis genießen. Gustav kam es jetzt so vor, als habe er schon damals in der Kirche seines Heimatdorfes die Macht derselben moralischen Keule gespürt, die heute öffentlich und offiziell so heftig geschwungen wird, dass ein politischer Diskurs ohne Scherbenhaufen kaum mehr möglich ist. Mit der Keule wird die Welt in hell und dunkel, gut und böse, errettet und verdammt eingeteilt. Der Prediger in der Dorfkirche war ein Haudegen des Evangeliums, das er jeden Sonntag auf seine Weise verfocht. Den absoluten Höhepunkt, der niemals fehlte, erreichte er an der Stelle seiner Predigt, wo er auf die Abwesenden überschäumend schimpfte, diejenige also, die Gottes Wort am Sonntag nicht hören wollten und mutwillig dem Gottesdienst ferngeblieben waren. Dass sein und Gottes Wort nicht unbedingt deckungsgleich waren, kam ihm nicht in den Sinn. Jedenfalls richtete sein vernichtendes Donnerwort die in sich gebeugten Hörer augenblicklich wieder auf, bestätigte ihnen, dass sie die Guten waren, entlohnte sie für ihre Opferung des Sonntagmorgens und gab ihnen das sichere Gefühl, auf der richtigen Seite zu stehen, gewissermaßen der richtigen Linie zu folgen, wie sie Gustav auch später kennenlernen sollte.

Seither hatte sich vieles verändert, vor allem er selbst. Das sichere Gefühl von einst war dem Zweifel gewichen, der sich zu einem trotzigen Abwehrverhalten zusammengezogen hatte, bereit, jederzeit einen kritische Denkreflex auszulösen. Denn die bange Frage war auf Dauer nicht zu unterdrücken: Was, wenn die gegnerische Seite recht hat und der richtigen Linie folgt? Als vor einigen Jahren der Rektor der Universität, der er angehörte, eine Kampagne für Mitmenschlichkeit, Solidarität und Weltoffenheit startete und an gut sichtbaren Stellen von Universitätsgebäuden ein Transparent anbringen ließ, auf dem diese Schlagwörter der Humanität in großen Buchstaben zu lesen waren, überkam Gustav ein flaues Gefühl. Ihm wurde in der Seele leicht übel. Denn sein Abwehrreflex verhinderte, sich auf die gute Seite zu schlagen und sich in das wohlige Wir-Gefühl der Gerechten fallen zu lassen. Gegen wen richtete sich denn die Kampagne? fragte er sich. Er kannte niemanden an der Universität, der die propagierten Grundsätze in Frage gestellt hätte. Es gab seit Jahr und Tag keine rassistischen oder antisemitischen Übergriffe an der Universität, der Anteil ausländischer Studenten, gerade auch aus außereuropäischen Ländern, war beträchtlich angewachsen und wuchs noch immer. Offenbar hatte sich die Universitätsleitung von der allgemeinen Wetterlage bestimmen lassen und sorgfältig überlegt, wie sie am Werbewirksamsten ihr Fähnchen in den Wind der politische Korrektheit halten konnte. Wer dieses munter flatternde Fähnchen in Frage gestellt hätte, hätte so etwas wie sozialen und politischen Selbstmord begangen. Da war er wieder, der besagte Komplex Harmonie und Gemütlichkeit. Für die Universitätsleitung war es eine gelungene PR-Aktion, womit sie auf politischem Feld Punkte sammeln konnte. Die meisten Betrachter fühlten sich vermutlich recht wohl unter diesem Banner der Humanität. Die wenigen, denen die Aktion nicht ganz geheuer war, hielten lieber den Mund. Was hätten sie auch sagen sollen? Jede kritische Äußerung hätte sie verdächtig gemacht, mit den Feinden von Mitmenschlichkeit, Solidarität und Weltoffenheit unter einer Decke zu stecken. Wehe dem, der die Herde verlässt. Er gilt letztlich nicht als schwarzes Schaf, sondern als Wolf, der zum Abschuss freigegeben ist.

2. Im Schloss

S ein Institut lag in einem Seitenflügel des Schlosses, das die Fürsten vor langer Zeit zurücklassen mussten und das jetzt als zentrales Gebäude der Universität genutzt wurde. Aus seinem Arbeitszimmer im dritten Obergeschoss hatte er einen schönen Blick auf den Fluss, der wegen seiner majestätischen Größe als »Strom« besungen wurde. Im Hintergrund wölbten sich bewaldete Berge, ein so genanntes »Gebirge«, das nur wenig höher war als die hügelige Umrandung des tief eingeschnittenen Flusstales stromaufwärts. Der Schreibtisch und das übrige Mobiliar stammten noch aus den Zeiten des Wirtschaftswunders. Sie waren von den üblichen Gebrauchsspuren gezeichnet, also ziemlich verkratzt und verkleckert. Einzig der Schreibtischstuhl war neu und erfüllte die ergonomischen Richtlinien, die man den Angehörigen der Sitzberufe nach arbeitsmedizinischen Vorschriften verordnet hatte. Denn Sicherheit und Gesundheit wurden – nicht nur im Schloss – großgeschrieben.

Ausgefeilte Richtlinien suggerierten einen gesicherten Arbeitsplatz zumindest in technischer Hinsicht. Die Telefonanlage war zusammen mit der Internet-Verkabelung gerade neu eingerichtet worden und der Flachbildschirm mit der Workstation für den Laptop entsprach dem neuesten Standard. Zu diesem Ambiente gehörten natürlich das »Vorzimmer« – die ortsübliche Bezeichnung für Sekretariat –, die Räume für die Mitarbeiter sowie eine kleine, aber gut sortierte Institutsbibliothek. Auf dem Schild neben dem Eingang stand »Institut für Europäische Kulturgeschichte«. Gustav beackerte hier ein weites Feld auf seine Weise. Ihn interessierten nur Fragen, die ihn selbst angingen. So freute er sich, wenn ihn ein historisches Dokument an ein konkretes Erlebnis erinnerte oder ihn auf einen neuen Gedanken brachte. Seine Freude war vollkommen, wenn eine tot geglaubte Vergangenheit zum Leben erwachte. War es die Berührung mit der Vergangenheit, die ihn lebendig machte, oder war es seine Gegenwart, welche die Vergangenheit zum Leben erweckte? Er genoss in solchen Augenblicken die Erkenntnis, dass dieses Entweder-Oder unentscheidbar und letztlich belanglos war.

Obwohl er schon viele Jahre im Schloss residierte, kannte er beileibe nicht alle Ecken und Winkel in diesem Riesengebäude. So hatte er von den unterirdischen Gewölben nur gehört, es bisher allerdings immer versäumt, sich angebotenen Führungen durch diese Unterwelt anzuschließen. Sein Zimmer lag auf dem Flur, der zum Rektorat führte. Deshalb hatte er hin und wieder Gelegenheit, dem Rector magnificus der Universität, der mit »Magnifizenz« anzureden war, persönlich zu begegnen und aus der Nähe seine Eigenheiten zu studieren. Er war von Haus aus Professor für Betriebswirtschaftslehre und sehr fix. Bei allem, was er tat, imaginierte er sofort schon die Gesamtbilanz, das Endergebnis. Der Sakko seines Dienstanzugs war etwas zu knapp bemessen und wenn er ihn zuknöpfte, so spannte er auffällig über seinem Bäuchlein. Gustav hatte eine Reihe von Rektoren kommen und gehen sehen. Für alle, so sein Eindruck, war der Dienstwagen mit Chauffeur das wichtigste Attribut ihrer Macht. Er zeigte Allen den hohen Rang des Nutzers an und spiegelte diesem zugleich seine eigene Bedeutung wider. Das in der Öffentlichkeit zelebrierte Ein- und Aussteigen, wenn der Fahrer die Wagentür öffnete, seinen Dienstherrn grüßte und ihm die Aktentasche überreichte, hatte für Gustav etwas Lächerliches an sich. Wahrscheinlich ließ er sich gerade deswegen diesen Anblick nie entgehen, wenn er zufällig in der Nähe war.

Manchmal bedauerte er, dass er kein Ethnologe war. Das gesellschaftliche Leben im Schloss wäre ein ideales Objekt für die Feldforschung gewesen: die Netzwerke, die da gesponnen wurden; die Knotenpunkte, die sich bildeten; die dafür verantwortlichen Netzwerker; das Kommen und Gehen von Angestellten, Professoren, Studenten, Hilfskräften, Hausmeistern (»Facility Managern«) und Putzkolonnen. Alles zusammen erzeugte ein andauerndes Hintergrundrauschen, vor dem sich einzelne Stimmen und Geräusche immer wieder abhoben, was alles in allem eine merkwürdig distanzierte Geschäftigkeit anzeigte. Gustav fiel hierzu ein Song ein, den er kürzlich auf Youtube wiederentdeckt hatte: *The Sound of Silence*, gesungen von Simon & Garfunkel 1964. Ein unendlich melancholisches Lied, das niemand vergisst, der es einmal gehört hat. Gustav hatte den Link zum Videoclip auf Youtube jederzeit parat, um das Lied auf seinem Smartphone abzuspielen. Zwei Strophen berührten ihn ganz besonders:

And in the naked light I saw
Ten thousand people, maybe more
People talking without speaking
People hearing without listening
People writing songs that voices never share
And no one dared
Disturb the sound of silence

Fools, said I, you do not know
Silence like a cancer grows
Hear my words that I might teach you
Take my arms that I might reach you
But my words, like silent raindrops fell
And echoed in the wells of silence

Es gab nur wenige Lieder, die für Gustav einen Kultstatus erreichten. *The Sound of Silence* gehörte dazu. Das zweistimmig gesungene Lied traf seine Situation im Schloss in unheimlicher Genauigkeit. Sprechen und Hören ohne zu sprechen und zu hören; Lieder komponieren, die niemals zum Tönen gebracht werden. Konnte man die bösartige Stille, in der die Geschäfte so emsig betrieben wurden, besser beschreiben? *Hear my words that I might teach you.* Tauben Ohren zu predigen gehörte zum Geschäft eines Hochschullehrers. Doch ein solcher war auch nur ein Mensch, der am Sinn des Lebens zweifelte, wenn er als Echo seiner Appelle nur Schweigen erntete.

And the people bowed and prayed
To the neon god they made

Das Schloss glich einer Miniatur dieser Szenerie, dachte Gustav. Die Leute darin hatten ihren *neon god* im Kleinformat: den Rector magnificus. Er hatte seit der letzten

Universitätsreform die Obergewalt inne, die früher dem Landesminister zukam, war Dienstvorgesetzter aller Professoren und konnte autonom über Berufungslisten entscheiden. Dadurch war er nicht mehr wie einst ein primus inter pares, sondern hatte eher wie ein Unternehmensführer aufzutreten. Er glich also mehr einem Chief Executive Officer (CEO) als einem Gelehrten, der seine Wissenschaft mehr liebt als das hochschulpolitische Amt. Was die Politik gesetzlich zementiert hatte, war die eine Seite. Wie sich die Untergebenen dazu verhielten, die andere.

Gustav hatte die bombastische Inauguration des neuen Rektors in der Aula des Schlosses erlebt. Sie zeigte eindeutig, wie der Zeitgeist die Gesellschaft erfasst und durchdrungen hatte, über alle Ränge hinweg. Am auffälligsten aber spiegelte sich dies in der Person des Rektors wider. Auf seinen Wunsch waren Gruppen von Musikern im Saal verteilt worden, die aus verschiedenen Richtungen die frohe Botschaft des Neuanfangs verkündeten: a capella und mit Blasinstrumenten, von der Bühne und von der Empore, von hinten und vorne, links und rechts. Zum feierlichen Anlass hatte er dafür gesorgt, dass auch die zum Rektorat gehörigen Amtsträger in neue, prächtig aussehende Talare gekleidet waren, die sie auf der Bühne zur Schau trugen. Gustav war hin- und hergerissen zwischen dem unterhaltsamen barocken Spektakel und dem dürftigen Mainstream-Denken, das sich mitten im Schloss offenbarte. Er brachte es für sich auf den Nenner, dass wissenschaftlicher Eros umgelenkt, pervertiert worden war, zumindest, wenn man die neuen Spruchweisheiten ernst nahm, die sich um Shanghai-Ranking, Wettbewerb und Exzellenzinitiative drehten. »Wahrheit« und »Freiheit« wären in diesem Zusammenhang nur störende Reizwörter gewesen, die tunlichst zu vermeiden waren und mit denen ohnehin kaum jemand etwas hätte anfangen können.

Die Zauberwörter hießen jetzt »Innovation«, »Nachhaltigkeit«, »Standort Deutschland« und es gab einer ganze Reihe mehr davon. Auch »Toleranz« und »Weltoffenheit« gehörten dazu. Sie waberten durch die Räume, Flure, Säle des Schlosses und die Hirnwindungen seiner Insassen – ein Gesäusel wie ein Luftzug, der einem selbst in hinteren Ecken und Winkeln noch über die Haut strich. Je nach Stimmung konnte das für die Insassen angenehm oder peinlich sein. Die meisten hatten sich mit dem lauen Lüftchen angefreundet. Zugempfindlich waren nur wenige, und von diesen wiederum würden es nur die wenigsten wagen sich zu beschweren. Wer will schon bemitleidet werden? Auch Gustav hatte dazu keine Lust.

3. Das letzte Schiff

Er saß auf einer Bank an der Uferpromenade. Der Frühling nahte, Forsythien blühten schon und Osterglocken sprossen farblich dazu passend aus dem feuchten, duftenden Boden. Vögel zwitscherten und Gustav fragte sich, ob das Gezwitscher im Verhältnis zu früheren Jahren tatsächlich abgenommen hatte. Denn derzeit geisterte das Schreckenswort vom »stummen Frühling« durch den Blätterwald, dessen Bann er sich nicht entziehen konnte. Hatten zu seinem Frühlingsbild doch immer summende Bienen, zwitschernde Vögel, hoppelnde Osterhasen, blühende Obstbäume und viele, viele bunte Blumen gehört. Als Kinder hatte sie diese schönen Dinge in Frühlingsliedern besungen, während Mama den kleinen, vielstimmigen Chor auf dem Klavier begleitete, vor sich das herrlich illustrierte Notenbuch aufgeklappt.

Auf dem großen Fluss, der breit und ruhig an ihm vorbeiströmte, tuckerten riesige Transportschiffe, die mit Containern oder Baustoffen beladen waren, wenn sie stromaufwärts strebten. Die touristische Saison hatte noch nicht begonnen, die weißen Ausflugsboote lagen vor Anker und wurden gerade dem Frühjahrsputz unterzogen. Nur die Personen- und Autofähre bot ihren Dienst das ganze Jahr über an. Die vorüberziehenden Wolken gaben hin und wieder die Sonne frei. Das abwechslungsreiche Spiel von Licht und Schatten war geeignet, Erinnerungen zu wecken, Gedanken freizusetzen, zu träumen. Das beschauliche Bild vor seinen Augen rief ein Gegenbild hervor: weites Meer, Ozeanriese, Eisberge, die Titanic. Deren Untergang erscheint uns heute als ein Vorzeichen der bevorstehenden Urkatastrophe des Ersten Weltkriegs. Glücklich, wer das Schiff verpasste, das seinen Untergang entgegendampfte. Dieser Einfall kreiste durch Gustavs schläfriges Halbbewusstsein und ließ ihn an eine Familienlegende denken.

Sein Großvater hatte als junger Mann eine Banklehre in England begonnen. Das war wohl kurz nach dem Untergang der Titanic. Gustavs Großmutter hatte ihm die Geschichte immer wieder erzählt, wie der Großvater bei Kriegsausbruch alles darangesetzt habe, das letzte Schiff nach Deutschland zu erreichen, es aber verpasst habe. Das habe sich, so pflegte sie hinzuzufügen, als Glücksfall erwiesen, denn er sei der einzige seiner Schulklasse gewesen, der dem Schlachthof des Krieges entkommen sei. Ihr Mann sei vier Jahre lang in einem Lager für Angehörige feindlicher Nationen interniert gewesen, habe in der Zeit recht gut Englisch gelernt und auch Gelegenheit gehabt, sich an modernen, von den Engländern propagierten Sportübungen zu beteiligen. Die Eltern mussten für ihren Sohn regelmäßig bis zum Kriegsende Geld für Kost und Logis nach England überweisen. Gustav erkannte darin eine menschenfreundlichere Seite der Zivilisation, angenehmer als die Kultivierung der Kriegsgräberfürsorge, die im Falle des Großvaters überflüssig war. Die Frage, die ihn im Innersten beschäftigte, konnte nie geklärt werden und schwebte unbeantwortet im Raum: Konnte der junge Mann das Schiff nicht mehr erreichen, weil trotz all seiner Bemühungen die Zeit zu knapp war – oder aber weil er sich nicht sonderlich beeilte, es zu erreichen? Gustav sympathisierte mit letzterer Variante. Das letzte Schiff verpassen, um nicht unterzugehen – ein schlichter und zugleich brillanter Gedanke, den er seinem Vorfahren unterstellte. Als alle für Gott, Kaiser und Vaterland jubelnd ins Feld zogen und dabei Deutschland über Alles liebten, nicht schnell genug zu den Bahnhöfen und Verladeplätzen marschieren konnten, um im inszenierten Jubel der Bevölkerung zur Hölle zu fahren, erreichte da ein Jüngling das Schiff zum Vaterland nicht mehr und blieb auf einer englischen Insel zurück.

Gustav schloss die Meditation über das verpasste Schiff ab und ging auf der Uferpromenade zurück zum Schloss. Die Frühlingsluft war verlockend, Radfahrer waren unterwegs, alleine, zu zweit nebeneinander oder auch im Rudel. Ihr Kampf mit den Fußgängern fand in der gewohnten Form statt. Klingeln und Zurufe waren zu hören, Aber Rempeleien waren nicht zu bemerken, wo heute alle Leute vom Frühlingserwachen beschwingt waren. Auf dem Weg zu seinem Dienstzimmer sah er den Rektor von hinten, wie er in seinem Büro verschwand. Gustav glaubte an der Art, wie er die Türklinke niederdrückte, eine besondere Hast erkannt zu haben. Gut, wenn sie nicht ihm galt und er vom »Dienstvorgesetzten« verschont blieb. Im letzten Jahr war das nicht der Fall gewesen, als das Telefon klingelte und er am anderen Ende der Leitung war.

»Herr Kollege Gerbacher, ich habe in dringender Angelegenheit mit Ihnen zu sprechen. Wären Sie bitte so freundlich, bei mir vorbeizukommen? Es wird nicht lange dauern.«

Natürlich konnte sich Gustav der Aufforderung nicht widersetzen. »Ich bin in fünf Minuten bei Ihnen, bis gleich.«

Er konnte ahnen, worum es ging. Bei den Vorgängen im Schloss war es leider ausgeschlossen, Schiffe zu verpassen, und das letzte Schiff war sowieso nicht vorstellbar. Denn nirgends war eine Insel in Sicht, die weit genug draußen in sicherem Abstand vom Festland gelegen gewesen wäre. Man konnte es auch anders sehen: Das Schloss kam ihm manchmal wie die Titanic vor, an Bord spielte die Kapelle und er stand an der Reling. Sein Entschluss lag auf der Hand: Er wollte sich sein eigenes Rettungsboot bauen.

4. Der Jubiläumsplan

Der Rektor namens Andreas Horn bat ihn damals, am ovalen Tisch des Besprechungszimmers Platz zu nehmen. Die Sitze waren im barocken Stil gepolstert und weniger unbequem, als man zunächst vermutet hätte. Auf dem Tisch stand die Standardausstattung auf einem Tablett bereit: zwei Thermoskannen, die runde mit heißem Wasser für Tee, die länglichere mit Kaffee gefüllt, daneben ein Gießer mit Milch sowie zwei geöffnete Dosen, eine enthielt Zucker, die andere ein Sortiment von Teebeuteln.

»Ich muss mit Ihnen unbedingt über die 500-Jahrfeier unserer Universität sprechen«, eröffnete der Rektor das Gespräch, nachdem er sich noch einmal mit seinen Händen an die Revers seines Sakkos gefasst hatte, um es zu straffen. »Ich weiß, Herr Kollege Gerbacher, sie haben sich sehr viel Mühe gemacht mit der Planung, und sicher ist vieles davon für uns verwertbar. Aber es fehlt der große Bogen, die klare Linie, die entscheidenden Überschriften. Bitte, seien Sie nicht böse. Aber wir müssen den Plan noch einmal völlig neu durchdeklinieren, sonst kommen unsere Botschaften nicht rüber.«

Gustav kannte diese Denke, die sich seit vielen Jahren an den Universitäten eingebürgert hatte, nur zu gut. Sie war so glatt und plakativ, wie sie heute vom Führungspersonal in Unternehmen verlangt wurde, und drückte sich in Werbeprospekten, Erfolgsbilanzen und Wissenschaftsreporten aus, deren bombastische Aufmachung in ihrer Gleichförmigkeit langweilte. Besonders erwünscht waren großformatige Hochglanzbroschüren mit einprägsamen Farbfotos, großer Schrift und markant gestalteten Eyecatchern. Die Hauptabschnitte, höchstens fünf an der Zahl, sollten schon in den Überschriften die Botschaften mit eingängigen Slogans verkünden.

»Sie meinen also, unsere bisherige Planung sei zu diffus, kleinteilig, speziell?« fragte Gustav.

»Herr Gerbacher, ehrlich gesagt: Ja! Schauen Sie, so könnten wir es doch mit einem Schlag für alle attraktiv gestalten.« Er nahm einen bereitliegenden Block von seinem Schreibtisch und setzte sich mit seinem Füller in der Hand in Pose. »Ich will Ihnen kurz skizzieren, wie ich mir die Jubiläumsfeier übers Jahr verteilt vorstelle.«

Mit wenigen schwungvollen Strichen skizzierte er seine Vision auf dem Papier, sodass Gustav für einen Augenblick vom Zweifel heimgesucht wurde, ob er die Genialität seines Gegenübers nicht verkannt hatte. Der Rektor malte auf das Blatt im Querformat nebeneinander drei Balken, darauf jeweils einige senkrechte Säulen. Dann beschriftete er die Balken mit je einem Doppel-Schlagwort: »Geschichte und Gegenwart«, »Innovation und Nachhaltigkeit« und »Weltoffenheit und Zukunft«.

»Schauen Sie, wir haben drei Jahreszeiten, auf die es ankommt: Frühling, Sommer und Herbst. Den Winter lassen wir weg, könnten ihn bei Bedarf auch an den Herbst anhängen. Drei Jahreszeiten, drei Themenkomplexe, auf die es uns ankommt. Das leuchtet doch jedem sofort ein. Was sagen Sie dazu?«

Gustav sagte zunächst gar nichts. Insgeheim musste er sich eingestehen, dass diese simple Konstruktion irgendwie einleuchtete und einen gewissen Reiz hatte. Aber was für einen? Er wusste bald die Antwort. Die Koppelung an die Jahreszeiten, die ja wie selbstverständlich seit Urzeiten in ihrer Ordnung abliefen, suggerierte, dass es auch mit den Themenkreisen in ihrer Abfolge seine naturgegebene Ordnung habe. Das ist also dein Trick, dachte er und war sich zugleich sicher, dass Magnifizenz sich dessen nicht bewusst war. Hätte sie ihn sonst so überzeugend einsetzen können? Nein, so raffiniert war Professor Horn nicht. Er glaubte an die schlichte Wahrheit seiner Einsichten und Handlungen. Insofern war er von einer Lauterkeit durchdrungen, um die ihn Gustav beneidete.

Das Gespräch war bald zu Ende. Es hatte nicht den Zweck, sich mit der Logik der Obrigkeit auseinanderzusetzen oder sie gar in Frage zu stellen. Gustav blieb nur ein zweifelndes Murren, das er nicht ganz unterdrücken konnte.

»Herr Gerbacher, schauen wir nach vorn. Ich rechne auf Ihre kompetente Mitwirkung. Das wird eine große Sache, so können wir uns jetzt sehen lassen.«

Gustav verabschiedete sich mit süßsaurem Lächeln und lief zu seinem Zimmer, ohne sich noch einmal umzusehen.

Kein Aufwand war zu groß, um die Jubelfeier aller Welt anzukündigen: in Zeitungsartikeln, mit Plakaten, Flyern,

Broschüren, Postern, auf Karnevalsveranstaltungen jeglichen Formats. Die Corporate Identity sollte auf alle ausstrahlen. Plötzlich genügte das alte Logo der Universität nicht mehr, das einfarbig war und sich mit einem Umrissporträt des Universitätsstifters begnügte. Professor Horn beauftragte Kommissionen, Graphiker, Verwaltungsleute, die ihm ein neues Logo lieferten: vierfarbig, klobig, einfach strukturiert, ideal für Werbezwecke. Markierte das alte Logo noch unverwechselbar die Universität, so war das neue austauschbar, nichtssagend und bestens auch zur Kennzeichnung unzähliger anderer Dinge oder Einrichtungen geeignet. Gegen die Einführung des neuen Logo gab es ein kritisches Geraune, das sich in Privatgesprächen und sogar in Leserbriefen der Lokalzeitung kundtat und bald darauf verstummte. Horn hatte sich wieder einmal durchgesetzt.

5. Der verborgene Schatz

Einige Tage nach seiner Mediation über das letzte Schiff geschah etwas Unerwartetes. Gustavs Schwester rief an und teilte ihm mit, dass ihr Onkel gestorben sei, »friedlich eingeschlafen«, wie sie beruhigend hinzufügte. Er war Ingenieur gewesen, Maschinenbauer, zuletzt im Vertrieb eines großen Autokonzerns tätig, bevor er sich in den Ruhestand verabschiedete. Er hatte keine Familie gegründet, war trotzdem oder deswegen eine fröhliche, gesellige Natur, der das Leben genoss. Sein Elternhaus hatte er von Grund auf renovieren lassen, bevor er im Alter von 60 Jahren als Frührentner mit einer adäquaten Abfindung einzog. Drei Hobbies pflegte er mit Hingabe und Ausdauer: Briefmarken, Aktien und Reisen. Erstere sammelte er im großen Stil, besuchte philatelistische Auktionen, bestellte einzelne Marken oder Serien bei seinem Händler und bezog mehrere Abonnements. Hunderte von Alben, die meisten von ihnen in Schweinsleder gebunden, füllte er liebevoll mit seinen erworbenen Papierstückchen. Er hatte genügend Platz in seinem Haus, um den stets wachsenden Schatz zu deponieren. Seine Betätigung als Aktionär war weniger zeitaufwendig und raumgreifend. Ein paar Aktenordner genügten, um die fein säuberlichen Tabellen aufzunehmen, deren Linien er mit Lineal und Bleistift gezogen hatte. Ein akkurates Zahlenwerk. Was die Reisen betraf, so galt seine ganze Liebe Südtirol. Hier logierte er immer im selben Landgasthof mindestens vier Wochen im Hochsommer. Die Wirtsleute kannten und liebten ihn, die übrigen Stammgäste ebenfalls. So fand der Onkel leicht Anschluss an Wandergruppen, die es sich am Abend in der Wirtsstube mit Tiroler Speck und ortsüblichem Rotwein gut gehen ließen und ihre Erlebnisse verdauten.

Dieser Onkel war nun plötzlich verstorben, genauer gesagt, morgens nicht mehr aufgewacht. Plötzlicher Herztod, wahrscheinlich ein Infarkt, meinte der Hausarzt, der den Totenschein ausstellte, womit eine Kaskade von bürokratisch vorgeschriebenen Vorgängen in Gang gesetzt wurde. Als Gustav und seine Schwester als zuständige Erbengemeinschaft das Haus inspizierten, denn es sollte ja über kurz oder lang geräumt und verkauft werden, machten sie eine Entdeckung. Im dunklen Abgang zum Keller befand sich eine Metallplatte, die in die Wand eingemauert war. Gehörte sie zu einem Tresor? Tatsächlich war dies der Fall. Denn hinter dem Sofa im Wohnzimmer versteckte sich in der Wand eine Metalltür genau auf der Höhe der Platte, die von der Kellertreppe aus zu sehen war. Doch keiner der vielen Schlüssel passte, die sie im Haus fanden und ausprobierten.

Deshalb bestellt Gustav einen professionellen Tresorspezialisten, der nicht nur, wie es auf seinem Werbeflyer hieß, jeden verschlossenen Panzerschrank knacken, sondern einen solchen nach vollbrachtem Werk auch wieder funktionstüchtig machen konnte. Der Spezialist kam pünktlich zum vereinbarten Termin. Er hatte die notwendigen Werkzeuge in einem kleinen Transporter mitgebracht, vor allem einen riesigen Schlagbohrer, den er auf dem beiseite gerollten Teppich ablegte.

»Das schaffen wir, da habe ich schon ganz andere Schränke geknackt«, meinte er und machte sich an die Arbeit. Er ging systematisch und voller Bedacht vor, was auf das erbende Geschwisterpaar, das auf dem abgerückten Sofa wie im Kino saß, vertrauenerweckend wirkte. Gesteigert wurde dieser Eindruck durch die elastischen Bewegungen des Panzerschrankknackers, die einen durchtrainierten Muskelapparat verrieten. Am meisten überzeugte sie wahrscheinlich die Mischung aus Lässigkeit und Siegesgewissheit, die aus allen seinen Poren strömte. Zunächst probierte er vergeblich seine Dietriche, drei große Schlüsselbunde. Die nächste Stufe war der Einsatz seines Brecheisens, der jedoch am massiven Metallgehäuse scheiterte. Nun war der Höhepunkt der Eskalation erreicht. Er nahm den Schlagbohrer vom Teppich auf, den er schon vorher an den Strom angeschlossen hatte, und verrichtete sein Meisterwerk. Kreischender Lärm, sprühende Funken, Metallsplitter wie Sägemehl, dann ein letzter Schlag mit dem Hammer – und die Tür sprang auf.

»Bitteschön«, sagte er mit einem Lächeln, indem er sich verbeugte und mit dem Arm auf sein Werk wies, »alles Weitere ist Ihre Sache. Hier noch bitte Ihre Unterschrift. Ich schicke Ihnen die Rechnung zu. Falls das Safe wieder funktionstüchtig gemacht werden soll, eine neue Tür ist kein Problem. Wiedersehen.«

Die beiden saßen nun alleine auf dem abgerückten Sofa. Sie schwiegen und sahen auf das große Loch in der

Wand vor ihnen. Im Dunkel erkannt man nur einige Pappschachteln. Sie scheuten sich, sofort nach diesen zu grapschen, als schämten sie sich, die verborgene Hinterlassenschaft ihres Onkels allzu gierig in Besitz zu nehmen. Gustav hatte ein seltsames Gefühl, eine Vorahnung, ein Hoffnung, dass sich vor ihm in der Wand ein Wunder versteckt halten könnte, das sein bisheriges Leben radikal verwandeln würde.

»Schauen wir doch einfach nach«, meinte die Schwester nach einer Weile, »wir haben ja heute noch einiges vor. Wir sollten bald zum Essen gehen, ich habe Hunger.« Damit war der somnambule Zustand endgültig aufgehoben und die beiden schritten zur Tat.

Gustavs Vorahnung hatte nicht getrogen. In den Pappkartons lagen Goldbarren, jeweils fein säuberlich in Plastikfolie verpackt. Die Aufteilung war in Sekundenschnelle vollzogen: Drei Barren für ihn, drei für die Schwester. Als sie die Haustür verriegelten und zum Essen in das nahe Restaurant gingen, dachte Gustav an das Schloss, den Neon-Gott, die Jubelfeier. Der Gedanke daran konnte seiner Euphorie nichts anhaben, die ihn erfasst hatte. Denn er wusste, dass die Hebung des verborgenen Schatzes Freiheit bedeutete. Ja, die Befreiung hatte schon begonnen.

Gustav hatte in der darauffolgenden Nacht einen außergewöhnlichen Traum. Die Erinnerung daran verdrängte das unbehagliche Gefühl, das die bevorstehende Fakultätssitzung ausgelöst hatte. Heute Nachmittag sollte eine neue Studienordnung beschlossen werden, deren Nutzen er beim besten Willen nicht einsah. Aber nicht dies war der Anlass seiner Sorge. Ihm waren Fakultätssitzungen überhaupt zuwider. Sie erinnerten an endlose

Murmelspiele in der Kindheit. Die strittige Ermittlung von Siegern und Verlierern hatte ihn damals gefesselt. Heute langweilten ihn entsprechende Spielchen erwachsener Menschen.

Im Traum ging er auf einem Feldweg spazieren, als sich ihm eine weibliche Gestalt zugesellte. SIE war ihm fremd und zugleich so innig vertraut, dass sein Herz aufging. Sie liefen schweigend Schulter an Schulter nebeneinander her, ein Herz und eine Seele. Ein Glücksgefühl durchflutete ihn: SIE war es, SIE hatte ihn gefunden, sie beide gehörten zusammen, wie es schon immer war und immer sein würde. Ihre Körper verschmolzen ineinander, ohne dass sie sich berührten. Keine Umarmung hätte intensiver sein können als dieses Aufgehen in einer gemeinsamen Lichtwolke. Dann verschwand SIE wieder. War das sein Schutzengel, seine himmlische Geliebte? Er hatte keinen Zweifel: SIE war ihm schon früher im Traum begegnet, aber nie in dieser Intensität. Von ihrem jetzigen Erscheinen, war er so erfüllt, dass er hätte jubeln mögen.

Wissenschaftliche Erklärungen hierfür fand er lächerlich: neurowissenschaftliche Modelle oder psychologische Mechanismen etwa, die mit Engeln jeglicher Art kurzen Prozess machen, auch literarische oder künstlerische Produktionen, die als ästhetische Schöpfungen bewundert werden können, aber per definitionem einer so genannten fiktionalen Wirklichkeit zugeordnet werden. Die Methoden der Entwirklichung sind vielfältig, dachte Gustav und vielleicht war es gerade das, was ihn an der Wissenschaft störte. Was konnte sie mit einem Schutzengel schon anfangen? Sie konnte ihn weder berechnen noch abbilden, weder befragen noch zitieren. Er war ein

Nichts. Mit anderen Worten: SIE gab es nicht. Eine solche Einstellung, wie sie nicht anders zu erwarten war, hätte Gustav noch erträglich gefunden. Aber wenn er den Kollegen auf der Fakultätssitzung von seinem Traum erzählen würde, hätten sie wahrscheinlich nur subtilen Spott für ihn übrig. Also war es klüger, nichts zu verraten und über einfachere Dinge zu sprechen. Aber er empfand das Auftauchen seines Schutzengels nicht weniger real wie der gestrige Fund des Goldschatzes. Gehörten beide am Ende zusammen? Er musste bei diesem Gedanken lächeln.

6. Weltmeister

Kurz danach sah Gustav »Stalins Tod« in englischer Originalfassung mit deutschen Untertiteln im Kino. Eine schwarze Komödie, wie es in Zeitungsbesprechungen hieß, die in Russland die Obrigkeit dem Volk nicht zumuten wollte. Denn »Väterchen Stalin« wurde von vielen noch verehrt. Hatte er nicht den Großen Vaterländischen Krieg gewonnen, Hitler und seine Nazis besiegt, das Sowjetreich in nie dagewesenem Ausmaß gefestigt? Durfte man diese Gestalt von Weltrang in seiner eigenen Pisse liegend bei seinem elenden Ableben zeigen? Selbst deutsche Filmrezensenten, denen der Personenkult fern lag, stellten sich ernsthaft diese Frage. Gustav freute sich auf den Film. Er wurde nicht enttäuscht. Was gab es Erquicklicheres, als wenn unmenschlich agierende Monster auf ihre erbärmliche menschliche Notdurft eingedampft wurden? Wenn von ihnen, wie im Fall des Geheimdienstchefs Beria, nur verkohlte Reste, ein Haufen grober, schwarzer Asche übrigblieb, die man mit der Schaufel auf dem Erdboden verteilte? Die Filmgroteske verniedlichte keineswegs den Terror, sie warf Schlaglichter auf das blutige Schlachtfeld und zeigte unerbittlich die wahnwitzige Hingabe der Massen an ihren Führer. Gustav dachte unwill-

35

kürlich an Charlie Chaplins Film »Der große Diktator«. Die vergötterten Herrscher der Lächerlichkeit preisgeben war wohl die beste Strategie, sie loszuwerden. Aber wie viele wollten das überhaupt?

Gustav hatte da seine Zweifel. Das Gedenken an die Opfer des Nationalsozialismus war in den letzten Jahrzehnten institutionalisiert worden: mit Gedenkfeiern, Jahrestagen, Mahnmalen, Museen, Ausstellungen, Stolpersteinen, wissenschaftlichen Tagungen, Forschungsprojekten und Preisen. Die Aktivitäten auf diesem Feld wurden umso ausgedehnter und intensiver, je länger das »Dritte Reich« vergangen war. Seine Monstrosität, so schien es, wurde umso schrecklicher, je weniger Menschen noch lebten, die sie leibhaftig erfahren hatten. Eine merkwürdige Eigendynamik hatte sich ergeben. Die Schuld der Deutschen, ehemals als Kollektivschuld diskutiert, schien mit dem Aussterben der Kriegsgeneration im Laufe der Zeit nicht geringer zu werden, wie man hätte vermuten können. Statt sich zu verflüchtigen, bauschte sie sich auf wie ein riesiger Luftballon, der automatisch aufgeblasen wurde, ohne dass man zum Druckausgleich Luft abgelassen hätte. Die Schuld hatte zwar noch ihren Ursprung in jenen »1000 Jahren«, aber sie hatte sich seither wie ein Atompilz in den Himmel erhoben und verstrahlte inzwischen die gesamte Atmosphäre.

»Weltmeister« zu sein oder zu werden gehörte zum Gefühlsrepertoire der Menschen in Deutschland. Das »Wunder von Bern«, das sich in weiteren Fußballweltmeisterschaften wiederholte, wenn auch nicht mit derselben Wucht, der »Exportweltmeister«, der nur von China in Frage gestellt wird, der »Touristik-Weltmeister«, der den Globus zum Vergnügungspark schrumpfen lässt. Als nach der »Wende« Berlin zur endgültigen Hauptstadt Deutschlands bestimmt wurde, sprachen manche Begeisterte von der »Welthauptstadt«. Auch hier zeigte der weltmeisterliche Blick seine Früchte. Die Deutsche Bahn, wie sie nun hieß, sollte einen würdigen Hauptbahnhof in der Hauptstadt erhalten. Auf einem Flyer war eine weitere Variante der Weltmeistervision ins Bild gesetzt: Berlin als großes Drehkreuz der Eisenbahn, wo die beiden Magistralen Stockholm-Athen und Paris-Moskau sich kreuzten. Eine rührende Größenfantasie, die zwar keinen Bezug zur Realität der Verkehrsströme hatte, aber immerhin zum Bau eines bombastischen Hauptstadt-Hauptbahnhofs führte, der mit seinen fünf oder sechs Ebenen übereinander weltweit sicher einzigartig und gewissermaßen weltmeisterlich ist. Gleichwohl war seine Dimension noch relativ bescheiden im Vergleich zu Albert Speers geplanten Bauwerken für »Germania«, die ja tatsächlich als finale Welthauptstadt gedacht war.

Diese Sucht nach Grandiosität, die an Größenwahn grenzte, konnte sich Gustav leicht erklären. Sie entsprang einem tiefen Schmerz über die verlorene Größe. Im Deutschen Kaiserreich war Deutschland in der Tat zu einem Weltmeister in Wissenschaft und Technik geworden, führend in Natur- und Geisteswissenschaften gleichermaßen, überquellend an technischen Neuerungen und Erfindungen, maßgebend in Biologie und Medizin. Mit dem Ersten Weltkrieg war die Glanzzeit vorbei, und bald danach brach jene dunkelste Periode der deutschen Geschichte an, die spätere Generationen von Historikern und Literaten beschäftigen und schließlich jene Gedenkkultur hervorbringen sollte, die in der Welt bewundert wurde und Erstaunen hervorrief.

Warum war Hitler im öffentlichen Diskurs wie im privaten Geplauder die meist genannte Person? Warum lag das Schimpfwort »Nazi« so griffbereit in der Luft, sodass jedermann jederzeit damit losschlagen konnte? Schon lange hatte sich Gustav diese Fragen gestellt und eine verblüffend einfache Antwort darauf gefunden. Wenn die Deutschen schon nicht die Besten, also Weltmeister, sein konnten, so wollten sie wenigstens die Schlimmsten, sozusagen die Weltmeister im Negativen sein. Deshalb konnte und durfte der Bösewicht Hitler in seiner Bösartigkeit mit keinem anderen historischen Bösewicht verglichen werden, deshalb waren die Verbrechen der Nazis einzigartig, unüberbietbar. Von daher wurden die allergischen Reaktionen auf alle Versuche verständlich, den Nazi-Terror mit anderweitigem Terror zu vergleichen. Diese Sicht hatte eine bestimmte Pointe. Wer glaubt, das absolut Böse vor sich zu haben, hat das Recht, dieses mit allen Mitteln zu attackiere und seine Vertreter womöglich zu töten. Nur so war es zu verstehen, dass scheinbar brave Journalisten, Politiker oder Gewerkschafter Gewalttaten offen oder klammheimlich rechtfertigten. Sprüche wie »Wehret den Anfängen« oder »die Stadt XY stellt sich quer« signalisierten einen »Kampf gegen Rechts«, der den Hitler in den Köpfen endlich besiegen sollte. Gustav hatte sich eine krasse Formel zurechtgelegt: Wenn schon nicht Weltmeister im Guten, dann wollen die Deutschen wenigstens Weltmeister im Bösen gewesen sein, um der Welt zu zeigen, wie sie dieses radikal bekämpfen – und gerade damit doch wieder Weltmeister im Guten werden.

Ein ausländischer Regierungschef hatte sich einmal im Zusammenhang mit der so genannten Flüchtlingskrise über den »moralischen Imperialismus« der deutschen Politik beklagt. Mit solchen Weltmeistern ist eben schlecht Kirschen essen, dachte sich Gustav bei vielen Kommentaren, die ihm in den Medien begegneten.

Vielleicht steckte das ja auch hinter der Verdrehung der Wirklichkeit durch die »Antifaschisten« und ihren »linken« Sympathisanten. Sie beherrschten die Kunst, das Böse letztendlich zum Guten umzubiegen, die Niederlage von gestern zum grandiosen Sieg von morgen umzuwenden. Dieser Umschwung erfüllte sie mit Selbstbewusstsein und Stolz. Er konnte Generationen umfassen. Waren Großväter oder Väter noch als Soldaten der Wehrmacht an der Ostfront aktiv gewesen, so kehrten Enkel oder Söhne den Spieß um. Im »Kampf gegen Rechts« sollte der Feind im eigenen Land, der seinerzeit freie Hand hatte, endgültig geschlagen werden. Die Denkweise war leicht zu durchschauen: Das absolut Böse von einst sollte jetzt mit einer Wendung zum absolut Guten geheilt werden. Natürlich hatte diese Strategie einen Haken. Da das absolut Böse in Form von handgreiflichen Nazis, etwa Glatzköpfen mit Springerstiefeln, immer weniger in Erscheinung trat, musste man es in neuer Form imaginieren. Das Tückische dabei war, dass diejenigen, die nun definierten, wer ein Nazi sei, sich zugleich berufen fühlten, denselben mit allen Mitteln zu bekämpfen. Entsprechende Umbiegungen waren überall zu bemerken. So zeigte sich hier eine uralte Dialektik menschlicher Gewaltanwendung. Der Kampf gegen den Teufel läuft Gefahr, selbst teuflisch zu werden. Auch hier war das Deutschsein mit einer historischen Hypothek belastet. Nirgendwo anders in der Welt hatte der Hexenwahn der frühen Neuzeit so stark geblüht wie in deutschen Landen. Aber je stärker die europäische Integration vorangetrieben wurde, umso mehr geriet die europäische Kulturgeschichte in Vergessenheit. Als Historiker hatte es Gustav natürlich leicht, solche Formeln aufzustellen.

7. Die Beurlaubung

Nach der Hebung des Goldschatzes ließ sich Gustav Zeit. Niemand außer seiner Schwester sollte davon wissen. Sie hatte ihm versprochen, niemandem ihr gemeinsames Geheimnis zu verraten. Nach außen hin verhielt er sich wie immer, innerlich aber war er ein anderer Mensch geworden. Er fühlte sich nicht nur frei, er war es auch. So beantragte er am Ende des Sommersemesters eine unbezahlte Freistellung, zunächst für zwei Jahre. Formal war das kein Problem, denn vom eingesparten Gehalt konnte die Fakultät eine Lehrstuhlvertretung finanzieren und vielleicht sogar noch Geld einsparen, wenn die betreffende Person nur jung genug, unverheiratet und kinderlos war. Im Universitätsleben aber war sein Vorhaben äußerst ungewöhnlich und provozierte sowohl die Administration also auch die Kollegenschaft. So etwas hatte es, solange man zurückdenken konnte, noch nicht gegeben. Eine Mischung von Bewunderung und Neid war in den Reaktionen zu spüren. Wie war es möglich, dass sich jemand einfach beurlauben lassen kann, ohne Fortzahlung des Gehalts, ohne bezahlte Fellowship an einem Forschungszentrum, ohne ausgefeilten Antrag auf ein verlängertes Sabbatical, der durch eine Reihe von Gremien zu bewilligen war?

Gustav hatte sich einen plausiblen Spruch zurechtgelegt. »Ich möchte endlich meine Kulturgeschichte Europas von 1650 bis 1914 schreiben und brauche dazu Ruhe und Zeit. Das Haus meines Onkels wird verkauft, das Geld wird für zwei Jahre sicher reichen.« Damit löste er ungläubiges Staunen und eine unterschwellige Empörung über eine solche Dreistigkeit aus. Das Gespräch mit Professor Pirmin Wenig, dem Dekan, verlief merkwürdig verquält: Der Arme musste noch mindestens fünf Jahre Dienst tun und kam schon seit langem nicht mehr dazu, seinen geliebten literaturwissenschaftlichen Studien nachzugehen – keine Chance, endlich sein Buch über den Einfluss der romantischen Naturphilosophie auf die englische Literatur in Angriff zu nehmen.

»Herr Gerbacher, ich wüsste nicht, wie ich Sie von Ihrem Vorhaben, das ja sehr vernünftig ist, abhalten könnte. Ehrlich gesagt wäre ich gerne an Ihrer Stelle.« Er seufzte, rang sich ein Lächeln ab und setzte sich wieder die Brille auf, die er zuvor auf dem Schreibtisch abgelegt hatte.

»Morgen können wir in der Fakultätssitzung den Beschluss herbeiführen und ihn dann sofort dem Rektorat weiterleiten. Da Sie schon einen Lehrstuhlvertreter benannt haben, der bereit steht, und die finanzielle Situation offenbar völlig geklärt ist, müssten Sie innerhalb von zwei bis drei Wochen den offiziellen Bescheid erhalten.«

Gustav bemühte sich, ein dankbares Gesicht aufzusetzen, was nicht ganz seinem inneren Gefühl entsprach. Er war seinem Onkel dankbar, der ihm mit seinem Schatz ein neues Leben geschenkt hatte, nicht aber einer Dienststelle, die nur das beglaubigte, was ihm ohnehin zustand. Aber er war lange genug an der Universität sozialisiert worden, um die Rituale nicht nur zu kennen, sondern auch automatisch einzuhalten.

»Und noch etwas, Herr Kollege Gerbacher, bitte kommen sie wenn irgend möglich zur Sitzung morgen Nachmittag. Auch wenn wir kurzfristig keine Feier organisieren können, so möchten wir Sie doch offiziell verabschieden.« Der Dekan streckte den Arm aus, man schüttelte sich die Hand, als sei damit ein Vertrag geschlossen worden. Gustav machte einen braven Diener, wie es sich gegenüber einer Spektabilität geziemt, murmelte ein zustimmendes »vielen Dank, bis morgen« und trat auf den Flur hinaus.

Nachdem sich die Tür hinter ihm geschlossen hatte, machte er einen Luftsprung und reckte die Arme nach oben. Er hatte es geschafft, viele Jahre vor dem vorgesehenen Zeitpunkt das Schloss hinter sich zu lassen. Und er freute sich bei dem Gedanken, dass er keineswegs gezwungen war zurückkehren. Die Goldbarren würden ihn in eine offene Zukunft tragen. Ihr Gewicht verhielt sich umgekehrt proportional zu seinem Gefühl der Leichtigkeit.

Seine Verabschiedung war auf der aktualisierten Tagesordnung vermerkt. Er hatte den Punkt sofort auf der Tischvorlage entdeckt. Die Fakultätssitzung nahm ihren Lauf und Gustav musste sich mehr als eine Stunde gedulden, bis schließlich seine Verabschiedung aufgerufen wurde. Als er in die Runde schaute, blickte er in alt aussehende, müde Gesichter. Eine Mischung von Pflicht und

Strafe ließ sie ausharren und nur selten war ein Flüstern untereinander oder ein unterdrücktes Lachen zu hören. Ihm gegenüber saßen zwei Personen, ein Romanist und eine Ägyptologin, die Gustav schon immer sympathisch fand. Er war froh, hin und wieder einen amüsierten Blick oder ein unmerkliches Zwinkern mit ihnen austauschen zu können. Während der Romanist in seinem Anzug mit Weste und Krawatte vor sich hin schwitzte, ein gutmütiger, ziemlich beleibter Kerl, hatte die schlankere Ägyptologin ein luftiges, leicht gemustertes Kleid an, um den Hals eine Holzperlenkette. Beide waren vor Jahren gleichzeitig berufen worden. Man kannte sich durch Gremiensitzungen, ohne dass sich daraus eine nähere Bekanntschaft ergeben hätte. Heute aber waren ihm diese beiden plötzlich nahe. Er liebte ihren Gesichtsausdruck, der vornehme Zurückhaltung und zugleich Offenheit und Neugierde ausdrückte. Es gibt also in diesen Niederungen Momente der Erhabenheit, die einen über solche Sitzungen hinwegretten können, dachte Gustav.

Endlich wurde sein Tagesordnungspunkt aufgerufen. Die Verabschiedung lief wie zu erwarten war rasch und routinemäßig ab. Der Dank für die geleistete Arbeit im Namen von Fakultät und Universität, die guten Wünsche für seine nähere Zukunft, die Überreichung eines kleinen Bildbandes zur Geschichte des Schlosses, der Händedruck des Dekans, der Applaus der Fakultätsmitglieder.

»Auch ich danke Ihnen, liebe Kolleginnen und Kollegen, es war schön, mit Ihnen zusammenzuarbeiten«, antwortete Gustav.

»Ich hoffe, dass wir Sie in zwei Jahren wieder in unserem Kreis begrüßen können – mit ihrem opus magnum.«

Gustav glaubte, beim »opus magnum« einen ironischen Unterton in der Stimme des Dekans gehört zu haben. Jedenfalls löste der Ausdruck ein heiteres Gelächter aus. Die Vorstellung hatte etwas Tröstliches, dass er ja gar nicht dazu gezwungen werden konnte, in diesen »unseren Kreis« nach zwei Jahren zurückzukehren, ebenso wenig, wie sich in dieser Zeit mit der europäischen Kulturgeschichte von 1650 bis 1914 zu befassen.

8. Veränderter Alltag

Nach der Fakultätssitzung leistete sich Gustav einen Latte Macchiato in einem Straßencafé. Die Abendluft war mild und lud zum Sitzen im Freien ein. Die Fußgängerzone war am frühen Abend noch belebt. Wo kommen nur diese vielen Kopftuchfrauen her? fragte sich Gustav. Einige bunte, meistens schwarze Kopftücher. Frauen in langen, meist schwarzen Gewändern, viele von ihnen schoben einen Kinderwagen, oft weitere Kinder an der Hand führend, manchmal begleitet von einem Mann in T-Shirt und Shorts. Heute erblickte er keine vollverschleierte Frau, aber auch diese Erscheinung war keine Seltenheit. Der Gesichtsschleier verhinderte keineswegs die Nutzung eines Mobiltelefons, auch das Lenken eines Pkws war möglich, wie Gustav schon beobachtet hatte. Woher kam sein Widerwille bei solchen Beobachtungen? War er fremdenfeindlich, islamophob oder gar rassistisch eingestellt? War es verboten, an politische Botschaften wie den »Geburten-Djihad« zu denken und einen solchen Gedanken nicht sofort zu verwerfen?

Eine Schar junger Männer zog vorbei. Sie waren schlank, ihr Haarschnitt war modisch nach oben getrimmt, dunkler Teint, ihre Sportschuhe leuchteten in bunten Farben. Vielleicht kommen die aus Nordafrika, vielleicht aus Marokko, dachte Gustav. Menschen, deren soziale Zuordnung schwierig war, da die Begriffe in ganz verschiedener Richtung ausschlagen konnten: Flüchtlinge, Geflüchtete, Schutzsuchende, Asylbewerber, Migranten, Invasoren. Gustav hatte neuerdings Angst, bei Dunkelheit durch unbelebte Straßen zu gehen oder auch tagsüber alleine einer Gruppe »junger Männer« zu begegnen. Auch hielt er in Bahnhöfen Abstand von der Bahnsteigkante. Da nutzte es wenig, wenn Kriminologen in hochkarätigen Talkshows die Fernsehzuschauer belehrten, dass diese Angst statistisch gesehen unbegründet sei. Gerade gestern Abend hatte ein rundlicher Herr mit prächtiger Haartracht, Schnauzbart und Krawatte dem Millionenpublikum vorgerechnet, dass die Wahrscheinlichkeit, in seinen eigenen vier Wänden zu verunfallen, sehr viel größer sei, als einem Anschlag oder sonstigen Gewaltverbrechen zum Opfer zu fallen. Die Ängstlichen waren demnach die Unvernünftigen. Gustav musste hier an die Unterscheidung von neurotischer und Realangst denken, die Sigmund Freud einst vorgenommen hatte. Die Ängstlichen wurden von diesem Kriminologen also zu Neurotikern gestempelt. Doch Gustav spürte, dass seine Neurose der Wirklichkeit näherkam, als die zur Schau gestellte Unbekümmertheit des Statistikers.

Ihm kam Nietzsches Aphorismus in den Sinn: »Der Irrsinn ist bei Einzelnen etwas Seltenes, – aber bei Gruppen, Parteien, Völkern, Zeiten die Regel.« War es nicht ein Irrsinn, die Grenzen zu öffnen und Hunderttausende von Migranten unkontrolliert ins Land zu lassen? Warum gab es an Flughäfen strenge Sicherheitskontrollen bei einem

Millionenheer von Fluggästen, wo doch nur eine verschwindend geringe Zahl daran dachte, einen Terroranschlag zu verüben? Würde man auf Kontrollen am Flughafen verzichten – so könnte der Kriminologe analog argumentieren –, gäbe es vielleicht hin und wieder einen Anschlag, aber statistisch gesehen bräuchte das den Einzelnen nicht zu beunruhigen. Gustav mochte den Unsinn nicht weiter über sich ergehen lassen und schaltete den Fernseher aus.

Ihm fiel ein bekanntes Zitat von Richard Wagner ein, in dem definiert wird, »was *Deutsch* sei, nämlich: die Sache, die man treibt, um ihrer selbst und der Freude an ihr willen treiben«. Ein bestechende Definition. Es geht nicht um Nützlichkeit und Zwecke, persönliche Interessen und Vorlieben, sondern um das Absolute. Wer dieses anbetet, braucht keine Vorsicht, keine Nachsicht, keine Rücksicht. Er geht aufs Ganze, selbst wenn es ihn in den Untergang führt. Ein solche Person unterwirft sich seiner totalitären Idee, sie kann nichts außerhalb derselben anerkennen. Die ungeheure Euphorie der »Willkommenskultur«, die unzählige Plakate und Hauswände mit der Aufschrift »Refugees Welcome« hervorbrachte, wehrte jede kritische Frage als unsittliche Zumutung ab. Die Eiferer betrieben die Sache um ihrer selbst willen als höchsten Selbstzweck, einen Gottesdienst eigener Art. Die Bewegung erhielt durch kirchliche Würdenträger ihre Weihe, die wuchtig ihre christliche Barmherzigkeit in die Waagschale warfen, um böse Populisten und Fremdenfeinde zu neutralisieren. Im Mittelmeer gekenterte Boote, die ihre menschliche Fracht Rettungsschiffen oder dem Wasser überlassen hatten, wurden sogar symbolisch als Altäre aufgebaut. Dass sie in Wirklichkeit Instrumente krimineller Schlepperbanden darstellten, wollte niemand der Wohltäter wahrhaben. Wer hätte auch öffentlich darauf hinweisen und die Atmosphäre der edlen Gesinnung stören wollen? Der öffentliche Raum mitsamt den Medien glich einer riesigen Kirche, in der Rituale zelebriert wurden, die nicht gestört werden durften. Wehe denen, die den Sonntagsfrieden zu stören wagen.

Polizisten mit Schussweste und Maschinenpistolen sah Gustav vor Jahren nur auf Flughäfen. Jetzt aber gehörten sie zum Alltag und liefen in kleinen Gruppen überall umher: auf Bahnhöfen, in Stadtzentren, bei Volksfesten und Weihnachtsmärkten – Menetekel drohenden Unheils. Das sorglose Wohlgefühl früherer Zeiten war dahin. Wenn man damals auf den Weihnachtsmarkt ging, dachte man nicht als Erstes an Lastkraftwagen, die da hineinrasen könnten. Man benötigte keine Betonblöcke, um den Menschen ein Gefühl des Schutzes zu geben. Vieles war anders geworden, der Alltag hatte sich verändert.

So saß Gustav im Straßencafé, beobachtete die Passanten und ließ seinen Gedanken freien Lauf. Sie oszillierten zwischen Erinnerungen und Wahrnehmungen und verliefen sich in einem Dämmerzustand. Gustav spürte die Entspannung, die mit dieser Art von Kaffeehaus-Somnambulismus einherging.

»Hallo, Herr Gerbacher, immer noch da?« Gustav wachte auf. Vor ihm stand die Ägyptologin in einem leichten Mantel über ihrem Seidenkleid. Gustav freute sich bei ihrem Anblick.

»Darf ich Sie zu einem Kaffee einladen, Frau Kollegin?« fragte er schwungvoll und wies mit der Hand auf den freien Stuhl neben ihm.

»Vielen Dank, warum nicht, sozusagen ein Abschiedskaffee«, sagte sie lächelnd und ließ sich nieder. »Ist ja toll, wie Sie es geschafft haben, dieser Mühle zu entkommen. Ehrlich gesagt beneide ich Sie. Sogar ziemlich.« Und wieder lächelte sie und strahlte durch ihre große und zugleich dezente schwarze Hornbrille.

Sie plauderten munter vor sich hin. Gustav schwelgte in seinen Assoziationen, die sich immer leichter einstellten, je länger er mit der Kollegin beisammen saß. Sie stießen bei ihr auf Resonanz und so stellte sich bald das angenehme Gefühl des Gleichklangs ein, ein schwereloser, schwebender Zustand im Gemüt, wie ihn in der physikalischen Wirklichkeit Raumfahrer erleben können.

»So, ich muss jetzt nach Hause«, sagte sie schließlich, als es allmählich dunkel wurde.

Gustav gab sich einen Ruck: »Ich hätte ein großes Anliegen: Können wir uns nicht duzen? Ich heiße Gustav.«

Sie lächelte, strahlte wieder durch ihre Brille: »Ich heiße Uta, leicht zu merken.«

»Besonders leicht für mich«, meinte Gustav, »sozusagen die Kurzform meines eigenen Namens.« Er konnte es sich nicht verkneifen, noch einen gelehrigen Schnörkel anzufügen: »Dein Name ist nur die sublimierte Form meines eigenen, alchemistisch betrachtet höchst bemerkenswert. Man muss nur drei Buchstaben weglassen, schon ist aus dem Gustav eine Uta geworden«

Dann war sie weg. Es war inzwischen dunkel geworden und er hing wieder seinen Gedanken nach. Aber das

Gespräch mit der Ägyptologin hatte sie beflügelt und ihnen Auftrieb gegeben. Vielleicht gibt es ja diese Schwerkraft nach oben, die uns in göttliche Gefilde zieht, dachte
Gustav, und es fiel ihm Simone Weil ein, die gegen die
Schwerkraft ihrer bleischweren Zeit angeschrieben hatte.

9. Die Hütte

Gustav hatte einen Plan. Er wollte eine Hütte mieten oder kaufen, in die er sich zurückziehen konnte, wann immer er wollte. Er wusste auch ziemlich genau, in welcher Gegend: Wo Wald, Berge, Bäche und Wiesen zu finden waren, wo man einen weiten Blick ins Land hatte und wo ein Dorf in der Nähe war, in dem es wenigstens einen kleinen Lebensmittelladen und eine Gastwirtschaft gab. So studierte er Zeitungsanzeigen, schaute im Internet nach, durchsuchte Landkarten. Die Hütte sollte in höchstens einer Stunde mit dem Auto zu erreichen sein, notfalls auch mit dem Rad in zwei bis drei Stunden. Er hatte ein Vorbild: Heideggers Hütte in Todtnauberg. Nicht, weil er Heidegger verehrt hätte. Er konnte mit seiner Philosophie wenig anfangen, hatte die Lektüre von »Sein und Zeit« immer wieder begonnen, aber jedes Mal rasch aufgegeben. Die Hütte hatte ihn immer wieder beeindruckt, wenn er in Todtnauberg die Ferien verbrachte. Ihre Lage hoch oben am Waldrand, der Blick über das Tal hinweg in die Berge des Schwarzwalds, das sprudelnde Brünnlein mit dem Holzstern kam ihm ideal vor, um zum Denken und Schreiben zu kommen. Eine solche Hütte schwebte ihm vor. Etwas komfortabler sollte sie allerdings sein. Elektrizität, Heizung, Wasserleitung und Abwasserkanal sollten vorhanden sein. Also eher ein funktionsfähiges Blockhaus als eine unbedarfte Hütte.

Die Suche war, wie nicht anders zu erwarten, sehr schwierig. Die Angebote hatte alle einen speziellen Haken. Mal war die Aussicht nicht vorhanden, mal fehlte der Anschluss an die Kanalisation, dann wieder lag das Objekt so abgelegen, dass sich Gustav nicht vorstellen konnte, dort längere Zeit zu wohnen. Gustav ließ nicht locker. Die Vorstellung, in einer Hütte inmitten der Natur zu leben, nahm immer konkretere Züge an, je länger er suchte. Es wurde ihm in seinen Tagträumen auch klar, dass er sich dort nicht mit der europäischen Kulturgeschichte herumquälen würde, sondern einen Roman verfassen wollte. Er wollte sich nicht nur räumlich vom Schloss befreien, sondern auch geistig vom herrschenden Wissenschaftsbetrieb. Er wollte endlich ohne Fußnoten und Bibliographie, ohne Relativierungen und Einschränkungen seine eigene Sprache finden.

Nach einigen Wochen, noch im Frühling, kam der glückliche Moment. Er sah das Häuschen von weitem, es gefiel ihm beim Näherkommen, und als er vor dem Jägerzaun hielt, wusste er, dass er sein Ziel erreicht hatte. Der Besitzer begrüßte ihn zurückhaltend und mit kühler Sachlichkeit. Offenbar hatte er schon Routine mit solchen Besichtigungsterminen, die bisher alle erfolglos geblieben waren. Gustav fragte sich sofort, wo bei diesem Objekt, das doch ideal zu sein schien, der Haken war. Er wurde durch die Räume geführt, es gab sogar ein kleines ausgebautes Dachstudio mit großartigem Ausblick auf Tal und Berge, fast wie in Todtnauberg. Alle Installationen und Anschlüsse funktionierten zwar, mussten aber sicher erneuert werden. Schließlich kam die entscheidende Phase der Besichtigung.

»Meine Frau ist kürzlich verstorben, meine beiden Kinder leben im Ausland und haben keine Interesse. Ich möchte eine Wohnung in einer Seniorenanlage kaufen, wo alles bequemer ist als hier. Vorübergehend habe ich mir dort ein Zimmer gemietet.« Dann räusperte er sich. »Um es klipp und klar zu sagen: Ich brauche Geld. Für 250.000 Euro können Sie alles haben, einschließlich der 2000 Quadratmeter Grundstück.« Dann zuckte er mit den Achseln, eine bedauernde Geste, wie Gustav fand. Am Preis würde wohl nicht zu rütteln sein.

»250.000 Euro?« wiederholte Gustav. Er musste Luft holen, denn die Summe hatte ihn erschreckt. Er hatte mit weniger als der Hälfte gerechnet. Jetzt war ihm völlig klar, warum diese Hütte nicht schon längst verkauft war.

»Glauben Sie, dass jemand bereit ist, diesen Preis zu zahlen?« Das war eine rhetorische Frage, um Zeit zu gewinnen und sich vom Schreck zu erholen.

»Es wird sich bestimmt jemand finden, man muss nur lange genug warten können. Ich stehe nicht unter Zeitdruck. Vielleicht dauert es noch ein Jahr, aber irgendwann klappt's.« Er sagte das im Ton eines Fußballtrainers, der einem Spieler das Elfmeterschießen beibringen will. Irgendwann geht der Ball ins Tor, es ist nur eine Frage der Zeit.

»Hören Sie zu«, sagte Gustav, während er an seine Goldbarren dachte und kalkulierte, »ich bin wirklich interessiert. Aber ich muss mir die Sache noch einmal durch den Kopf gehen lassen. Ich werde mich spätestens in drei Tagen wieder melden. Ich gehe nicht davon aus, dass Sie in der Zwischenzeit verkaufen.«

Zum ersten Mal hörte Gustav den Verkäufer lachen: »Bei dem Preis wird das sicher nicht so schnell gehen, da können Sie beruhigt sein.« Wie oft hatte er dieses Spiel schon mitgemacht?

Als Gustav mit seinem alten Volvo über Berg und Tal, durch Wälder und Felder nach Hause fuhr, hatte er nur diese Hütte im Kopf. Ja länger er fuhr, umso stärker wurde sie zu einer fixen Idee. Er musste diese Hütte bekommen und koste es 250.000 Euro. Aber war es nicht Wahnsinn? Selbst bei anhaltendem Immobilienboom würde er sie kaum für die Hälfte wieder loswerden – ganz abgesehen von den Kosten der notwendigen Totalrenovierung. Ihm kam die Unterscheidung von Gebrauchswert und Tauschwert in den Sinn, wie er sie in diversen »Kapital«-Schulungen kennengelernt hatte, ein Mysterium für alle Marx-Leser. Er lachte auf bei dem Gedanken, dass er ja nur den Tauschwert vergessen musste, um zum entscheidenden Kriterium zu gelangen. Was brauchte er notwendiger als die Hütte?

Zu Hause kalkulierte er mit kühlem Kopf und heißen Ohren. Er stellte mit Erleichterung fest, dass sein Goldschatz ausreichte, um das Geschäft abzuschließen. Jeder, der davon erfahren würde, würde ihn für verrückt erklären. »Bist Du wahnsinnig geworden«, würde man in anbellen. Deshalb beschloss er, dass der Kaufpreis ein Geheimnis bleiben musste, sein Geheimnis.

Als er sich drei Tage später mit dem Verkäufer traf, war seine Entscheidung gefallen. Es war ein schöner Frühsommertag und sie saßen sich vor dem einzigen

Wirtshaus des Dorfes gegenüber. Der große Baum warf einen angenehmen Schatten auf Tische und Bänke. Es war ein Lindenbaum, dessen Früchte heranreiften. Wenn man sie hochwarf, segelten sie wie kleine Hubschrauber mit ihren drehenden Propellern zu Boden. Oft hatte er als Kind dieses Spiel im Riesengarten seiner Großmutter ausprobiert und war über das hundertprozentige Gelingen stets von neuem entzückt.

Gustav nippte an der Weißweinschorle, sein Gegenüber sah ihn etwas gelangweilt an, so, als wisse er genau, was jetzt folgen würde. Denn er kannte das Herumdrucksen der Kaufinteressenten, die sich im Spannungsfeld zwischen ihrem Begehren und ihrer Kaufkraft verzehrten. Man würde ja so liebend gerne, aber unter diesen Bedingungen könne man leider nicht ...

»Also Herr Jäger,« sagte Gustav, »ich kaufe die Hütte unter einer Bedingung«, und er machte ein Pause.

»Ich weiß schon«, bemerkte dieser mit einer abwinkenden Handbewegung. »Es ist immer dasselbe Problem mit dem Preis.«

»Nein, das meine ich nicht. Mein Bedingung ist, dass über den Kaufpreis absolutes Stillschweigen gegenüber Dritten gewahrt wird. Dies müsste im Kaufvertrag eindeutig festgehalten werden.« Gustav merkte, wie der Andere fast erschrocken zusammenfuhr und zu seinem Glas griff, um erst einmal einen Schluck zu nehmen.

»Sie würden also den Preis akzeptieren?« fragte er ungläubig, zog die Augenlider zu einem Schlitz zusammen, als ob er damit die Lage besser durchschauen könne.

»Ja, unter der genannten Bedingung«, entgegnete Gustav und wusste, dass er das Spiel gewonnen hatte.

Die Abwicklung dauerte einige Tage und war eine Formsache, allerdings keine gewöhnliche. Der Notar war ziemlich verwundert über eine solche Transaktion, die ganz offensichtlich die Gesetzmäßigkeit des Tauschwerts missachtete, versuchte mehrfach, Gustav zum Überdenken des Kaufs zu bewegen, was der Verkäufer mit Verdruss hinnehmen musste. Schließlich war aber alles geregelt und Gustav Besitzer einer Hütte, die jener in Todtnauberg ebenbürtig zu sein schien.

10. Antisemitismus

In den Medien wurde wieder einmal der Antisemitismus in Deutschland auf breiter Front thematisiert. Wer mit Kippa unterwegs war und sich somit als Jude zu erkennen gab, musste mit Attacken rechnen. Zeitungsberichte, Talkshow-Runden, Fernsehberichte und Videoclips widmeten sich dem Problem, das als »Schande für Deutschland« bezeichnet wurde. Die politische Führung ließ verlauten, dass man alles daran setzten würde, den Antisemitismus zu bekämpfen. Antisemitismus-Beauftragte wurden berufen, Aufklärungskampagnen an Schulen angekündigt, erweiterte Strafgesetze ins Auge gefasst. Vortragsreihen, Fachtagungen, interreligiöse Gesprächskreise organisiert. Gustav spürte hinter dieser Betriebsamkeit eine schreckliche Leere.

Die Deutschen hätte eine besondere Verantwortung: »so etwas« dürfe »nie wieder« passieren. Die Rechtsradikalen, die Nazis, seien zu bekämpfen. Der Antisemitismus sei erschreckender Weise in der Mitte der Gesellschaft angekommen, agiere aus dieser Mitte. Bündnisse gegen rechts, antifaschistische Trupps, Aktionen gegen Rassismus und Antisemitismus waren in den letzten Jahren flächendeckend entstanden, um dem alten deutschen Ungeist Paroli zu bieten. Gustav machte sich bei alledem so seine Gedanken. Er fand es seltsam, dass Juden in Deutschland weniger vor Skinheads mit Springerstiefeln und eingebranntem Hakenkreuz Angst hatten, als vielmehr vor islamistischen Tätern, denen der Judenhass von klein auf eingetrichtert worden war. Der Elefant im Raum war gigantisch, aber niemand konnte, wollte, durfte ihn bemerken. Die einen konnten ihn wegen ihres ideologischen Tunnelblicks nicht sehen, die anderen wollten oder durften ihn wegen allfällig drohender Sanktionen nicht sehen. Denn die Nazi-Keule hatte zwei besonders eindrückliche Ausbuchtungen erhalten: Rassismus und Islamophobie. Diese konnten erhebliche Verletzungen hinterlassen, keineswegs nur verbale.

Man rechnete antisemitische Übergriffe automatisch dem Rechtsradikalismus zu und kam so zu dem Ergebnis, dass die allermeisten aus dieser Ecke kamen. Je eifriger der »Kampf gegen rechts« geführt wurde, je offizieller die Jahrestage gegen das Vergessen begangen wurden, umso bedrohlicher erschien die Lage für Juden, die sich als solche zu erkennen gaben. In Frankreich war eine alte Frau bestialisch ermordet worden, die dem Holocaust vor mehr als 70 Jahren entgangen war, jetzt aber endgültig vom Judenhass ausgelöscht wurde. Gustav grauste es vor der Vorstellung, dass ein Mensch, der das Totenreich durchwandert und die Hölle überlebt hat, nicht in Freiheit sterben durfte, sondern als Schlachtopfer enden musste. Damit wurden all die Ermordeten in den Vernichtungslagern noch einmal umgebracht. Darin lag die ganze Tragik: Dieser »Einzelfall«, den man offiziell gerne zu einem mehr oder weniger zufälligen Unfall deklariert hätte, bestätigte die ungeheuerliche Macht der Vernichtungsideologie. Hatte das Böse das letzte Wort? Der Kauf der Hütte hatte ihn von dieser Frage nicht ablenken können.

11. Der Anfang einer Geschichte

Endlich war es geschafft. Alle Hindernisse waren überwunden. Die Renovierung durch Handwerker, der Umzug, die neuen Anschlüsse für Strom und Wasser. Gustav staunte, wie rasch alles gehen konnte, wenn man nur genug Geld in die Hand nahm. Nun saß er in seiner Hütte. Der eingebaute Schreibtisch vor dem Fenster erinnerte an das Cockpit eines Fliegers, von dem aus man die Landschaft unter und den Himmel über sich betrachten konnte. Das Fliegen muss ich erst noch lernen, dachte er, als er nach seiner ersten Übernachtung in der Hütte am Schreibtisch saß und ins Weite blickte. Der Morgenhimmel war noch vom Hochnebel verhangen, man ahnte den Tau auf den Wiesen und den würzigen Holzgeruch der Wälder. Es würde schwer werden, abzuheben, die Schwerkraft zu überwinden und die Welt unter sich zu lassen. Er war zwar überzeugt, dass er es schaffen würde, aber leise Zweifel meldeten sich in seinem inneren Ohr. Bist du nicht Münchhausen gleich, der sich am eigenen Schopf aus dem Sumpf ziehen will? Bist Du überhaupt fähig, eine Geschichte zu erzählen, die andere gerne hören oder lesen wollen? Hast Du wirklich eine Geschichte parat, die Dich selbst fasziniert?

Die Vorstellung, mit gespitztem Bleistift am Schreibtisch zu sitzen, vor sich ein leerer Schreibblock, und nun tatsächlich mit der Niederschrift einer Erzählung oder eines Romans zu beginnen, hatte etwas Lächerliches und zugleich Rührendes an sich. Natürlich würde man dasitzen, am Bleistift kauen, sich am Kopf kratzen und schließlich merken, dass einem nichts einfiel, was irgendwie brauchbar wäre. Gustav kannte dieses Gefühl der bedeutungsvollen Leere, der eingebildeten Fruchtbarkeit, die sich als Scheinschwangerschaft herausstellte. Aber diesmal war es anders. Er spürte den Keim, aus dem etwas hervorgehen würde. Die Konzeption war über Nacht in dieser Hütte passiert. Gustav lächelte bei dem Gedanken an Sigmund Freuds »Traumdeutung«, deren Grundsatz ja lautete: »Der Traum ist eine Wunscherfüllung«.

Gerade als er den ersten Satz loslassen und mit seinem Füller in Königsblau niederschreiben wollte, klingelte das Telefon. Warum hatte er es überhaupt vom Verkäufer übernommen? Er fluchte vor sich hin, nahm den Hörer auf und war aus seiner Schöpfungsfantasie herausgerissen, bevor die überhaupt richtig beginnen konnte.

»Ja, hier Gerbacher«, rief er ärgerlich ins Telefon.

»Hier ist das Vorzimmer des Rektors. Er möchte Sie persönlich zu einem Gespräch einladen. Dabei wäre noch die offizielle Vereinbarung über Ihre Beurlaubung zu unterzeichnen. Wie der Justitiar festgestellt hat, reicht die bisherige Dokumentation arbeitsrechtlich nicht aus. Ich kann Ihnen folgende Termine anbieten.« Das »Vorzimmer« nannte ihm drei zur Auswahl. Die Vorstellung, wieder ins Schloss zurückkehren zu müssen, und sei es auch nur für eine halbe Stunde, machte ihn wütend.

»Ich bin beschäftigt, habe Wichtiges zu tun, ist das Treffen wirklich nötig? Können wir das nicht per Email oder Fax erledigen?«

»Leider nein, Herr Professor Gerbacher. Sie müssen verstehen, es handelt sich um rechtliche Vorgaben.«

Gustav entschied sich für den spätesten Termin. Irgendwie hoffte er, dass der sich am ehesten in Nichts auflösen würde. Nach dieser Störung saß er wieder vor dem leeren Blatt Papier, nahm Anlauf und schrieb die ersten Sätze nieder.

Deutsch Sein ist wie Feuer und Wasser, eine unverträgliche Mischung gegensätzlicher Elemente. Goethe und Buchenwald in Sichtweite voneinander, grenzenlose Liebe und abgrundtiefer Hass. Letzterer hatte ein Motiv. Um die Welt zu verbessern, muss man sie erst einmal züchtigen, in Ordnung bringen, reinigen. Daher auch der allgemeine Hang, den Müll zu trennen und die wieder verwertbaren Materialien von den verbrennungswürdigen abzusondern. Die Anlagen der Müllverbrennung konnten nicht groß genug ausfallen, sodass manche aus wirtschaftlichen Gründen fremden Müll hinzukaufen mussten. Manchmal stellte sich heraus, dass Korruption beim Bau Pate gestanden hatte.

Gustav war froh, dass der Anfang gemacht war, kein schöner Anfang, aber immerhin. Es blieb abzuwarten, ob und wie sich die Geschichte entwickeln würde. Er wollte erst einmal spazieren gehen und dann im Dorfgasthaus »Quellenhof« zu Mittag essen. Spaghetti Aglio e Olio, dazu ein Pils, das würde genügen.

12. Die Ägyptologin zu Besuch

Ein- bis zweimal in der Woche fuhr Gustav in die Stadt, um nach seiner verlassenen Wohnung zu sehen und das Nötige einzukaufen. Seine Schriftstellerei kam nicht so recht in Gang. Die Romanidee drehte sich im Kreise. No way out. Gustav hatte sich geschworen, nicht ungeduldig zu werden, gar zu verzweifeln, wenn sich der erhoffte Durchbruch nicht einstellen wollte. Sein Verstand sagte ihm, dass er ohne ständige Fingerübungen nie ein Werk zustande bringen würde. So hatte er sich eine Stimmung der Gelassenheit verordnet, die vorerst nicht zu erschüttern war. Er folgte einem täglich zu wiederholenden Ritual: Morgens nach dem Frühstück zwei bis drei Stunden Weiterspinnen an der Geschichte, abends vor dem Schlafengehen in weniger als einer halben Stunde den fälligen Tagebucheintrag in den Laptop tippen. So sah sein Minimalprogramm aus.

Als er wieder einmal in seinem Straßencafé in der Innenstadt saß, sah Gustav die Ägyptologin vorbeigehen. Sie hatte heute einen Hosenanzug an, die Laptop-Tasche über der Schulter. Offenbar kam sie aus der Fakultätssitzung, die erfahrungsgemäß an einem Mittwochabend zu Ende ging. Und heute war Mittwoch. Gustav stand auf und winkte.

»Hallo, Uta, wie geht's?« Er freute sich, sie zu sehen und merkte, dass auch sie sich freute.

»Das ist ja 'ne Überraschung«, antwortete sie. Gerne nahm sie die Einladung zu einem Milchkaffee an.

Sie erzählte ihm von den neuesten Ereignissen im Schloss, er schilderte seinen neuen Alltag in der Hütte. Sie lachten abwechselnd, oft auch gemeinsam.

»Ich möchte Dich gerne einmal in meine Waldeinsamkeit einladen«, sagte Gustav zum Abschied. »Ruf mal an, wann es Dir passt. Hier hast Du meine Telefonnummern.« Er notierte seine Handy- und Festnetznummer mit dem Kugelschreiber auf eine Papierserviette. »Würde mich wirklich freuen, von Dir zu hören.«

»Mal sehen, ich rufe bestimmt mal an«, meinte sie und verließ nach hingehauchten Wangenküssen das Café.

Gustav musste in den nächsten Tagen öfter an ihre Ankündigung denken. Dann verlor sich seine Erwartung. Als er schon nicht mehr daran dachte, rief sie an. Sie könne morgen oder übermorgen für ein bis zwei Stunden »hinaufkommen«, wenn es ihm recht sei. Sie einigten sich auf morgen.

Gustav hatte genügend Zeit, seine Bude aufzuräumen und frischen Kaffee, Milchsahne und Gebäckstücke zu kaufen. Das Wetter war warm genug, man konnte sich am Tisch vor der Hütte niederlassen. Zur Dekoration hatte Gustav einen Büschel Wildrosen, die er von der Hecke nebenan abgeschnitten hatte, in ein großes Wasserglas gestellt. Uta zeigte sich von allem sehr beeindruckt, am meisten von dem großartigen Ausblick in die Weite der Berglandschaft.

»Ich habe da was Interessantes gefunden«, sagte sie nach dem Kaffeetrinken, als das Geschirr abgeräumt war und Gustav ihnen seine spezielle Apfelsaftschorle eingeschenkt hatte. Sie legte die Kopie eines Artikels auf den Tisch. »Dich interessiert doch die Lehre vom Äther oder Fluidum, wie sie gerade im Mesmerismus gepredigt wurde, ein wichtiges Thema in Europa um 1800. Glaubst Du, dass so etwas auch schon bei den Ägyptern im Schwange war? Ich habe das Buch eines französischen Ägyptologen mitgebracht, so um 1900, in dem werden tatsächlich magnetische Strahlen diskutiert. Schau her.« Sie zeigte auf die Umzeichnung eines alten Reliefs, auf dem eine Sonne mit Strahlen zu sehen war, die in winzigen Händen endeten.

»Na, was hältst Du von den Strahlenhänden? Und wenn Du Dir diese Zeichnung ansiehst, könntest Du den Eindruck haben, dass hier jemand magnetisiert werden soll.« Tatsächlich war ein sakrales Ritual dargestellt, bei dem ein Priester oder ein Gott seine Hände über eine auf dem Rücken liegende Gestalt hielt. Unklar war, ob diese lebte oder verstorben war, ob hier also jemand behandelt oder wiederbelebt werden sollte.

Gustav staunte, denn die Zeichnungen waren wirklich verführerisch. In den Augen eines früheren Magnetiseurs hätte es sich ohne Zweifel um Szenen des Magnetisierens und um die Visualisierung magnetischer Strahlen gehandelt. Das Fluidum schien hier handgreiflich zu werden. Gustav war erstaunt, dass diese Idee noch um 1900 bei Ägyptologen lebendig war. Er fotografierte die Abbildungen mit seinem Smartphone, um sie später in seine Sammlung von Strahlenbildern einzuordnen.

Zwei Stunden gingen wie im Flug vorüber. Sie unterhielten sich zuerst über die klassische Frage, ob das Fluidum eine reale physikalische Kraft darstelle oder nur Einbildung sei. Gustav wollte sich nicht für eine der beiden Seiten entscheiden, wollte weder Esoteriker noch rationalistischer Dogmatiker sein. Er entschied sich für eine schwebende Unentschiedenheit. Für Uta war das Ganze eher ein Spaß, kein Anlass, sich den Kopf darüber zu zerbrechen. Gustav freute sich im Stillen darüber, dass sie offenbar das Thema ihm zuliebe aufgebracht hatte. Sie wusste von seinem Interesse, denn sie hatte seinen Vortrag im letzten Jahr zum Thema »Die Bedeutung des Mesmerismus in Wissenschaft und Alltag nach der Französischen Revolution« besucht, den er im Universitätsverein gehalten hatte. Doch bald ging das Gespräch seine eigenen Wege, streifte das Schloss, schweifte ab zu tagespolitischen Ereignissen und endete mit einer Betrachtung über Wandertouren im Mittelgebirge.

»Wenn Du Zeit und Lust hast, melde Dich. Dann wandern wir zur Falkenburg, wenn Du willst«, sagte Gustav. »Aber hast Du überhaupt Wanderschuhe? Ohne die läuft nichts.«

»Natürlich habe ich Wanderschuhe, sogar Bergstiefel von Lowa, falls Du es genau wissen willst.« Sie spielte die Empörte, stampfte mit dem Fuß auf und verabschiedete sich. Gustav sah dem roten Golf nach, der sich auf dem kurvenreichen Sträßchen ins Tal bewegt, sich manchmal hinter Büschen versteckte, dann wieder auftauchte, immer kleiner werdend und endlich im Dorf verschwand.

Die frische Abendluft tat gut, die Würze des Waldes war jetzt besonders zu riechen und lud zum Schnuppern ein.

13. Die Austreibung

D er unvermeidliche Termin beim Rektor nahte. Gustav war gewappnet, er erschien in blauem Sakko und blau-kariertem Hemd ohne Krawatte, dazu helle Baumwollhosen und schwarze Schuhe der Firma »Waldläufer« mit Klettverschluss. Als er sein Aussehen im Spiegel kontrollierte, war er mit sich zufrieden. Es drückte Respekt und Gelassenheit zugleich aus, die richtige Mischung für den offiziellen Termin bei seinem Dienstvorgesetzten. Er musste nicht lange in der kleinen Sitzecke neben dem Vorzimmer warten. Die Tür öffnete sich schwungvoll und Professor Horn kam aus seinem großen Empfangszimmer heraus, um ihn zu begrüßen. Gustav erwiderte seinen Händedruck etwa in gleicher Stärke, eine Technik, die er sich im Laufe seiner Dienstzeit als professionellen Soft Skill angeeignet hatte. Er bemerkte, dass die Handfläche des Gegenübers trocken und warm war, ein Anzeichen der Selbstsicherheit.

»Nehmen Sie doch bitte Platz, Herr Kollege, wo Sie möchten.« Gustav wusste natürlich, wo der Rektor normalerweise zu sitzen pflegte und setzte sich auf den Stuhl gegenüber.

»Nehmen Sie Tee oder Kaffee?« Alles war in gediegener Form vorbereitet und auf einem Silbertablett aufgestellt. Die Milchsahne befand sich in einem kleinen silbernen Gießer passend zu Geschirr und Kannen.

»Wir haben da einiges zu besprechen«, begann Professor Horn und Gustav ahnte in seiner betont unbetonten Sprechweise, dass im Hintergrund Ungemach lauerte. Er rutschte auf seinem Sitz etwas nach vorne, öffnete das Jackett, als wolle er sich damit Luft schaffen für das Kommende.

»Wir sollten zunächst einmal das Amtliche erledigen«, sagte er, klappte die Unterschriftenmappe auf und holte die Dokumente heraus. »Leider können wir es Ihnen nicht ersparen, Ihren Forschungsprozess zu unterbrechen, um diese Papiere zu unterschreiben.« Beim Wort »Forschungsprozess« hatte er ein wenig gezögert, so als müsse er erst nach dem richtigen Ausdruck suchen, den er dann mit einem Grinsen quittierte, das er nicht unterdrücken konnte oder wollte. Aha, dachte Gustav, ihm stinkt mein Plan, wahrscheinlich ist er auf die Freiheit eines Untergebenen neidisch, dem es gelungen war, der Sphäre seiner Macht zu entkommen.

Nach der Unterzeichnung des Dokuments, das seine Beurlaubung im Detail juristisch regelte, trat das ein, worauf Gustav die ganze Zeit gewartet hatte: die Mitteilung einer unangenehmen Botschaft.

»Herr Kollege Gerbacher, ich möchte mit Ihnen noch eine Angelegenheit besprechen, die für Sie vielleicht im Augenblick nicht so angenehm ist, aber grundsätzlich sicher kein Problem für Sie sein dürfte.« Nach einem bedeutungsvollen Räuspern ließ er die Katze aus dem Sack.

»Sie wissen, wir leiden hier im Schloss unter einer extremen Raumnot. Es ist im Kollegenkreis kaum zu vermitteln, dass Ihr Büro für die lange Zeit Ihrer Abwesenheit ungenutzt bleibt. Sie wissen, dass wir kürzlich die Stiftungsprofessur Digital Humanities in den Sprachwissenschaften besetzen mussten, um den Stifter bei der Stange zu halten. Wir wissen nicht, wohin mit der neuen Kollegin. Ihr Büro mit den zwei Arbeitsräumen wäre für eine Übergangszeit ideal. Was meinen Sie?«

Gustav war zunächst sprachlos. Was sollte er dazu meinen? War seine Meinung überhaupt noch gefragt? Und ehe er etwas sagen konnte, fuhr der Rektor fort.

»Ich kann Ihnen auf jeden Fall anbieten, dass wir alle Ihre Materialien – vorübergehend, versteht sich – sicher in einem der Archivräume im Keller lagern. Sie brauchen sich um nichts zu kümmern. Unsere Hausmeister vom Facility Management können alles ordnungsgemäß verpacken und verstauen.«

»Ich weiß nicht so recht ...« murmelte Gustav. Er empfand diesen Vorschlag als eine Attacke, einen Überfall, und dachte fieberhaft nach, wie er diesen Schlag parieren könnte.

»Sie wissen, Herr Gerbacher, dass in der Vereinbarung, die sie gerade sorgfältig durchgelesen und unterschrieben haben, festgehalten ist, dass Ihr Büro bei Bedarf für die Dauer Ihrer Beurlaubung anderweitig genutzt werden kann.« Wie ein Torero hatte der Rektor damit den Degen im Leib des Stiers versenkt. Gustav spürte die Spitze in seinem Herzen. Er war übertölpelt worden.

»Also abgemacht, sie können jetzt ja machen, was Sie wollen«, rief er etwas zu laut und zu schrill. Im selben Augenblick aber wusste Gustav, dass ihm dieser Mann nichts anhaben konnte. Er war frei und weder auf das Büro noch auf seine Materialien angewiesen, die er ja vorübergehend auch in seiner Stadtwohnung lagern konnte. Auf keinen Fall wollte er sich damit in der Hütte belasten. Als er zurückfuhr, fühlte er sich erleichtert. Er war frei und unbeherrschbar. Mochten die Leute im Schloss doch Kisten packen, Möbel hin- und herschieben, Regale mit Aktenordnern und Büchern füllen, er war diesem Beschäftigungsprogramm entronnen. Was man von außen betrachtet als einen Verlust empfinden konnte, erschien ihm als ein Gewinn.

14. Fingerübungen

Nach ein paar Wochen hatte sich Gustav in das Hüttenleben eingewöhnt wie man seine neuen Schuhe einläuft. Es handelte sich um einen zweiseitigen Prozess. Nicht nur er musste sich an die Hütte anpassen, auch diese hatte sich an seine Bedürfnisse zu adaptieren. Er hatte eine neue Dusche mitsamt neuer Wasserleitung und gesondertem Abflussrohr installieren, den Holzfußboden neu schleifen und versiegeln und auch das zugige Fenster unterm Giebel durch ein Doppelglasfenster ersetzen lassen. Sein Tageslauf verlief im geplanten Rhythmus, sein W-LAN funktionierte und der Öltank war schon für die Winterperiode gefüllt.

Nur die Geschichte, die er so schwungvoll mit königsblauer Tinte begonnen hatte, wollte nicht so richtig in Gang kommen, auch dann nicht, als er den Text direkt in die Tastatur des Laptops tippte. Er schrieb regelmäßig, ihm gelangen schöne Textpassagen, aber er produzierte immer nur Aphorismen, beschrieb Tagesbeobachtungen und merkwürdige Gedankengänge. Er ließ bunte Luftballons fliegen, die in alle möglichen Richtungen aufstrebten, aber keine gemeinsame Formation bildeten, sich zu keiner Geschichte und schon gar nicht zu einem Roman fü-

gen wollten. Warum auch unbedingt an diesem Ziel festhalten? Kein Verlag wartete auf sein Werk, es gab keinen
Lektor, der mit brennendem Interesse auf sein Elaborat
wartete, geschweige den einen Leserkreis, der nach seinem Buch dürstete (nach dem Motto: den »neuen Gerbacher« müssen Sie unbedingt lesen ...).

Er tröstete sich bei dem Gedanken, dass sein stetiges
Schreiben Fingerübungen auf dem Klavier glich, ohne die
es ihm niemals gelungen wäre, eine Sonate von Mozart
oder Beethoven zu spielen. Er schaute in sein Smartphone und stieß zufällig auf eine Audio-Datei, die er vor nicht
allzu langer Zeit gespeichert hatte und die er sich jetzt
noch einmal anhörte. Der Deutschlandfunk hatte im »Ka-
lenderblatt«, das täglich nach den Neun-Uhr-Nachrichten
ausgestrahlt wurde, den Tod des Attentäters von Sarajewo vor 100 Jahren am 28. April 1918 zum Anlass seiner
viereinhalb Minuten langen Sendung genommen. Damit
hatte Gustav ein Motiv für seine Fingerübung an diesem
Vormittag.

> *Es gibt offenbar ein unauflösbares Oszillieren im Ge-*
> *müt der Menschen zwischen Gut und Böse, zwischen*
> *Plus und Minus wie beim Wechselstrom. Derjenige,*
> *der einen anderen totschießt, erschlägt, in die Luft*
> *sprengt, ist in den Augen der Anhänger seiner Idee*
> *ein Held, ein Befreier, in den Augen der Feinde die-*
> *ser Idee ein Mörder, ein Terrorist. Die Welt ist voll*
> *von Zeugnissen dieses Oszillierens. Nicht nur auf*
> *dem Balkan. In bestimmten Regionen gilt der Atten-*
> *täter dort noch 100 Jahre nach seinem Tod als Nati-*
> *onalheld und Freiheitsidol, dem man Denkmäler mit*
> *seiner Statue errichtet, während er anderswo als*

blutiger Terrorist empfunden und geschmäht wird. Ich werde den Namen dieser Person bewusst nicht nennen, obwohl er weltbekannt und in jedem Lexikon verzeichnet ist. Untaten von radikalen Totschlägern führen oft zu größerem Weltruhm als Wohltaten von menschlichen Engeln. Das Ungleichgewicht zugunsten der Ersteren will ich nicht noch durch eigenes Zutun verstärken.

Sonne und Wolken wechselten sich draußen ab und Gustav beobachtete das Wechselspiel von Licht und Schatten, das sich auch in der Hütte abzeichnete. Das passt zu meiner Fingerübung, dachte er. Er goss sich noch eine Tasse Earl Grey Tee aus der Kanne ein, die auf einem Stövchen warm gehalten wurde. Aber dann kam er doch nicht umhin, Namen zu nennen.

Ungefähr 100 Jahre vor dem Attentat von Sarajewo ermordete ein Burschenschafter den »Verräter des Vaterlands« August von Kotzebue. Der Mörder wurde zwar hingerichtet, erhielt aber Jahrzehnte später ein Ehrengrab, das prachtvoller gestaltet war als das seines Opfers. Gerade bei politisch motivierten Gewalttaten sprang die Verklammerung von Verteufelung und Verherrlichung ins Auge. Totschläger und Mörder wurden als Retter des Vaterlands und Freiheitskämpfer verehrt wie im Falle der pfälzischen Separatisten nach dem Ersten Weltkrieg, deren Führung während einer »Kabinettssitzung« in einem Gasthof in Speyer von einem nationalistischen Stoßtrupp erschossen wurde. Beim Rückzugsgefecht wurden zwei Angreifer tödlich getroffen. Sie wurden als Helden, als »Märtyrer der nationalen Sa-che« verehrt, und man errichtete ihnen bereits 1932 ein Denkmal, an dem bis 2001 regelmäßig zum Volkstrauertag offiziell von der Stadtverwaltung ein Kranz zu ihren Ehren niedergelegt wurde.

Für heute genug der Fingerübung, dachte Gustav und machte sich auf, um in die nahe Kreisstadt zu fahren. Er hatte dort verschiedene Dinge einzukaufen, Food und Non-Food, wie man heute sagt. Er brauchte eine Ketten-säge und eine Spaltaxt für die Produktion von Kaminholz. Ihm fehlte auch ein bestimmtes Anschlusskabel, um eine Außenleuchte mit Bewegungsmelder am Eingang der Hütte anzuschließen. Und er wollte auf jeden Fall das »Bauernlädchen« aufsuchen. Hier gab es bestes »Urbrot« mit Sauerteig gebacken, würzigen Ziegenkäse sowie Ge-müse und Obst aus der Umgebung.

Als er mit seinem voll bepackten Volvo zurückkam, sah er schon von Weitem, dass der Postbote dagewesen war. Die Zeitung ragte ein Stück weit aus dem Schlitz des Briefkastens und auf dem einem Vogelhaus nachempfun-den Ablageplatz daneben lag ein Päckchen. Es dauerte seine Zeit, bis er die Ladung in der Hütte verstaut hatte. Schließlich nahm er sich das Päckchen vor. Die Ägyptolo-gin hatte ihm ein Buch geschickt. Auf der eingelegten Briefkarte stand:

»Vielleicht ist das etwas für Dich, habe es kürzlich zu-fällig in einem Antiquariat gefunden. Bis demnächst, Uta.«

Das Buch roch nach Bibliothek, das Papier war leicht vergilbt, die Buchdeckel aus schwarzem Karton zeigten Gebrauchsspuren. Es war im Selbstverlag eines gewissen Dr. Friedemann König im Jahr 1848 in München erschienen. Als Gustav den Titel las, zuckte er wie elektrisiert zusammen: »Mesmer und Mozart: Ein Essay über den Eros der Musik«. Sein Erstaunen wurde von zwei Umständen hervorgerufen: Dass es zu diesem Thema, womit er sich immer wieder beschäftigt hatte, tatsächlich eine Monografie gab, die ihm unbekannt war; und dass Uta an ihn gedacht hatte, als sie zufällig in einem Antiquariat auf diesen Buch stieß. Ein »reiner« Zufall, dachte Gustav mit Anführungszeichen.

Er blätterte in dem Buch, ohne prima vista auf etwas zu stoßen, dass ihm nicht irgendwie schon bekannt war. Die Ernsthaftigkeit und Begeisterung des Autors rührte ihn. Wer war dieser Friedemann König? Er recherchierte im Internet. Dort tauchte der Name zwar auf, aber kein Eintrag passte zur gesuchten Person. Wahrscheinlich handelte es sich um einen Arzt, der als Musikliebhaber die Sphären von Musik und Medizin zusammenbringen wollte. Mesmer, Mozart, Musik, Medizin: vier »M«, die es in sich haben, dachte Gustav. Und er dachte an Uta.

15. Untergangsängste

Allmählich fand Gustav seinen Rhythmus beim tägli-chen Schreiben ohne ins Grübeln zu geraten oder sich von Zweifeln lähmen zu lassen. Die Romanhandlung war ihm zwar immer noch unklar, aber er machte sich mit seinen Fingerübungen empfangsbereit. Wer sagte überhaupt, dass sein Roman eine fortlaufende Handlung haben musste, mit eingebauten Spannungselementen, um den Leser bei der Stange zu halten? Es gab genug Ent-wicklungs- und Bildungsromane, Liebesgeschichten, Briefromane, historische und autobiografische Romane, Schwarzwald-, Eifel- und Nordseekrimis mit fortlaufen-dem Handlungsstrang, Romanhelden und Nebenfiguren, Vor- und Rückblenden, kunstvoll verschachtelten Erzäh-lebenen und so weiter. Er wollte etwas aus sich heraus-bringen, das nicht einem vorgesetzten Kalkül entsprang. Als heutige Übung wollte er den Klimawandel durchspie-len, eine Etüde in Sachen Weltuntergang und Weltret-tung.

Die Untergangsangst war ein auffälliger Begleiter der »Volksseele« in Deutschland. Sie war seit den Pestzügen, die dem Massensterben durch den so ge-nannten Schwarzen Tod im 14. Jahrhundert folgten, endemisch geworden. Die Konfessionskriege, die im

Dreißigjährigen Krieg ihren fürchterlichen Höhepunkt erreichten, gaben dieser Angst neue Nahrung. Nicht nur Natur oder Gott drohten mit Vernichtung der Menschheit, sondern auch die Menschen selbst. Von diesem permanenten Aderlass erholten sich die Länder Europas allmählich in dem Maße, wie andere Weltregionen von ihnen in den Griff genommen wurden und nun ihrerseits vom Untergang bedroht waren. Das betraf nicht nur Indianer oder Schwarzafrikaner.

Ist die Untergangsangst nicht immer Folge der Erfahrung eines realen Untergangs, einer tatsächlich erlebter Vernichtung? Ohne den Horror vor dem Erleiden eines gewaltsamen Todes gäbe es keine Untergangsangst. Aber da war diese besondere Verknüpfung von Untergangsangst und Deutschsein: die »German Angst«. Eben noch waren Gott, Kaiser und Reich im Einklang, war das Land weltweit an der Spitze von Wissenschaft und Technik auf nahezu allen Gebieten und zugleich die soziale Frage halbwegs beantwortet, revolutionäres Aufbegehren durch staatliche Gegenmaßnahmen abgepuffert, als man mit geschwellter Brust in die Schlacht zog, um kläglich zu erfahren, wie diese scheinbar für den ewigen Fortschritt gemachte Welt in Trümmer fiel. Der Schock saß tief. Der angezüchtete Hochmut verkehrte sich bei vielen in ressentimentgeladenen Hass gegen den »Feind« im Inneren wie im Äußeren. Die Untergangsangst nagte an der Seele der Deutschen. Es gab unterschiedliche Versuche, sie zu kompensieren. Am Ende setzte sich der Gedanke der Revanche durch und brannte sich ins Hirn der Menschen ein.

Verlierer sind sehr verletzlich und reagieren auf Demütigungen mit Wut. Das Tausendjährige Reich, das nur armselige zwölf Jahre währte, ist ein unübertroffenes Beispiel, wie eine solche Wut so organisiert und von ideologischen Funken entzündet werden kann, dass davon die Welt in Brand gesetzt wird. Die Untergangsangst schlug in einen Ausrottungs- und Eroberungswahn um. Alle Gefahren, die den neuen deutschen Menschen an seiner Entfaltung hinderten, sollten radikal beseitigt werden, an erster Stelle das Judentum. Der »totale Krieg« bis zum »Endsieg« war nur eine Selbstbetäubung, mit der die Propaganda den Untergang des Regimes vergessen machen wollte, das ideologische Pervitin fürs Volk. Der 8. Mai 1945 aber war nicht aufzuhalten. Der totale Bankrott in Form von unzähligen Toten und Verwundeten, Heimatvertriebenen und »Ausgebomten«, von zertrümmerten Städten und gesprengten Brücken hatte jedermann vor Augen, weniger die menschlichen Ruinen und Leichenberge, welche Konzentrationslager und Vernichtungsaktionen in besetzten Gebieten hinterließen. So sah der totale Untergang eines Landes aus. Es dauerte noch Jahrzehnte, bis der Spruch »Wir haben den Krieg verloren« offiziell vom Spruch »Wir sind befreit worden« abgelöst wurde.

Die deutsche Geschichte, reich an Untergängen und arm an glanzvollen Friedensperioden, wirkt weiter, wie immer wir das Medium benennen: kollektives Gedächtnis oder epigenetische Modulation der Genexpression. Allerdings hat sich die Dimension erweitert. Drehte sich die Sorge früher um Nation und Vaterland, geht es der politischen Führung und der mit ihnen verbundenen Mainstream-Medien – üblicherweise abgekürzt als MSM – heute um Europa und die ganze Welt. Herausragendes Beispiel ist der Klimawandel. Seit sich die Erde um die Sonne dreht, hat sich das Klima immer gewandelt, zum Teil in sehr drastischen Sprüngen. Natürlich ist die Menschheit dagegen ziemlich machtlos. Deshalb wendet man sich dem Bereich zu, der vom Menschen beeinflusst werden kann: dem anthropogenen Klimawandel. Die Logik ist einfach und enthält eine tröstliche Botschaft: Was der Mensch angerichtet hat, kann vom Menschen auch korrigiert werden. Es stellt eine bewundernswerte Leistung dar, den Hauptfeind durch internationale Abkommen zu benennen, den zu bekämpfen von nun an jedermanns Pflicht sei: das CO2. Der Ausstoß müsse um jeden Preis verringert werden, ist allenthalben zu hören, um dem drohenden Untergang durch Temperaturanstieg, dem daraus resultierenden Abschmelzen des Eises an den Polen und Ansteigen des Meeresspiegels sowie drohenden Dürren und Wetterkatastrophen zu entgehen.

Das Weltuntergangsszenario wurde als unumstößliche Tatsache etabliert. Daraus folgt die Strategie der Weltrettung, die in Deutschland wie in keinem anderen Land auf diesem Globus zur obersten Maxime erhoben wurde. »Erneuerbare Energie«, die *von Windrädern in der Nordsee erzeugt wird, muss von dort über gigantische Stromtrassen bis nach Bayern geleitet werden. Die Kernkraftwerke werden gleichzeitig verschrottet und auch den Kohlekraftwerken soll es an den Kragen gehen. Bis in die kleinsten Nischen des Alltags ist das Klimagewissen eingedrungen. So kann man etwa mit den Angaben auf dem Fahrradtachometer von E-Bikes die CO_2-Ersparnis im Vergleich zum Autofahren errechnen. Jeder hat im Kleinen dafür zu sorgen, das die Weltrettung im Großen gelingt. Es hat den Anschein (der vielleicht trügt), dass viele aktionistische Hauruck-Programme der gleichschwebenden Angst vorm Untergang entspringen, der »German Angst« eben – derselben Art von Angst, die vor 100 Jahren Ärzte und Rassenhygieniker vor der zunehmenden Degeneration des Volkskörpers durch Erbkrankheiten umtrieb, die es auszumerzen galt.*

Für heute habe ich genug von den Untergangsängsten, dachte Gustav und ging zum Mittagessen hinunter ins Dorf. Er wusste, dass es heute wieder einmal Kartoffelpuffer mit Apfelmus gab. Und er freute sich auf die hervorragende Küche des »Quellenhofs«.

16. Leibmusik

U tas Buchgeschenk erwies sich als eine Fundgrube. Gustav hatte etliche Schriften über Wolfgang Amadeus Mozart gelesen, auch ausführliche Biografien. Er kannte auch einige Abhandlungen und Lexikonartikel über Franz Anton Mesmer. Dass sich die beiden mehrfach begegnet sind, wurde zumeist nur beiläufig gestreift. Dieser rätselhafte Dr. Friedemann König beschrieb jedoch nicht nur ausführlich die freundschaftlichen Begegnungen Mesmers mit den beiden Mozarts, Vater und Sohn, ihre Gespräche über Musik und ihr gemeinsames Musizieren, sondern thematisierte auch allgemein die Beziehung zwischen Musik und jenem leiblichen Geschehen, das im Mittelpunkt von Mesmers magnetischer Praxis gestanden hatte. Die Töne der Musik, so die Vorstellung, durchdrangen das Fluidum, indem sie es anstießen und Wellen erzeugten, die sich übertrugen und von den Hörern nicht nur über die Ohren empfangen wurden. Dr. Friedemann verkündete mit schlichten Worten seine Einsichten. Je harmonischer und zarter die Töne auf den Hörer abgestimmt seien, umso intensiver könne sie dieser mit seinem Leib als Liebkosung spüren, ja, das Spielen eines Musikinstruments sei nur eine besonders kultivierte

Form der Erotik. Aber auch das Umgekehrte sei zu bedenken: Die wahre Liebeskunst sei vergleichbar mit dem meisterhaften Spiel auf einem Musikinstrument. Dabei stützte sich der Autor auf die »Physiologie der Ehe« von Honoré de Balzac, dessen Ausspruch er seinem Buch als Motto vorangestellt hatte: »In der Liebe ist die Frau, abgesehen von der ganzen Seele, gleich einer Leier, die nur dem ihre Geheimnisse offenbart, der gut darauf spielen kann.« Diesen 31. Grundsatz aus Balzacs »Ehekatechismus« fand Gustav einleuchtend,.

Er las das Buch in einem Zug durch. Es war sicher von keinem Historiker verfasst, der sich jahrelang in Archiven vergraben und die aktuelle Fachliteratur durchforstet hatte und der nun über den aktuellen Forschungsstand hinaus ein »Desiderat« der Wissenschaft erfüllen konnte. Es handelte sich eher um eine fantastische Erzählung, wie sie in der Romantik beliebt war. Wahrscheinlich war Gustav gerade deshalb von Utas Geschenk so fasziniert. Hatte sie dieses Buch selbst gelesen, wenigstens passagenweise? fragte sich Gustav. Diese Frage beschäftigte ihn zunehmend. Und wenn sie es gelesen hatte, was würde sie dazu sagen? Gustav nahm sich vor, ihr in den nächsten Tagen zu schreiben, auf ordentlichem Briefpapier. Die Frage war ihm zu wichtig, um sie als E-Mail im Internet-Stil zu nivellieren. Vielleicht aber würde er sie einfach anrufen. Auf jeden Fall wollte er sich Zeit lassen.

Dann erinnerte er sich an einen alten Freund, einen Musikwissenschaftler und Mozart-Fan, der ihm vor vielen Jahren über Mesmers Beziehung zu den Mozarts begeistert erzählt hatte, angespornt von der Tatsachen, dass er dasselbe Jesuitenkolleg in Konstanz besucht hatte wie seinerzeit Mesmer. Ihn konnte er über das Buch nicht mehr befragen. Er lag schon lange auf dem Friedhof. Sonst fiel ihm niemand mehr ein, den das abseitig erscheinende Thema interessieren würde. Und er hatte keine Lust, an irgendwelche »Experten« heranzutreten. Aber sich mit der Ägpytologin darüber zu unterhalten hatte er Lust.

Gab es wirklich eine »Leibmusik«? Gustav hatte sich diesen Ausdruck nach der Lektüre zurechtgelegt. Eine wunderbare Musik, das durch meisterliches Spielen auf dem Leib wie auf einem Instrument hervorgerufen werden konnte? Sie wäre der absolute Gegenpol zum »Katzenklavier«, das um 1800 ein berühmter Arzt zur Behandlung von Irren vorgeschlagen hatte. Die in einer Reihe fixierten Katzen wurden an ihren Schwänzen mit einer Nagelklaviatur traktiert, um ihnen erbärmliche Schmerzenslaute zu entlocken. Dieses nervenaufreibende Katzengejammer sollte die Irren so erschüttern, dass sie wieder zur Vernunft kamen. Die Leibmusik bildete hierzu einen krassen Gegensatz. Sie war Ergebnis einer erotischen Kunst in ihrer höchsten Form und löste ein überirdisch empfundenes Entzücken aus, eine Ekstase, wie sie in der Geschichte der Mystik beschrieben wird.

Die Mozarts waren seinerzeit von Mesmers improvisiertem Spiel auf der Glasharfe sehr beeindruckt. Ihr ätherischer Klang ließ an kosmische Sphärenmusik denken und sollte den Heilmagnetismus, das unfassbar feine Fluidum bei der magnetischen Sitzung von Patientengruppen verstärken. Wolfgang Amadeus hat später selbst einige Stücke für Glasharfe komponiert. Menschliche Leiber wurden durch diese Musik vereint, von einem gemeinsamen Strom durchflutet. So jedenfalls stellte es sich Gustav vor, als er bestimmte Schilderungen in Dr. Friedemanns Buch las.

Als er bald darauf seiner verlassenen Stadtwohnung den wöchentlichen Besuch abstattete, setzte er sich ans Klavier und spielte so gut er konnte die C-Dur-Sonate, die Mozart ein Jahr vor seinem Tod komponiert hat und die seit seiner Schulzeit sein Lieblingsstück war. Jetzt aber faszinierte ihn die Tatsache, dass im selben Jahr Mesmer in Paris seine weltberühmten magnetischen Kuren exerzierte – zwei Genies auf ihrem Gebiet, Leibmusiker eben.

Am späten Nachmittag war er mit Uta in ihrem Café verabredet, das »Vive la France« hieß. Sie bestellten sich den original französischen Milchkaffee und Mineralwasser, dazu Käse-Baguette.

»Hast Du denn das Buch über Mesmer und Mozart selbst gelesen?« Gustavs Neugierde hatte Zeit gehabt zu reifen. Er bemerkte ihr Lächeln, ohne es deuten zu können. Sie ließ sich Zeit mit der Antwort, als würde sie die Verzögerung genießen.

»Och, ich habe reingeschaut und drin geblättert. Da stecken sicher interessante Dinge drin, aber so richtig weiß ich nicht, was man damit anfangen kann« meinte sie, ohne dies näher zu erläutern.

»Warum hast du mir das Buch dann geschickt?«

»Ich habe mir gedacht, dass Dich das Thema faszinieren könnte. Auch ich finde es interessant, seit ich den Einbruch des Mesmerismus in die Ägyptologie bemerkt habe.« Sie sagte das so betont ironisch, dass die Aussage fast wieder ernst klang.

»Aber erzähl doch mal, was Du überhaupt den lieben langen Tag in Deiner Hütte so treibst.« Die Silben von »lieben langen Tag« sprach sie gedehnt aus, begleitet von einem angedeuteten Kopfschütteln.

Gustav wusste nicht, was er antworten sollte, sein mehrfaches künstliches Räuspern schaffte ihm nur kurzen Aufschub. Dann riss er sich zusammen und bekannte, was es mit seiner Arbeit am Hüttenschreibtisch auf sich hatte.

»Ich habe Dir wahrscheinlich noch nicht gesagt, dass ich einen Roman schreiben möchte. Aber ich habe noch keine Idee, wie der aussehen könnte. Vorerst mache ich meine täglichen Fingerübungen. Ich hoffe, dass ich genug Schwung bekomme. Beim Weitsprung muss man auch erst Anlauf nehmen.«

»Na, dann pass nur auf, dass Du nicht das Absprungbrett übertrittst«, meinte Uta spöttisch. Aber Gustav spürte zu seiner Freude, dass der Spott nur ihr tatsächliches Mitgefühl verdecken sollte.

»Du, ich mach Dir jetzt einen Vorschlag«, sagte sie und klopfte auf den Tisch. »Leg einfach los mit Deiner Geschichte oder Deinem Roman, schreib soweit Dich Deine Fantasie trägt. Aber teile das ganze bitte in Kapitel von erträglicher Länge ein, die man in 10 oder 15 Minuten vorlesen kann.«

»Und wozu, was soll das bezwecken?«

Die Antwort kam prompt: »Damit Du mir die Kapitel vorlesen kannst, bitte so, dass ich nicht einschlafe.« Sie lachte laut auf: »Mensch, das wird eine tolle Sache. Ich freue mich auf die Emanzipation vom Schloss.«

Als Gustav abends wieder zur Hütte zurückkehrte, fühlte er sich frisch und aufgeräumt wie lange nicht mehr. Es würde ihm bestimmt eine Geschichte einfallen, mit der er Uta unterhalten konnte. Auf einem Zettel schrieb er seinen Vornamen, um sich Schwarz auf Weiß noch einmal vor Augen zu halten, dass sie beide – magisch oder wie auch immer – zusammengehörten. GSV, das waren die Buchstaben, mit denen sein Name den ihren wie drei Zinken einer Gabel übergriff: *GuStaV*. Oder anders herum: die seinen Namen unter ihre Fittiche nahm: *gUsTAv*. Spaßeshalber schaute er im Internet nach, was die Buchstabenfolge gsv so bedeuten konnte und stieß unter anderem auf Google Street View. Wie er dann bemerkte, war die Hütte dort noch nicht erfasst.

17. Sophie

Von jetzt an wusste Gustav, dass er seine Hausaufgaben zu machen hatte. Zwar würde niemand mit roter Tinte seine Texte korrigieren, aber die Ägyptologin würde ihm beim Vorlesen zuhören. Er durfte bei ihr weder Langeweile noch Abneigung hervorrufen. So schrieb er für sie allein und nicht für eine anonyme Leserschaft oder eigenartige Rezensenten, die im Hintergrund darauf lauerten, ihren wohlwollenden Senf dazuzugeben oder gleich Gift und Galle zu spucken. Von der letzten Sorte waren die am Schlimmsten, welche dem Autor übel nahmen, dass er etwas zu Papier gebracht hatte, was sie ihrer Meinung nach selbst viel besser hätten bewerkstelligen können. Bei manchen Buchbesprechungen war der pure Neid direkt herauszuhören. Solche Beurteilungen fühlten sich wie Stiche an, die böse Infektionen erzeugen konnten, wenn man sich nicht rechtzeitig gewappnet hatte und die Pfeile mit seinem Schutzschild abwehren konnte. Gustav war froh, dass er eine wohlwollende Hörerin hatte, der er vertraute. Sie würde ihn nicht verraten. So schrieb er die ersten Seiten direkt in seinen Laptop.

Sophie war eine Schönheit Mitte dreißig. Ihre akademische Karriere war bisher zufriedenstellend verlaufen, wenngleich sie die oberste Sprosse der Stufenlei-

89

ter noch nicht erklommen hatte: eine Professur auf Lebenszeit verbunden mit der Leitung eines Universitätsinstituts. Sie hatte Kulturwissenschaft und Geschichte studiert und über das Thema »Zum Frauenbild in der deutschsprachigen romantischen Literatur unter besonderer Berücksichtigung der Caroline de la Motte Fouqué (1773-1831)« promoviert. Was man früher »Frauenforschung« und nun »Gender Studies« nannte, war im Aufwind, die Frauenquoten wurden allenthalben gefordert und von Gleichstellungsbeauftragten (ein wunderbares deutsches Wort) überwacht. So spürte Sophie Rückenwind. Von verschiedener Seite war ihr geraten worden, sich den Gender Studies zu verschreiben. Sie könne sich am Institut für Kulturwissenschaft habilitieren. Mit einem ordentlichen Projektantrag bei der Deutschen Forschungsgemeinschaft hätte sie durchaus das Zeug dazu, eine Drittmittelstelle für sich einzuwerben. So kam es denn auch: Ihr Antrag (»Sexualreform und Frauenbewegung um 1900: Ein literaturwissenschaftlicher Vergleich zwischen Deutschland und den USA«) wurde bewilligt, der Aufstieg der Sophie Meister war gesichert.

Gustav legte eine Pause ein und war froh, wenigstens einen Absatz ohne Denk- oder Schreibhemmung formuliert zu haben. Er ging vor die Hütte, der Himmel war verhangen, die Luft kühl und etwas neblig. Er ging zur Quelle und nahm mit seiner hohlen Hand das Wasser auf, um sich das Gesicht damit zu erfrischen. Er genoss die Würze der feuchten Waldluft. Dann setzte er sich auf die Bank vor der Hütte. Es herrscht ideales Wanderwetter, dachte er, aber ich sitze hier und schwitze eine Geschichte aus, deren Verlauf und Ende nicht absehbar sind. Die Welt wartet nicht im Geringsten auf meine Fantasien, welchen Nutzen hat es, sie niederzuschreiben? Im selben Augenblick merkte er, dass ihn sein Pessimismus trog. Er hatte ja eine Hörerin, die auf seine Produktion wartete. Also gab es keinen Grund zu zweifeln und zu klagen.

Sophie stammte aus einer kleinbürgerlichen Familie. Der Vater war Polizist und die Mutter Grundschullehrerin. Immerhin hatte es das Ehepaar zu einem Reihenhäuschen im Grünen gebracht, in dem Sophie zusammen mit ihrem älteren Bruder aufwuchs. Die Eltern waren stolz auf ihre Tochter, die eine Laufbahn an der Universität anstrebte und deren Beamtenstatus den eigenen übertreffen würde. Allerdings sahen sie mit Bedauern, dass die Tochter keine Anstalten machte, ihrerseits eine Familie zu gründen und Kinder in die Welt zu setzen. Sie waren immerhin so klug und ließen der Tochter gegenüber nichts darüber verlauten. Sophie hatte durchaus Beziehungen zu Männern aufgenommen, als Abiturientin, dann als Studentin und Doktorandin. Sie konnte sich sagen: »Liebe war auch dabei«, aber die Liebe als Beiwerk war für sie nicht ausreichend gewesen, um sich dauerhaft auf einen Lebenspartner oder gar Ehemann einzulassen. Woran lag es, dass Liebe so schnell in Überdruss oder gar Hass umschlagen konnte? Lag es an der Sexualität, dem unerfüllbaren erotischen Wunschdenken, an gesellschaftlich einengenden Normen, unbewussten Moralvorstellungen? Sophie wusste keine Antwort. Je mehr sie sich in die Gender Studies einarbeitete, umso weniger fand sie eine Erklärung.

Vielleicht hatte Sie zu hohe Erwartungen an das Liebesglück, worunter sie harmonischen Umgang miteinander, Zärtlichkeit, befriedigenden Sex verstand, alles zusammen in einer nachhaltigen Zweierbeziehung mit der Option auf zwei, vielleicht auch drei Kinder. Sie machte mehrere Anläufe. Keiner der Männer, die sie an und in sich kennenlernte, hatte sie abgestoßen, alle fand sie passabel. Und dennoch wollte es mit der »Nachhaltigkeit« nicht klappen. Immer wieder trat nach einer mehr oder weniger lang anhaltenden Glücksphase die Ernüchterung ein. Beim dritten Mal kam ihr die Einsicht, dass das Scheitern vielleicht weniger an den Personen und deren Willen oder Eigenarten lag, als vielmehr an einem bestimmten Mechanismus des Soziallebens. Irgendwo schien da ein Webfehler, eine Sollbruchstelle im System vorzuliegen. Aber wo genau lag diese, wie war sie beschaffen?

Vor ein paar Monaten bekam sie von ihrer Freundin Monika, einer Lektorin für Romanistik, das Büchlein »Elf Minuten«, einen Roman von Paolo Coelho, zum Geburtstag geschenkt. Sie las es an drei Abenden durch, ja, sie verschlang es wie kaum ein anderes Buch zuvor. Sie entdeckte ihre eigene Geschichte darin. Ihr wurde klar, wie leicht der Sexualverkehr von der Liebe wegführen und Liebe zerstören kann. Die elf Minuten schienen ein Naturgesetz zu sein. Der kopulierende Mann gelangte normalerweise in dieser Zeit zum Orgasmus, das heißt zum

Samenerguss, was der Titel des Romans besagen wollte. Darauf hatte sich die Frau einzustellen. Selbst wenn ihr dieses Kunststück gelang, löste das »Danach« in seiner peinlichen Belanglosigkeit einen gewissen Überdruss aus. Darauf waren zwei Reaktionen möglich, wie Sophie bei sich beobachtet hatte. Die euphorische Variante war, das physiologische Reaktionsgeschehen als gelungene Leistung anzusehen, die man befriedigt zur Kenntnis nahm und mit einem Glas Wein feierte; die melancholische Variante offenbarte eine unangenehmes Gefühl der Leere und Sinnlosigkeit, sodass man Scham über das Erlebte empfand.

Sophie hatte mit Monika noch nicht über das geschenkte Buch gesprochen, aber sie wollte das bei Gelegenheit nachholen. Jedenfalls stärkte die Lektüre ihr Bedürfnis, diesem merkwürdigen Zwiespalt zwischen Sexualverkehr und Liebesglück nachzugehen. Wenn Gender Studies überhaupt Sinn machen, sagte sie sich, dann müssen sie in erster Linie gerade dieses Problem angehen.

18. Marx geht auf

Gustav freute sich auf Emils Besuch. Der Freund, ein promovierter Soziologe und freischaffender Schriftsteller, war neugierig auf die Hütte. Als Verehrer von Heidegger kannte er natürlich dessen Domizil in Todtnauberg, hatte es aus allen Lagen fotografiert und einmal sogar in einem Aquarell festgehalten. Emil erzählte gerne die Episode, als er mit Malblock und Farbkasten schräg unterhalb der Hütte auf dem Feld saß, eine Umrisszeichnung mit Bleistift anfertigte und dann bemerkte, dass er gar kein Wasser für seine Aquarellfarben dabei hatte. Die Dämmerung stand bevor, ein Marsch zum Brünnlein neben der Hütte wäre möglich gewesen, er wollte aber das heilige Territorium nicht betreten, sozusagen entweihen.

»Was sollte ich tun?« pflegte er zu sagen. »Da besann ich mich auf meinen eigenen Leib und seine absonderbaren, ja absonderlichen Flüssigkeiten.« Bei »absonderlichen« grinste er dann, um nach einer Kunstpause fortzufahren: »Ich hatte die Wahl zwischen Spucke und Urin. Ich entschied mich aus pragmatischen Gründen für Ersteres. Es ist also ein echtes Salivarell. Das kommt von ›saliva‹, Speichel, muss ich Dir als Lateiner ja nicht sagen, oder?«

Wer Emil kannte, kannte auch diese Anekdote. Die wenigsten aber hatten das Bild gesehen, obwohl es Emil der Weltöffentlichkeit in seinem Blog präsentierte. Wer ein bisschen danach suchte, konnte das Foto entdecken. Es war gerahmt, offenbar hinter Glas, was man an der leicht spiegelnden Oberfläche erahnen konnte. Die Tür und die beiden Fenster auf der dem Tal zugewandten Vorderseite erinnerten an ein Gesicht: zwei Augen und eine Nase. Die Treppe zur Tür konnte als Oberlippe gelten, die einen offenstehenden Mund begrenzte. Streckte dieses Gesicht gar die Zunge heraus? Gustav hatte sich das Bild schon oft im Internet angesehen. Die schwarzen Tannen erzeugten einen finsteren Eindruck, was einen Kontrast zur Hütte bildete. Denn deren Gesichtszüge mitsamt dem Vorderdach waren hell, auch über dem Dach war es hell, als werde die Hütte von einem Heiligenschein überwölbt. Offenbar hatte Emil nicht nur Spucke, sondern auch Deckweiß verwendet: Denn der helle Wasserstrahl des Brunnens war gut getroffen, den berühmten Brunnenstern aber konnte man auf die Entfernung nicht sehen und Emil hatte ihn deshalb in seinem Bild weggelassen. Es war also nicht verwunderlich, dass er auf Gustavs Hütte neugierig war.

»Ich lade Dich gerne ein, allerdings musst Du mir versprechen, dass wir nicht über Heidegger, auch nicht über dessen Hütte, sprechen«, hatte Gustav ihm am Telefon gesagt. Er hatte keine Lust auf die neuesten Wendungen der ewigen Querelen um diesen rätselhaften Philosophen, die Emil vermutlich wie bei früheren Treffen ausbreiten würde. Gustav erinnerte so etwas an Dia-Abende in seiner Jugend, wenn Urlauber ihre Urlaubsbilder projizierten. Wer an der Reise teilgenommen hatte, war von ihnen entzückt, wer nicht dabei gewesen war, langweilte sich zu Tode.

Abgesehen davon war Emil ein großartiger Erzähler, konnte sich auf Zuhörer und Situationen einstellen, umdisponieren, improvisieren. Er hatte, um in einem altertümlichen Bild zu bleiben, nicht nur *einen* Dia-Kasten parat, sondern ein ganzes Arsenal und er konnte auch blitzschnell aus den verschiedenen Kästen neue Bildkombinationen kreieren. Gustav freute sich auf diesen Freund und Unterhaltungskünstler.

Er sah ihn von weitem, wie er auf dem direkten Pfad vom Dorf heraufstieg. Mit seinen Nordic Walking Stöcken und dem schwarzen Rucksack, der ortsüblichen Ausrüstung von Wanderern, machte er einen optimal ausgestatteten Eindruck. Die Trekking-Welle hatte weite Bereiche der Freizeitbetätigungen unter freiem Himmel erfasst und einen Industriezweig geschaffen, der Wanderer, Radfahrer, Skiläufer, Reiter, alle Outdoor-Freunde, die in die Nähe oder Ferne schweifen wollten, mit dem nötigen Rüstzeug ausstattete. Aber auch die Nesthocker waren automatisch in die Trekking-Welt einbezogen. Denn Sandalen, Trikots, Handschuhe waren auch in Haus und Garten brauchbar. Beim Näherkommen erkannte Gustav, dass Emil sogar spezielle Trekking-Schuhe an den Füßen hatte, die sich von üblichen Sportschuhen und Bergstiefeln unterschieden.

»Hallo, alter Hüttenwart«, rief Emil. »Schön hast Du es hier, wie ich sehe. Fast so schön wie weiland M. H., aber über den dürfen wir ja heute kein Wort verlieren.« Dabei lachte er.

»Hallo, alter Wanderfreund«, entgegnete Gustav. »Immer noch rüstig im Frühtau zu Berge! Jedenfalls bist Du zünftig ausgerüstet.«

»Noch bin ich ein Mensch mit Thesen, statt mit Prothesen.« Gustav fand Emils Spruch nicht so witzig, verzichtete aber auf Widerrede und bot dem Freund einen Platz auf der Sitzbank vor der Hütte an. Bald war man ins Gespräch vertieft, Gedankenfäden verknüpften sich in freier Assoziation mit anderen, Querverbindungen leuchteten auf, Geistesblitze zuckten von ihrem inneren Himmel. Sie waren wieder in ihrer eigenen Welt angelangt, die sie seit langem miteinander genossen.

»Ich habe Dir etwas mitgebracht, das Dich als Marxologe vielleicht interessiert. Wusstest Du, dass die Karl-Marx-Stadt neuerdings an der Mosel liegt?« Er nahm eine Zeitung aus dem Rucksack und legte sie auf den Tisch. »Hier ist der Beweis.«

Chemnitz hieß vor der Wende Karl-Marx-Stadt, wie Sankt Petersburg einmal Leningrad hieß. Die Überschrift sprang ins Auge: »Besuchen Sie die Karl-Marx-Stadt an der Mosel!« Es handelte sich um die Tourismus-Beilage einer Regionalzeitung, die für einen Ausflug nach Trier warb. Ein Foto der von der Volksrepublik China gestifteten Monumentalstatue nahm die linke Hälfte der Seite ein. Die Werbung folgte der seit der Antike populären Idee der Quaternität, die durch die Lehre von den vier Elementen begründet wurde. Im Falle von Trier waren diese Elemente (1) Karl Marx, (2) die Baudenkmäler der Römer, (3) das Bistum Trier mit dem Dom und (4) die vom Weinbau geprägte Gastronomie.

»Im Osten sind sie froh, den Marx mitsamt Engels und Lenin entsorgt zu haben, hier im Rheinland nutzt man Marx als Marke für den Tourismus. Beides kann man verstehen«, seufzte Gustav. »Ich mach' uns jetzt einen Kaffee.«

»Bitte mit Milch, ohne Zucker. Am besten Milchkaffee«, sagte Emil, während er in seinem Rucksack kramte, um die Wanderkarte zu finden. Sie wollten ja zusammen einen Ausflug zur »Falkenburg« machen und dort zu einem Imbiss einkehren.

Die zwei Stunden Fußmarsch taten gut. Der Weg hatte mehrere Steigungen und schmiegte sich sanft an die Bergrücken, die mit Mischwald bestanden waren. Das Thema »Marx« ließ sie bis zur Falkenburg nicht mehr los. Alle Versuche, es abzubiegen, blieben erfolglos. Der 200. Geburtstag des großen Propheten hatte eine Flut von Publikationen ausgelöst, wie es bei Jubiläen üblich ist. Schriftsteller wollten Bücher, Souvenir-Hersteller ihre Waren verkaufen, Bürgermeister, Komitees und Künstler wollten öffentlich auftreten, Fotografen und Filmteams ihre Bilder produzieren und auch Hotelbesitzer, Würstchenverkäufer und Toilettenvermieter ihr Geschäft machen. Manche Idealisten meinten, es komme darauf an, Marx nicht bloß zu interpretieren, sondern ihn auch zu lesen. Es war bemerkenswert, dass sich immer noch oder schon wieder zwei Lager gegenüberstanden, wenn auch nicht mehr so massenhaft und in blutigem Ernst wie ehedem. Die einen sprachen von dem größten Denker der Neuzeit oder wahlweise des 19. Jahrhunderts. Die anderen sahen in ihm die Urquelle allen Übels, weil alle zur Macht gekommenen marxistischen Bewegungen von Stalin bis Pol Pot ausnahmslos Terror ausgeübt und Millionen von Menschen umgebracht hätten.

»Ich sehe die Genossen noch vor mir«, erinnerte sich Gustav, »wie sie sich jede Woche montagabends trafen und als erstes die ›Rote Fahne‹ aus Peking lasen wie das Evangelium in der Kirche oder die Herrnhuter Losungen. Wie sie Pol Pots ›Rote Khmer‹ als Vorbild für die ›Befreiung unterdrückter Völker‹ bewunderten. Unfassbar.«

»Es sind dieselben, die dann den langen Marsch durch die Institutionen angetreten haben, der bei vielen gar nicht so lang war«, meinte Emil. »Herausgekommen sind manche Professoren, Pfarrer, Banker, Parteipolitiker, Bundestagsabgeordnete und hin und wieder sogar ein ministeriabler Staatsmann.«

»Eigentlich zum Kotzen«, bemerkte Gustav. »Die Menschen sind als Wendehälse geboren, egal in welcher Zeit und in welcher Gesellschaft. Aber das Schlimme, was wirklich zum Kotzen ist: Wenn sich diese Leute hinterher nicht mehr an ihren Irrglauben erinnern wollen. Demut und Bußfertigkeit wären angezeigt, stattdessen spucken diese Herrschaften große Töne und spielen sich als die Weltretter auf. Heute retten sie das Klima, retten den Euro, retten unsere Freiheit am Hindukusch, retten uns vor dem Atomtod, retten nicht nur die Menschen, sondern auch die Bienen und Vögel in der Luft und die Fische im Meer.«

Emil nickte und schüttelte zugleich den Kopf: »Das Verrückte, Irrsinnige dabei ist, dass jeder, der eine Widerrede, einen Einwurf wagt, als Sünder, Ketzer, Rechtspopulist oder Nazi abgekanzelt, man kann auch sagen: sozial hingerichtet wird.«

Gustav fiel ein Vergleich ein. »Die Masse rennt offenbar, wenn sie einmal ins Rennen gekommen ist, immer in einer vorgegebenen Richtung, so als sei der Weg mit unüberwindbaren Zäunen von der Umgebung abgetrennt, nur dass die Zäune objektiv nicht vorhanden sind. Man rennt dem Abgrund entgegen, in den eigenen Untergang, ohne auf den Gedanken zu kommen, links oder rechts auszuscheren und sich in die Büsche oder sonst wohin zu schlagen. Kennst Du den Witz von den zwei Irren?«

Emil verneinte diese Frage zwar, aber Gustav war sich nicht sicher, ob er das nur ihm zuliebe tat, um ihm die Lust am Witze-Erzählen nicht zu verderben.

»Also: Zwei Irre überklettern nachts die Anstaltsmauern, laufen querfeldein durch die ländliche Gegend und stoßen endlich auf eine Eisenbahnschiene. Klug wie sie sind sagen sie sich, dass diese Eisenbahnschiene sicher zu einer Stadt führt. So marschieren sie auf der Schiene der vermuteten Stadt entgegen. Da hören sie von weitem hinter sich einen Zug näherkommen. Sie laufen schneller, Der Zug kommt immer näher. Sie laufen immer schneller. Schließlich ist der Zug direkt hinter ihnen. Da sagt der eine Irre zum anderen: ›Du, wenn jetzt nicht bald eine Weiche kommt, sind wir verloren!‹ Ende des Witzes.«

Sie waren nun in Sichtweite der Falkenburg angelangt, ein kühles Bier lockte. »Die Diktatur des Proletariats überrollt die irre Bourgeoisie auf ihrem Gleis, um Deinen Witz mal marxistisch zu wenden«, rief Emil übermütig. Und sie spürten beide eine Erleichterung bei dem Gedanken, dass sie mit Durchschreiten des Burgtores den Marxismus als Gesprächsstoff abstreifen würden.

Die Ruinen zeigten eine bizarre Formation. Die Außen-
fassade nach Süden war weitgehend erhalten. Die großen
Fensteröffnungen gaben den Blick ins enge Tal frei und
erinnerten Gustav an Augenhöhlen in einem Gesichts-
schädel. Aber der Innenhof war als Biergarten einladend
gestaltet und ließ den gespenstischen Eindruck vergessen. Sie waren die einzigen Gäste und wurden von der
Wirtin freundlich begrüßt.

19. Sophies Entdeckung

Er hatte Emil nichts von seinem Romanprojekt verraten. Es hing ja immer noch in der Luft, hatte noch keinen Boden unter die Füße bekommen. Er würde ihn darüber informieren, sobald eine gewisse Standfestigkeit erreicht war. Vorderhand reichte ihm eine Hörerin vollauf. Uta hatte ihm eine Ansichtskarte vom Schloss geschickt und mit der Frage versehen: »Wann findet denn die Lesung des ersten Kapitels statt?« Gustav fühlte augenblicklich einen Druck auf sich lasten, den er aber schnell abschütteln konnte, als er sich Utas ironischen Tonfall zum Geschriebenen vorstellte. Er war froh, dass sie offenbar Interesse an seiner Schriftstellerei hatte. So antwortete er ebenfalls mit einer Ansichtskarte vom regionalen Bergland, auf der er vermerkte, dass er in einer Woche sicher soweit sei. Man könne sich am Freitagnachmittag im gewohnten Café in der Innenstadt treffen, in der Nähe des Schlosses.

Sophie hatte für die Durchführung ihres Forschungsprojekts ein ausgeklügeltes Arbeitsprogramm entworfen, wie es von der Fördereinrichtung und den Gutachtern erwartet wurde. Ausgehend vom Stand der For-

schung hatte sie mehrere thematische Schwerpunkte benannt und im Einzelnen beschrieben, welche Aufgaben jeweils wie zu lösen seien: Gemeinsamkeiten und Unterschiede zwischen Deutschland und den USA, die gesellschaftspolitischen Probleme der Frauen, ihr Kampf um Gleichberechtigung, der Stand der Sexualwissenschaft und die emanzipatorischen Versuche einer Sexualreform waren darzustellen. Sophies Bibliographie umfasste mehr als 300 Schriften, die sie in deutschen oder amerikanischen Bibliotheken ausfindig gemacht hatte.

Aus der Literatur konnte sich Sophie ein Bild von den damaligen Zuständen machen. Die Frauen waren Opfer der sozialen Machtverhältnisse, die von den Männern bestimmt waren. Dies galt vor allem für die Proletarierfrauen, die einem doppelten Elend ausgesetzt waren: Als Frauen von ausgebeuteten Männern und zugleich als Opfer von deren roher Gewalt. Ihr Elend zeigte sich vor allem auf sexuellem Gebiet: Sie hatten den Männern als Sexualobjekt ohne effektive Empfängnisverhütung zur Verfügung zu stehen. So wurden sie permanent von Schwängerungen geplagt und mussten mit armseligen Mitteln eine Kinderschar versorgen, wenn sie nicht vorzeitig bei der Geburt oder nach einer schmutzigen Abtreibung starben.

Es gab Unmengen von sozialmedizinischen und wirtschaftsgeschichtlichen Studien zu dieser Thematik, die Sophie durchzusehen hatte. Das soziale Elend stellte sich als ein Konglomerat von Problemen dar, die seinerzeit auf der Tagesordnung standen: Das Abtreibungsverbot (»Paragraph 218«), das Wohnelend in Arbeitervierteln, der grassierende Alkoholismus, der als »Trunksucht« in »Trinkerheilanstalten« bekämpft wurde, die Syphilis und Tuberkulose als große Volkskrankheiten. Aber das Hauptproblem war, wie Sophie herausfand, das sexuelle Elend. Männer und Frauen waren im Sexualakt auf eine tierische Rohheit zurückgeworfen, die Übles bewirkte und für Frauen einer Schändung gleichkam. Handelte es sich nicht objektiv um eine Vergewaltigung, wenn Frauen ohne Kontrolle und gegen ihren Willen geschwängert wurden, selbst wenn sie dabei Lust am Sex empfunden hatten?

Wie steht es mit dem Sex heute, der ja angeblich durch Antibabypille und Safer Sex revolutioniert wurde? dachte Sophie und erinnerte sich an ihre eigenen Erfahrungen und die »Elf Minuten«. Vielleicht, so dachte sie, konnte man sagen: Das Elend ist ein anderes geworden, raffinierter, hat sich verfeinert. Aber es ist noch immer ein Elend. Sie kannte Ehepaare, die nicht mehr »miteinander schlafen« konnten, frustrierte Paare, die sich in »neue Beziehungen« flüchteten, Männer und Frauen, die sich endlich »ausleben« und sexuelle befreien wollten. In den Zeitschriften wimmelte es von Ratgebern, wie der ordentliche Orgasmus herauszukitzeln sei, im Internet sprangen Angebote für Potenzmittel (auch »ohne Chemie«) und Penisvergrößerungen ins Auge und in Apothekenheftchen wurden Naturheilmittel für gewisse Männer- und Frauenbeschwerden angepriesen. Auf dem Markt war alles Mögliche zu haben, aber die Summe des Elends, so kam es Sophie jedenfalls vor, blieb merkwürdig konstant.

Hier machte Gustav eine Pause. Das Kapitel war noch nicht ganz zu Ende. Eine pure Beschreibung des Elends war einfach zu wenig, um sie Uta zu präsentieren. Lamentieren würde nicht weiterführen und schon gar nicht seine Hörerin beeindrucken. Aber genau das wollte er bei ihr erreichen: Sie neugierig auf seine Geschichte machen. Wenn ihm das gelang, würde er auch selbst eine Chance haben, sich von ihrer Neugierde anstecken zu lassen und die Geschichte zum Laufen zu bringen.

Bei ihrem Projekt kam es vor allem auf die Analyse der »Primärquellen« an, was zum Kleinen Einmaleins der geisteswissenschaftlichen Forschung gehört. Sie las eifrig, was sie sich in ihrer Literaturliste angekreuzt hatte, exzerpierte fleißig, notierte bei denn Zitaten seitengenau die jeweilige Quelle und reicherte so die Datei ihrer Materialien systematisch an. Sie stöberte in schöngeistiger Literatur, soziologischen Studien, medizinischen Werken (vor allem aus der Frauenheilkunde und Psychiatrie), Ausstellungskatalogen, psychoanalytischen und sexualwissenschaftlichen Schriften sowie pornografisch illustrierten Broschüren. Sie wollte alles berücksichtigen, was vor 1933 erschienen war beziehungsweise sich bis dahin ereignet hatte.

Sophie hatte sich in der Universitätsbibliothek regelrecht eingenistet. Als einer offiziell geführten Habilitandin stand ihr eine abschließbare Arbeitskabine zu, was den Vorteil hatte, dass man seine Bücher und sonstigen Unterlagen an Ort und Stelle zurücklassen konnte. Allerdings nahm sie ihren Laptop immer mit und ließ ihn nie aus dem Auge. So saß sie je-

den Tag vier bis fünf Stunden ihn ihrer Kabine, lesend, überlegend, träumend, schreibend. Da stieß sie auf einen Namen, der ihr in der gesamten Sekundärliteratur noch nie begegnet war: Alice Bunker Stockham, eine Frauenärztin und Lebensreformerin aus Chicago. Sie lebte von 1833 bis 1912 und propagierte eine Ehe- und Sexualreform, deren springender Punkt eine bestimmte Methode des Sexualverkehrs darstellte. Sie bezeichnete diese als ›Karezza‹.

Als Sophie das Buch der Frauenärztin las, kam sie aus dem Staunen nicht heraus. Was da propagiert wurde, schien ihr völlig illusorisch, unphysiologisch und in höchstem Maße versponnen. Das Paar sollte beim Geschlechtsverkehr alles daran setzen, den Orgasmus zu vermeiden, und zwar in erster Linie die Ejakulation des Mannes. Jede Hast und Gier sei zu vermeiden, die Bewegungen seien so sparsam zu vollführen, dass sie keine Erregung erzeugten, die zwangsläufig zum Höhepunkt führen und den Orgasmus auslösen würde. Sophie war perplex. Widersprach diese Strategie nicht gänzlich der unwillkürlichen Triebabfuhr? Dem gesunden Reflex zum Abschluss eines befriedigenden Beischlafs? Was würden Ärzte, Psychologen, Psychoanalytiker dazu sagen? Konnte eine solche Zurückhaltung (»Zurückhaltung des Samens«) gut gehen? Verursachte sie nicht somatische und psychische Verspannungen mit üblen Folgen? Dem wollte sie nachgehen und sie nahm sich vor, die einschlägigen Schriften zu studieren.

Alice Bunker Stockham und ihr Karezza-Buch: Sophie war fasziniert von dieser Entdeckung. Vor allem gefiel ihr, dass sie auf eine spannende Frauenge- schichte gestoßen war, von der die Scientific Com- munity der Gender Studies offensichtlich keine Kenntnis hatte und die das Klischee vom »natürli- chen« Geschlechtstrieb und der »Triebabfuhr« über den Haufen warf.

20. Erste Lesung

Hallo Uta! Mensch, Du bist ja super pünktlich«, rief Gustav ihr entgegen. Er saß an einem runden Tischchen in der Ecke. Die Turmuhr der Stadtkirche schlug gerade fünfmal. Es hörte sich an wie der Gong, der in seinem Elternhaus zum Mittagessen geschlagen wurde, der Familientradition gemäß dreimal, ziemlich genau um zwölf Uhr. Denn so wollte es ein ungeschriebenes ehernes Gesetz: Um zwölf wird gegessen.

»Hallo Gustav! Du tust ja gerade so, als sei ich sonst nicht pünktlich. Wie geht's Dir? Ich bin gespannt, was Du zum Auftakt geschrieben hast.« Sie legte ihren Sommermantel über die Lehne eines freien Stuhls, umarmte ihn dezent und setzte sich ihm gegenüber.

»Ich muss in einer Stunde wieder los, Chorprobe. Wir üben gerade die Matthäus-Passion. Wer zu spät kommt wird von unserem Dirigenten vor versammelter Mannschaft gegrillt.«

Gustav ließ sich nicht anmerken, dass er von Utas Zeitvorgabe enttäuscht war. Bevor er überhaupt angefangen hatte, wurde von ihr schon das Ende festgelegt. Sie spürte natürlich die Verstimmung und versuchte ihn aufzuheitern.

»Wir können doch einfach das Format einer Psycho-analyse-Stunde übernehmen: 50 Minuten, dann ist das Arbeitsbündnis für diesen Tag vorbei. Aber im Unter-schied zu einem Analytiker nehme ich kein Honorar. Na, ist das kein Angebot?« sagte sie fröhlich.

Gustav konnte sich ihrer Aufmunterung nicht entzie-hen und entschied sich, gute Miene zu diesem merkwür-digen Spiel zu machen. So las er ihr die Passagen über die Untergangsangst der Deutschen vor, um dann Sophie Meister als Frauenforscherin auftreten zu lassen. In der Übergangszeit vom Nachmittag zum Abend lief der Be-trieb im Café ruhiger, nur wenige Tische waren belegt, und Gustav konnte mit leicht gedämpfter Stimme unge-stört vortragen. Nach 20 Minuten war er schon fertig.

»So, das wär's«, meinte er am Ende und legte die aus-gedruckten Manuskriptseiten in die Klarsichtfolie zurück. Beide schwiegen. Er wartete auf ihre Reaktion. Was wür-de sie sagen?

»Also die ›Fingerübungen‹ sind eine Spielerei aus Ver-legenheit. Was willst Du überhaupt mit der Untergangs-angst der Deutschen sagen? Das klingt nach einer großen Portion Selbstmitleid. In so einem jammervollen Volk musst Du Dein Leben zubringen? Armer Gustav.« Sie sag-te das in einem beißend ironischen Ton, in dem zugleich ein Unterton von Sympathie herauszuhören war. Gustav war hin-und hergerissen. Was würde als nächstes aus ihrem Mund kommen?

»Deine Sophie gefällt mir. Ein Gegenmittel gegen diese deutsche Melancholie. Noch ein bisschen zu brav, aber sie kann sich ja noch entwickeln. Dass Du diesen Vornamen gewählt hast, wundert mich nicht bei Deiner Symbolverliebtheit. Sophia – da läuten doch alle Glocken unserer Kulturgeschichte. Die Wörterbücher und Enzyklopädien zur Geschichte der Religion, Mythologie, Philosophie und Kunst haben ihr alle einen Ehrenplatz eingeräumt.«

Gustav atmete auf. Sie hatte offenbar ihr Messer der Ironie wieder eingesteckt und nahm nun einen Schluck von ihrem Latte Macchiato.

Dann sagte sie: »Sophie als Name gefällt mir auch deshalb, weil er heute wieder ein beliebter Vorname ist und kein Mensch dabei an das alte Ägypten oder Griechenland denken würde. Du kennst ja die Kommissarin Sophie Haas von der Serie ›Mord mit Aussicht‹. Diese Filmfigur zeigt die unglaubliche Gegenwart der Götterwelt im Alltag, wenn auch nur durch ihren Namen.«

Das klang ziemlich geschwollen in seinen Ohren und Gustav musste lachen. Vielleicht gab es ja zwischen seiner Roman-Sophie und jener Film-Sophie tatsächlich Ähnlichkeiten, zumindest waren sie dem Namen nach miteinander verbunden.

Ihr Gespräch hatte nun ein Thema gefunden: Die Übergriffigkeit der Alltagssprache auf längst vergessene Mythologien, wie sie in Werbung und Propaganda zu höchster Kunstfertigkeit entwickelt worden war. Wenn Wissenschaft und Technik eine »zweite Natur« geschaffen hatten, so die Sprachverwertungskunst eine »zweite Sprache«. Da waren sie sich einig und warfen sich die Bälle zu: »Amazone«, der Versandhandel, hatte ebenso wenig mit den streitbaren Reiterfrauen der griechischen Sagenwelt zu tun wie »Apollo«, die Brillenspezialisten, mit dem griechischen Gott, dem Vater des »Asklepios«, dessen Namen sich wiederum ein Krankenhaus-Konzern an-geeignet hatte.

»Wer heute ›ISIS‹ hört, denkt sofort an abgeschnittene Köpfe und Bombenterror, und ganz bestimmt nicht an die große Göttin der Ägypter, die die Griechen verehrten und die wohl im gesamten römischen Reich verehrt wurde«, setzte Uta die Assoziationskette von Namen fort. »Selbst als Ägyptologin geht mir das so. Grauenhaft.«

Gustav schaute verstohlen auf die Wanduhr über der Theke. Die fünfzig Minuten der Analysestunde waren fast um. Uta hatte seinen Blick bemerkt. »Ich weiß, ich muss gleich aufbrechen«, sagte sie. »Apropos ISIS: Weißt Du, dass nicht sehr weit von hier tatsächlich einmal ihr Tempel stand, einer von vielen? Die Römer haben sie mit an den Rhein gebracht.«

»Und wo soll das sein?« fragte er.

»In der Fußgängerzone, mitten in der Stadt, befindet sich unterirdisch ein ISIS-Museum, in dem die Überreste der damaligen Kultstätte präsentiert werden. Empfeh-lenswert.«

Sie nahm ihren Mantel auf, man verabschiedete sich, und Gustav blieb noch eine Weile sitzen. Er wollte die Be-gegnung auf sich wirken lassen, bevor er die Rechnung bezahlen würde. Selbstverständlich hatte er die Kollegin eingeladen.

21. Eros

Gustav saß an seinem Schreibtisch und dachte an das Gespräch mit Uta. Sie hatten *eine* mythische Gestalt vergessen, deren Namen heute eher profan klang: Eros. Das Wort war in verschiedenen Zusammenhängen wie Eros-Center oder Erotikfilm in der Umgangssprache geläufig, betraf darüber hinaus aber auch Verkaufsartikel, die mit »Eros« bezeichnet wurden wie Herrenparfums oder Reizunterwäsche, ganz zu schweigen von zusammengesetzten Begriffen wie »pädagogischer Eros«. Die Redeweise vom »Eros« oder dem dazugehörigen Adjektiv »erotisch« konnte man aus zwei unterschiedlichen Blickwinkeln betrachten: Vom Standpunkt einer Zivilisationskritik, die darin den Missbrauch eines Götternamens sieht; oder dem einer Kulturanthropologie, die hinter der trivialen Bedeutung von »Eros« eine unbewusste religiöse Sehnsucht nach Göttlichem im Alltagsleben vermutet. Gustav hielt beide Ansichten für legitim.

In der wissenschaftlichen Fachliteratur gab es eine klare Einordnung des Eros in das Begriffsspektrum der Liebe. Er hatte seinen Platz zwischen Sex, dem Geschlechtstrieb und Agape, der Gottesliebe. Er vermittelte also zwischen Natur und Geist, war selbst ein Mischwesen und hatte an Irdischem wie Himmlischem teil. Dieser merkwürdige Gott – oder sollte man ihn besser als Halbgott bezeichnen? – wurde seit der Antike als Schutzmacht der Liebe und des Lebens verehrt, als Gegenspieler von Hass, Zerstörung und Tod. Gustav erinnerte sich an seinen Religionslehrer auf dem Gymnasium, der als erster auf diese Dreidimensionalität der Liebe hingewiesen und aus dessen Mund er zum ersten Mal das Wort »Agape« gehört hatte. Der Lehrer, ein langer, hagerer, ausgemergelter Mann, war von Diktatur und Krieg ebenso psychisch wie körperlich gezeichnet. Er war ein hellsichtiger Kritiker der deutschen Katastrophe, ein einsamer Rufer in der Wüste jener Nachkriegszeit, als »Drittes Reich«, Antisemitismus und Holocaust noch kein Gesprächsthema waren. Dieser klapprige, hochsensible Mensch hatte Gustav frühzeitig gegen die Bequemlichkeit geimpft, sich im Strom einer gläubigen Masse dahintreiben zu lassen. Zumindest war sich Gustav seither nie mehr ganz sicher, ob er dort, wo alle »Ja« schrien, nicht »Nein« dazwischen rufen sollte.

Ausgerechnet dieser Mensch war von einem musikalischen Eros beseelt wie kein anderer Lehre, den Gustav aus seiner Schulzeit in Erinnerung hatte. Er war ein Meister des Orgelspiels, dessen langen Finger und dürren Extremitäten für die Bedienung dieses komplexen Instruments wie geschaffen waren. In der großen Barockkirche durfte sich die Klasse manches Vorspiel im Musikunterricht anhören, vor allem Mozarts Orgelstücke. Denn der Organist hatte es sich zur Aufgabe gemacht, dessen Orgelwerk zu edieren. Gustav kam heute erst zu Bewusstsein, was ihm damals verborgen blieb und wozu ihm der

Durchblick fehlte: Die Vereinigung eines radikalen Wider-
spruchs, die eine schmerzlich Dissonanz auslöste, weil sie
der Wahrheit entsprach, nämlich die Entwürdigung des
Menschen in einer terroristischen Diktatur und sein
höchstes Entzücken durch eine wundervolle Musik. Dieser Lehrer für Religion und Musik war der lebende Widerspruch, den er einsam durchlitt. Im Lehrerkollegium
galt er als Außenseiter, merkwürdiger Vogel, und die
Schüler in ihrer stumpfen Ahnungslosigkeit ließen seinen
Unterricht über sich ergehen wie sie den übrigen Schul-
zirkus über sich ergehen ließen. Sie konnten nicht wahrnehmen, so dachte Gustav jetzt, wie dieser Lehrer vom
Kampf zwischen Eros und Todestrieb (Gustav zog Freuds
Terminus gegenüber »Thanatos« vor) aufgerieben wurde.
Er erinnerte sich an eine Musikstunde, in der »Die Ent-
führung aus dem Serail« auf dem Lehrplan stand und der
Lehrer verschiedene Szenen vom Tonband vorspielte.
Vor allem die vollmundigen Sprüche des Osmin klangen
in Gustav bis heute nach. Hatte der Eros der Musik die
Oberhand über den erlebten Horror gewonnen? Als Gustav neulich an dem Ort, an dem ihr Lehrer begraben ist,
mit der Bummelbahn vorbeifuhr, stelle er sich diese Frage, ohne ein Antwort zu finden.

> *Sophies Projekt war einem Sonderforschungsbe-
> reich zugeordnet, welcher vom Institut für Kultur-
> wissenschaft in Kooperation mit einer Reihe von an-
> deren Einrichtungen durchgeführt wurde. Dieser so
> genannte SFB widmete sich dem Rahmenthema »Ge-
> schlechterrollen und Teilhabe«. Er war aufgeteilt in
> Projekte und Unterprojekte, die mit einer Ausnahme
> von Frauen geleitet wurden. Nur beim Unterprojekt*

»Der männliche Protest gegen die Frauenemanzipation in der Trivialliteratur des Deutschen Kaiserreichs« war ein Mann zum Leiter bestellt worden, dessen Spezialgebiet die psychoanalytische Literaturkritik war. Sophie gehörte zum fünfköpfigen Koordinationsausschuss des Sonderforschungsbereichs und hatte dort die Funktion der Stellvertretenden Sprecherin inne.

Gremiensitzungen, informelle Besprechungen in der Gruppe, Einzelgespräche, Anträge auf Finanzierung von EDV-Ausstattung, Telefonate mit der Personalabteilung der Verwaltung, Tätigkeitsberichte, Dokumentation der Publikationsleistung – Sophie wäre auch ohne Arbeit an ihrem eigenen Projekt voll beschäftigt gewesen. Gegenüber dieser dusseligen Geschäftigkeit um sich her, an deren Erzeugung sie ja selbst beteiligt war, empfand sie im Inneren eine gähnende Leere, eine langweilende Eintönigkeit. Denn die Betriebsamkeit der Forschenden wirkte einschläfernd und erzeugte ein Gefühl der Gleichgültigkeit, auch wenn Themen und methodische Konzepte vielfältig und spannend klangen: Es ging um Herrschaftsverhältnisse, Diskursanalysen, Netzwerkstudien, Sozialpsychologie, Imagologie, Transgender, Typologie der Misogynie und vieles andere mehr, was in »Tiefenbohrungen« erforscht werden sollte. Sophie kam es so vor, als würde ein kollektiver Tunnelblick eingeübt, denn das, was gesehen und analysiert werden sollte, wurde von der Tunnelröhre ausgeschnitten und stand nun alleine im Blickpunkt: die von der Männerwelt unterdrückte Frau, ihre systematische Ausgrenzung von deren Handlungsfeldern. Alles, was dieser Sicht hätte widersprechen können, wurde in den Bereich des Undenkbaren verschoben und somit unsichtbar gemacht.

Eines Tages fiel ihr auf, dass ausgerechnet das Wort »Liebe« schon lange ins wissenschaftliche Abseits geraten war. Sie schaute noch einmal die Unterlagen des Forschungsbereichs durch, gab den Suchbegriff »Liebe« ein und entdeckte nur vereinzelt literaturhistorische Hinweise, etwa auf Schillers »Kabale und Liebe« . Liebe spielte also im wissenschaftlichen Diskurs genauso wenig eine Rolle, wie »Seele« in der psychologischen Fachliteratur: Gender Studies ohne Liebe, Psychologie ohne Seele. Wer diese Begriffe benutzte, setzte sich dem Verdacht aus, gewissermaßen Häretiker oder unwissenschaftlicher Spekulant zu sein, möglicherweise ein Esoteriker oder gar Okkultist.

War diese Frauenärztin Alice B. Stockham aus Chicago eine schwärmerische Esoterikerin, die in romantischer Aufwallung eine Liebesvereinigung beschwor, die aller Gesetzmäßigkeit der Physiologie widersprach? Konnte es einen Geschlechtsverkehr geben, der nicht mit hastigen Körperbewegungen zum krampfartigen Höhepunkt mit Ejakulation des Mannes drängte? Sophie las die entsprechenden Kapitel in Stockhams Buch, das sie entdeckt hatte. Sie war verwirrt, widersprachen die Aussagen doch radikal dem Bild von Sexualität, wie es in der Wissenschaft ebenso wie im Alltagsleben ausgemalt wurde.

Der Geschlechtstrieb galt als ein Naturinstinkt erster Ordnung, als ein unwillkürlich ablaufendes Reflexgeschehen, der alle kulturellen Hemmungen abwerfen konnte, wenn er erst einmal in Aktion getreten war. Literatur, Filme, Witze, Biertischgerede und neuerdings die #MeToo-Debatte zeugten von dieser Auffassung. Was Sophie aber am meisten verwunderte war die Tatsache, dass auch Sexualwissenschaft und Sexualmedizin einschließlich ihrer pädagogischen Ableitungen im Grunde nichts anderes zu erzählen hatten.

Sie musste vorsichtig mit ihrer neuen Einsicht umgehen. Denn sie widersprach dem eingeübten Tunnelblick. Man wird es mir übelnehmen, dachte sie, wenn ich die ideologische Röhre beiseite lege und mich einfach umschaue, was es sonst noch gibt. Immerhin wollte sie beim nächsten Gespräch mit Marianne Leicht, der für ihre Habilitation maßgeblichen Professorin für Gender Studies, vorsichtig testen, wieweit sie ihre Forschungen ausdehnen konnte, ohne in Schwierigkeiten zu geraten. Man war im Institut per Du oder auch perdu(e), wie Sophie im Scherz gerne sagte.

Tatsächlich ergab sich bald die Gelegenheit für einen solchen Test.

»Ich habe neulich ein interessantes Buch über Sexual- und Ehereform in den USA um 1900 gelesen und bin mir nicht sicher, ob ich es in meiner Arbeit einbeziehen sollte.« Sophie machte eine Pause.

»Warum denn nicht? Das passt doch genau zu Deinem Projekt«, bemerkte Marianne Leicht freundlich. »Siehst Du da ein Problem?«

»Na ja, in dem Buch wird eine Sexualpraktik beschrieben, die äußerst ungewöhnlich ist.«

»Und die wäre?« Ihr Gesicht zeigte eine Mischung aus Amüsement und Neugierde.

»Es wird eine Liebeskunst, genauer gesagt: eine Methode des Beischlafs propagiert, die den Orgasmus, vor allem die Ejakulation des Mannes, strikt vermeidet. Angeblich kommt es durch strikte Kontrolle der Bewegungen und des Atems zu einer gesteigerten Lustempfindung bis hin zu ekstatischem Entzücken.« Sophie fielen diese Worte nicht leicht. Sie wusste, wie schnell man sich lächerlich machen konnte, wenn man eine solche Vorstellung zitierte, ohne sich nicht gleichzeitig über sie lustig zu machen. Aber gerade dies hatte sie nicht im Sinn.

Marianne Leicht, die clevere Chefin eines forschungsintensiven Instituts, räusperte sich, und ihr immer weniger amüsierter Gesichtsausdruck signalisierte nun nicht mehr Neugierde, sondern Ablehnung. »Also das musst Du Dir gut überlegen, liebe Sophie, inwieweit Du Dich auf so eine esoterische Sache einlassen willst, die wahrscheinlich mit okkultistischer Schwärmerei angepriesen wird.«

»Es geht mir natürlich nicht um eine Bewertung«, versuchte Sophie zu beschwichtigen, »sondern nur um eine historische Dokumentation dessen, was einmal an Ideen entwickelt wurde, die zu bestimmten Praktiken führten.«

»Aber es handelt sich hier doch um eine absolut randständige Angelegenheit, eine etwas verrückte Frauenärztin mit verstiegenem Sendungsbewusstsein, ein singulärer Fall, der von den großen Strömungen innerhalb der Lebensreformbewegung ablenkt.« Sophie sah, wie die vorgesetzte Kollegin krampfhaft nach Argumenten suchte.

»Ich habe mich früher einmal intensiv mit der Literatur der Sexualmedizin und Sexualwissenschaft Anfang des 20. Jahrhunderts und danach befasst, und ich kann Dir sagen, dass ich kein einziges Mal auf so etwas wie ›Karezza‹ gestoßen bin. Ganz im Gegenteil. Alles, was wissenschaftlich festzustehen scheint, und damit meine ich keineswegs in erster Linie Sigmund Freud und Wilhelm Reich, ist die Tatsache, dass die Unterdrückung der Triebabfuhr, die Störung oder Hemmung des natürlichen Vorgangs des Geschlechtsverkehrs, körperliche und seelische Schäden hervorrufen. Nervosität, Neurosen, vegetative Dystonie, wie immer man die Symptomatik bezeichnen mag.«

Jetzt kam sie in Fahrt und war nicht mehr zu bremsen. Schlagartig wurde Sophie klar, woran sie mit ihr war. Aber sie schwor sich noch während sie sich von Frau Professorin Leicht verabschiedete, ihre eigenen Nachforschungen anzustellen.

Gustav hatte für heute genug. Es war Zeit, um zum Mittagessen ins Dorf zu gehen. Heute gab es im »Quellenhof«, dem einzigen Wirtshaus im Ort, wie jeden Freitag Kartoffelpuffer mit Apfelmus, sein Lieblingsgericht.

22. Klimawandel

Nicht nur die Gender Studies expandierten schon seit langem an den Hochschulen, sondern auch eine Art Politökologie mit ihren Zentralbegriffen wie »Klimawandel« und »Nachhaltigkeit«. Was nicht nur Professorinnen und Professoren in aller Welt verkündeten, sondern auch unzählige Staatsfrauen und -männer und sogar der Papst, konnte doch nicht falsch sein. Gustav hatte schon lange aufgehört, sich über widersprüchliche Aussagen und dogmatische Glaubenssätze der Klimaretter zu wundern. Als er von abnehmender Sonnenaktivität und sich verlangsamendem Golfstrom las, was eventuell sogar eine Abkühlung des Klimas in Aussicht stellte, konnte er sich seine klammheimliche Freude nicht verhehlen: Wie würden all die kleinen und großen Propheten des Weltuntergangs dastehen, wenn Erde und Sonne ganz von sich aus anders ticken würden als sie sich gedacht hatten? Wenn also etwas passieren würde, was sich in der Erdgeschichte des öfteren ereignet hatte, ganz ohne Zutun des Menschen, etwa eine kleine Zwischeneiszeit? Vom Meteoriteneinschlag ganz zu schweigen.

Die Gesellschaft spaltete sich in zwei Lager auf, die sich unversöhnlich gegenüberstanden: die Gläubigen und die

Ungläubigen. Allerdings herrschte zwischen den Lagern eine spürbare Asymmetrie, denn die Gläubigen wähnten sich viel stärker im Recht als die Ungläubigen. Sie sahen die Welt am Untergehen, wenn nicht rechtzeitig Gegenmaßnahmen ergriffen würden. Hierzu gehörte ihr Kampf gegen die Ungläubigen, die mit allen Mitteln zu neutralisieren waren. Die Gläubigen waren auf der Seite des Guten und konnten sich der Unterstützung durch Politik und Medien sicher sein. Die Ungläubigen hatte dem nichts Gleichwertiges entgegenzusetzen, sie konnten zwar auf die Problematik mathematischer Prognosemodelle hinweisen, was aber einem schwachen Piepston gegenüber dem überwältigenden Gedröhne der Weltretter glich. So wurden Begriffe wie Klimaskeptiker (schlimm) und Klimaleugner (ganz schlimm) geprägt. Letzteres Wort legte die Assoziation zu »Holocaust-Leugner« nahe und gehörte damit zu den verbrannten oder besser gesagt: verbrennenden Wörtern. Wer mit einem solchen Wort gebrandmarkt wurde, war sozial geächtet und und durfte öffentlich an den Pranger gestellt werden. Gustav hatte einmal persönlich erfahren, wie schnell das geschehen konnte. Bei einem Abendessen im Anschluss an einen Kongress saß er zufällig neben dem Vertreter eines mächtigen Klimaforschungsinstituts. Man kam nach einigen Gläsern Wein noch vor dem Hauptgang ins Gespräch. Auf der gegenüberliegenden Seite des Tischs saß ein – ebenfalls ungläubiger – Kollege, mit dem Gustav über das böse CO-Zwei witzelte.

»Glauben Sie wirklich, dass der Mensch mit seinem CO-Zwei-Ausstoß am Treibhauseffekt schuld ist?« Gustavs Frage war in launischem Tonfall vorgetragen. Die Antwort des Klimaforschers kam prompt, mit äußerster Härte und völlig frei von Humor.

»Das ist doch zu 100 Prozent sicher, absolut bewiesen, wie können Sie daran noch zweifeln!« Der gute Mann geriet in einen Zustand, den man neuerdings als »Schnappatmung« bezeichnet. Blitzschnell wechselte man das Thema, um den Abend zu retten.

Das Retten ist überhaupt zu einem Markenzeichen der Gegenwart geworden, dachte Gustav. In seiner Jugend gab es nur die DLRG, die Deutsche Lebens-Rettungs-Gesellschaft. Dieser Verein bildete Rettungsschwimmer aus, die in Schwimmbädern, an Binnenseen und Meeresstränden darüber wachten, dass niemand ertrank. Er sei, so las er im Internet, »die größte freiwillige Wasserrettungsorganisation der Welt.« Ihr Schirmherr ist traditionsgemäß der Bundespräsident. Heute durchdringt die Rettungsidee jedoch alle Lebensbereiche. Der Euro muss vor dem Kollaps gerettet werden, die Weltmeere müssen vor dem Plastikmüll gerettet werden, das Klima muss vor dem Temperaturanstieg gerettet werden, Flüchtlinge müssen vor dem Ertrinken im Mittelmeer gerettet werden, kurzum: Rettung ist zu einem gängigen Zauberwort geworden.

Ja, das Klima hat sich gründlich gewandelt, dachte Gustav in seiner Hütte. Allerdings in noch ganz anderer Hinsicht, als Klimaforscher, Ökologen, Politiker und Medien es hinausposaunten. Er sah über die bewaldeten Berge hinweg, die von dunklen Nadel- und helleren Laubbäumen bestanden waren. Wenn das »Waldsterben« wie vorhergesagt passiert wäre, säße er jetzt inmitten einer kahlen, verkarsteten Landschaft. Aber die Bäume wuchsen unbekümmert weiter und richteten sich nicht nach den tonangebenden Propheten. Aber es gab in anderer Hinsicht einen fundamentalen Klimawandel. Durch offene Grenzen und eine »Willkommenskultur« hatte sich nämlich das soziale Klima geändert. Es gab Gegenden und Tageszeiten, die von der allgemeinen Begehbarkeit ausgeschlossen waren, es gab Straßen, in denen nur fremde Sprachen zu hören waren, es gab Zeichen der Andersartigkeit von »Menschen mit Migrationshintergrund«, mit denen diese sich durch ihre Kleidung oder ihr Verhalten von den Ureinwohnern abgrenzten, die man neuerdings als „die schon länger hier Lebenden" bezeichnete. Das Klima hatte sich in der Tat gewandelt. Sicherheitskameras wurden an Hauswände montiert und Schließanlagen aufgerüstet, um Einbrecher abzuhalten. Man schaute sich Gruppen von jungen Männern auf der Straße genauer an, bevor man an ihnen vorbeiging. Immer häufiger gehörten Menschen zum alltäglichen Bild auf öffentlichen Plätzen, die in Mülleimern und Papierkörben nach leeren Pfandflaschen und -dosen suchten. Manche von den Älteren unter ihnen waren professionell mit Greifzange und Taschenlampe ausgerüstet. Die Dichte der Bettler und Obdachlosen hatte zugenommen. Es gab nun kaum mehr einen Stadtbummel, bei dem man nicht mindestens einmal angebettelt wurde. Überall wurden Baustellen eingerichtet, an denen über lange Zeit hinweg kaum etwas geschah. Marode Brücken mussten auf Dauer mit dem Auto einspurig überquert werden, weil eine Brückenhälfte abgerissen worden war und der Wiederaufbau auf sich warten ließ. Die Unzahl von Schlaglöchern auf den Straßen erinnerte an die DDR. Nicht nur deshalb hatte sich die Redeweise von der »DDR2.0« eingebürgert. Die Liste war lang, die sich Gustav im Geiste notiert hatte. Ja, das Klima hatte sich gewandelt, aber seinem Empfinden nach noch an ganz anderer Stelle als von den Klimaforschern angegeben.

Als Emil wieder einmal zu Besuch kam, diskutierten sie diese Thematik voller Eifer. Sie saßen am Tisch vor der Hütte, vor sich ein Glas kühles Weizenbier.

»Ich kenne da einem Umweltaktivisten, einen Professor für Energiewirtschaft, der mit dem Schlachtruf durch die Welt zog: ›Faktor 10‹. Damit meinte er: In 10 Jahren sollen nur noch 10 Prozent der heutigen Energie verbraucht werden. Er pochte auf die Gesamtbilanz. Es ging ihm zum Beispiel nicht nur um Kühlschränke, die möglichst wenig Strom verbrauchen, sondern um die Frage, wie viel Energie darüber hinaus benötigt wird, um diesen Kühlschrank herzustellen und zum Kunden zu bringen.«

»Das ist doch ein interessanter Ansatz«, meinte Gustav. »Wer die Gesamtbilanz im Auge hat, wird schnell merken, wie lächerlich manche Prozeduren des Energiesparens sind.«

»Ja, durchaus interessant«, lachte Emil. »Am interessantesten ist aber die Energiebilanz des guten Professors. Er war ein Musterexemplar des Jetsets: Eine Konferenz jagte die nächste, Tokyo, New York, Neu Delhi. Außerdem hatte er – und vielleicht hat er sie immer noch – drei Wohnsitze im Umkreis von 1.500 Kilometern. Wie viele Frauen er zu versorgen hatte, weiß ich nicht. Vielleicht ist das auch nur der Neid eines Spießers, der sich mickrig vorkommen muss, wenn er so gar nichts zur Weltrettung beiträgt.« Emil machte aber nicht den Eindruck eines

Neidhammels. Eher spielte er die Rolle eines Beleidigten, den ein Hochstapler für dumm verkaufen wollte.

»Es gibt inzwischen eine Weltrettungsindustrie, die in alle Lebensbereiche eingreift,« meinte Gustav, nachdem er einen Schluck Bier getrunken hatte. »Sie hat überall das Sagen. Sie will Bienen, Vögel, Kröten, Menschen, Schlachttiere, Bäume, Pflanzen, die Erde retten. Alles soll gesund erhalten werden, nachhaltig zur ewigen Harmonie beitragen.«

»Ja, es geht um die ewige Harmonie. Das ist ja nichts Schlechtes. Aber eine kindische Illusion ist sie trotzdem. Die Erdgeschichte ist eine Geschichte der Umwälzungen, und das hat sich nach Auftreten des Menschen nicht grundsätzlich geändert.« Emil war jetzt in seinem Element. Er liebte es, das Auftreten des Menschen zu minimieren, vor allem das neue Zeitalter des »Anthropozäns« in Frage zu stellen. Nicht, weil er eine andere Doktrin ins Feld führen konnte, sondern weil es ihm Spaß machte, den Mainstream zu karikieren.

»Ich weiß, dass Du das Gerede vom Anthropozän nicht magst«, sagte Gustav, um ihn zu provozieren.

»Ein dummes Geschwätz, ein Wort, das gelehrt klingt und nur die eigene Blindheit signalisiert. Die große Illusion ist doch, dass die Menschen an die von ihnen produzierten Dinge glauben und sie für bare Münze nehmen. Sie glauben an ihre Macht über die Natur, weil sie mit Maschinen die ihnen zugängliche winzige Erde durchqueren, sie bearbeiten, ihre Inneres nach Außen und ihr Äußeres nach Innen kehren können. Weil sie – neben anderen Wundertechniken – mit der vor 250 Jahren entwickelten künstlichen Elektrizität allerhand Zauberkunststücke vollbringen können. Wer imstande ist, so Großartiges zu leisten, wird doch wohl dort, wo die Erde nicht mehr mitmachen will, gegensteuern können.«

»Zum Beispiel den globalen Temperaturanstieg auf zwei Grad begrenzen«, fiel Gustav ein, der außer den üblichen Medienberichten keine Kenntnisse vom Stand der wissenschaftlichen Klimaforschung hatte.

»Das klingt natürlich gut und ist hervorragend für die kollektive Beschäftigungstherapie geeignet. Wir krempeln alle die Ärmel hoch, fahren weniger oder kein Auto mehr, nutzen nur noch erneuerbare Energien, stoppen den gigantischen Flug- und Schiffsverkehr, verpressen das CO-Zwei in der Erde – dann erreichen wir bestimmt unser Klimaziel.« Emil schüttelte seinen Kopf und rief dann mit den Armen fuchtelnd aus: »Ein fürchterliches Missverständnis: Das Alles hätte – wenn überhaupt – nur Sinn, wenn alle anderen Bedingungen gleich blieben: die Sonnenaktivität, die Meeresströmungen, keine Vulkanausbrüche und keine Meteoriteneinschläge. Das Dumme ist nur, dass diese anderen Bedingungen sich nicht nach den Plänen unserer Klima-Freunde richten. Das ist die Wahrheit und die wollen gewissen Herrschaften nicht hören.«

Gustav ließ sich gerne mitreißen von den politischen Brandreden seines Freundes. Weniger wegen ihrer Emotionalität, als vielmehr wegen ihrer logischen Stringenz. Niemand konnte seine Zweifel ausräumen oder hatte gar die Macht, sie gewaltsam zu unterdrücken. Gerade das imponierte Gustav.

23. Besessenheit

*S*ophie war mit einem Kollegen befreundet, den sie im Laufe der Jahre schätzen gelernt hatte. Er war hilfsbereit, witzig, anerkannt in seinem Fach, der Botanik. Er galt als eine Koryphäe der Pflanzensystematik und imponierte als brillanter Redner. Sie hatte mit ihm schon einige Rundgänge durch den Botanischen Garten gemacht und hingebungsvoll seinen Erklärungen zu einzelnen Bäumen, Kräutern, Blumen, Kakteen gelauscht. Professor Klaus Mott hatte eine wunderbare Eigenschaft: Er hielt gegenüber seinen Mitmenschen automatisch die angemessene Distanz ein, das bedeutete: eine wohltuende Nähe ohne jede Spur von Anzüglichkeit. Er war, wie man vermuten konnte, »glücklich verheiratet«, die erwachsenen Kinder waren aus dem Haus. Sophie hatte seine Frau nur einmal flüchtig zu Gesicht bekommen, als sie den beiden zufällig in einem Kaufhaus begegnete, als sie gemeinsam von der Rolltreppe nach oben transportiert wurden. Er stellte ihr seine Frau vor, man gab sich die Hand, wechselte ein paar Worte und verabschiedete sich sogleich wieder, um seinen Geschäften nachzugehen. Dieser

Klaus Mott war ihr einfach sympathisch. Offiziell war er kürzlich in den Ruhestand befördert worden, aber er wollte und durfte sich noch eine Weile selbst vertreten (»Selbstvertretung« war im Universitäts-jargon ein etablierter Terminus). Er hoffte, seinem Nachfolger das Institut, der von den zuständigen Gremien schon ausgewählt worden war und den er auch selbst favorisierte, übergeben zu können. Klaus Mott hatte jedoch eine uralte Regel außer Acht ge-lassen, die da lautete: Wenn es um die eigene Nach-folge geht, muss man sich absolut heraushalten, muss einem alles völlig gleichgültig sein. So fiel er denn aus allen Wolken als er hörte, dass der Beru-fungsvorschlag der Fakultät von höchster Stelle durchkreuzt worden war. Der Rektor berief die Zweitplatzierte, nicht unpassend zur Idee der Gleichstellung und Frauenquote.

Klaus Mott hatte Sophie von diesem Missgeschick erzählt und sie ahnte, wie hart ihn der Willkürakt der Obrigkeit, wie er ihn als solchen empfinden musste, getroffen hatte. Die Nachfolgerin namens Karola Bärwald sollte zum nächsten Wintersemes-ter das Zepter übernehmen. Klaus Mott hatte sich darauf eingestellt und alle seine Materialien in ei-nen kleinen, leer stehenden Raum verfrachtet, bis geklärt war, wie es mit der Tradition des »Emeritus-Zimmers« weitergehen sollte. Doch offenbar hatte er sich verrechnet, wie Sophie sofort an seiner Stimme merkte, als er sie eines morgens anrief.

»Sie hat mich rausgeschmissen«, sagte Mott am Telefon in einem eher ungläubigen als wütenden

Ton. »Ich würde gerne mit Dir reden. Wann kann ich bei Dir vorbeikommen?«

So saßen sie nun in Sophies Arbeitszimmer, um die Lage zu besprechen. Er war außer sich. In einem solchen Zustand hatte Sophie ihn noch nie erlebt: mit schmerzvoll verzerrten Gesichtszügen, immer wieder tief Atem holend und geräuschvoll ausstoßend, dazu rote Ohren, abrupte Bewegungen mit den Armen, als müsse er eine Last abschütteln. Sie empfand Mitleid mit dem Freund.

»Was ist den überhaupt geschehen? Vielleicht kannst Du mir das erzählen.« Sophie versuchte, ihn mit ihrem Reden zu entspannen. »Hier ist Gerolsteiner Sprudel, trinken wir doch erst einmal ein Glas.« Sie füllte zwei Gläser mit dem Marken-Mineralwasser aus der Glasflasche. »Zunächst sollten wir auf Dich und Deine Gesundheit anstoßen.«

Klaus schüttete ihr sein Herz aus. Er hatte sich vorgenommen, seiner Nachfolgerin zum Dienstantritt einen Besuch abzustatten und hatte mit ihr telefonisch einen Termin vereinbart. Er kaufte einen frischen Blumenstrauß vom Markt, stellte einen kleinen Merkzettel zusammen, worüber er mit ihr sprechen wollte, und ging zur vereinbarten Zeit um elf Uhr zum Institut für Botanik. Die Sekretärin meldete den Besuch an, und er trat in jenes Zimmer ein, in dem er selbst bis vor kurzem residiert hatte. Die Bilder an der Wand waren verschwunden, ebenso eine Marmorbüste von Linné. Dafür prangten Blumen aus einer Blumenbank, die Klaus immer als Ablage für Teegeschirr und anderweitiges Gerät genutzt hatte.

»Ich war im ersten Augenblick erfreut, den alten Raum in neuem Glanz zu sehen«, sagte Klaus. »Aber dann kam der Hammer: Ich stand da, mit meiner Tasche und dem Blumenstrauß in Händen, schaute auf die kahle Tischplatte in der Mitte des Raums, die mich blitzend anstarrte, keine Thermoskanne, keine Kaffeetassen. Ich fühlte mich plötzlich ganz unbehaglich, hier ging etwas vor sich, was ich noch nicht fassen konnte. Erst jetzt schaute ich mir mein Gegenüber genauer an. Vor mir stand eine kleine Furie, mit verschränkten Armen, mit dem Fuß des Spielbeins laut auf den Boden wippend, krampfhaft auf ihrem Platz verharrend, ohne einen Ton zu sagen.«

Klaus holte tief Luft und nahm einen Schluck Wasser, während Sophie selbst die Luft anhielt.

»Was soll ich weiter sagen: Das war schon mein Besuch gewesen. Nachdem das Schweigen unerträglich geworden war und der erlösende Spruch der Höflichkeit ›Bitte nehme Sie doch Platz‹ ausblieb, stotterte ich schließlich: ›Ich wollte nur nach der Möglichkeit eines Arbeitsplatzes im Institut fragen.‹ Und nun kommt etwas, was ich in dieser Form noch nie erlebt habe. Sie zischte nur und bebte dabei, dass sie diese Bitte zurückweisen müsse. Damit war ich entlassen, besser gesagt: rausgeschmissen.«

Sophie sagte nur: »Das ist ja fürchterlich« und versank in ihrem Stuhl. »Wie kann so etwas nur passieren?«

130

»Ganz einfach«, sagte Klaus. »Ein Fall von dämonischer Besessenheit. Allerdings nicht von guten Dämonen, das kannst Du mir glauben.«

»Das ist doch nicht Dein Ernst«, sagte Sophie.

»Doch, das ist er. Wenn Du diese Frau in diesem Augenblick erlebt hättest, würdest Du anders denken. Sie war nicht mehr Herrin ihrer selbst, eine Mischung aus Angst und Hass, ein Nervenbündel, das zur Peitsche mutiert. Genau das, wovon in historischen Berichten über Besessenheit berichtet wird.«

Sophie versuchte dem Thema eine heitere Seite abzugewinnen: »Besessene kann man durch Exorzismus heilen, da besteht also noch Aussicht für Dich. Gehen wir einmal davon aus, dass sie keinen Teufelspakt geschlossen hat, sonst bliebe ja nur der Scheiterhaufen.« Sie merkte sofort, dass Klaus über ihren Einfall nicht lachen konnte, und sie gab dem Gespräch eine andere Richtung.

»Wollen wir erst mal abwarten, was weiter passiert. Als erstes gehst du zum Dekan und wenn nötig zum Rektor, um Dich gegen dieses ungeheuerliche Verhalten zur Wehr zu setzen«, meinte sie. »Bitte halte mich auf dem Laufenden, wenn ich etwas für Dich tun kann, sag's mir bitte.«

Sie umarmten sich zum Abschied und Sophie klopfte ihm dabei aufmunternd auf den Rücken.

Gustav speicherte den Text ab, fuhr den Laptop herunter und klappte ihn zu. Für heute genug mit der Besessenheit, dachte er. Als Kulturhistoriker hatte er sich mit dem Thema Besessenheit und Exorzismus näher beschäftigt und es manchmal bedauert, dass er kein Psychiater war.

Vor allem beeindruckte ihn die Aktualität der Phänomene in der Gegenwart. Nicht nur katholische Priester betätigten sich als Diagnostiker und Therapeuten. Das Feld wurde auch von Geistheilern und esoterischen Sekten bestellt. Gustav waren schon öfter Menschen aufgefallen, deren Verhalten allen Anschein erweckte, sie würden tatsächlich von einer fremden Macht beherrscht.

Als er Uta den Abschnitt in ihrem Café vorlas, konnte sie ihre Enttäuschung nicht verbergen. »Na ja, diese Besessene, die der arme Klaus da erlebt hat, als Szene nicht schlecht. Aber ehrlich gesagt würde mich mehr interessieren, wie es mit der Karezza-Story weitergeht.«

»Du wirst sehen, wie diese ›Story‹ sich entwickelt. Aber wann und in welcher Richtung weiß ich noch nicht. Lassen wir den Dingen ihren Lauf. Aber das Thema Besessenheit ist noch nicht ganz abgehandelt. Ich muss Dich also um Geduld bitten.«

Uta schaute ihm amüsiert und zugleich neugierig in die Augen und nickte mit dem Kopf: »Warten wir es also ab.«

24. Kopftücher

Gustavs Mutter hatte oft ein Kopftuch getragen. Sie fand das praktisch im Haushalt, beim Staubwischen, Kochen und Obst einmachen. Sie hatte wohl die Vorstellung, dass ein solches Kopftuch in zwei Richtungen seine segensreiche Wirkung tun würde. Einerseits sollte die Umwelt von Haaren und Schuppen verschont werden, andererseits sollten ihre gepflegten Dauerwellen nicht durch äußere Einflüsse wie etwa Wind oder Staub Not leiden. Auch bei der Gartenarbeit zog sie sich ein Kopftuch an, um ihr gepflegte Haar zu schützen. Es gab noch eine andere Frau im Dorf, deren Kopfbedeckung Gustav besonders imponierte, nämlich eine Diakonissenschwester in traditioneller Tracht mit weißer Faltenhaube. Ansonsten waren Kopftücher bei den Frauen auf dem Land, genau wie bei seiner Mutter, zweckvolle Kleidungsstücke, auf die man nicht stolz war, die man aber auch nicht verachtete. Es war weder ein Makel, noch eine Auszeichnung, als Frau ein Kopftuch zu tragen. Katholische Ordensschwestern mit langen schwarzen Kopftüchern sah er erst später, als er schon in der Stadt studierte.

Kopftücher gehörten wie Handtaschen und Regenschirme zu wertneutralen Gebrauchsgegenständen, denen man keine besondere Beachtung schenkte. Das hatte sich aber in den letzten Jahren radikal verändert. Gustav hätte es nie für möglich gehalten, dass ein zweckdienliches und im Falle von christlichen Ordensschwestern symbolisches Kleidungsstück nicht nur eine breite öffentliche Debatte auslösen, sondern die Gesellschaft insgesamt vor eine Zerreißprobe stellen würde. Er beobachtete Jahr für Jahr mehr Kopftuchfrauen, keine deutsch-russischen Spätaussiedlerinnen, keine alten Bauersfrauen vom Lande, die in die Stadt zum Einkaufen fuhren, sondern junge Mädchen und Frauen, die sich als Muslimas zu erkennen gaben. Er fragte sich, ob die unter ihren langen, dunklen, häufig schwarzen Gewändern und ihrer Kopfverhüllung nicht schwitzten, wenn sie an einem Sommertag unterwegs waren. Es kam ihm dann seltsam vor, dass begleitende Männer oft in luftigen Shorts und T-Shirts nebenher liefen, während ihre Frauen, manchmal mehrere Kinder mitführend, in einer solchen Kluft steckten. Wahrscheinlich war es nur Gustavs Einbildung geschuldet, dass er keine einzige dieser Kopftuchträgerinnen je schwitzen oder sich mit einem Taschentuch die Stirn wischen sah. Ein Mysterium. Waren sie einfach trockener als der Rest der Bevölkerung? Hielten sie einen bestimmten Flüssigkeit sparenden Diätplan ein?

Seit der so genannten Flüchtlingskrise beobachtete er nicht nur mit Unbehagen die Veränderung des öffentlichen Raums, die sich durch die enorme Verdichtung mit Kopftuchfrauen zeigte, sondern auch seine eigene Einstellung der Abwehr und Abneigung. Er ließ sich davon in der Öffentlichkeit nichts anmerken und beobachtete auf der Straße oder im Bus, wie andere genauso eine Miene der gespielten Gleichgültigkeit aufsetzten, zugleich aber ihre Gedanken krampfhaft in sich vergruben – nur nichts Falsches sagen. Doch Blicke, Gesichtsausdruck, flüchtige Bewegungen verrieten genug.

Gustav war froh, dass er nun, nachdem er in der Hütte lebte, höchstens nur einmal in der Woche in die Stadt kam. Durch Zeitungsberichte wusste er, wo es angezeigt war, nicht entlang zu gehen. Taschendiebstähle gab es schon immer, aber Raubüberfälle am helllichten Tag waren früher so gut wie ausgeschlossen. Jetzt konnte man wegen eines Handys oder 50-Euro-Scheins im Geldbeutel fast totgeschlagen werden. Eine riesige Propaganda-Maschinerie hatte sich entwickelt, die ihm einbläuen wollte, dass seine Sorge unbegründet sei. Wer solche Ängste äußere und sie überhaupt mit Migranten, Geflüchteten und Schutzsuchenden in Verbindung bringe, tute ins Horn der Rechtspopulisten, sei womöglich von Islamophobie und Fremdenfeindlichkeit angesteckt oder gar ein Rassist, Nazi und Antisemit in einem. Da hielt Gustav lieber wie alle anderen den Mund, denn gegen die ideologische Macht der Parteien, Gewerkschaften, Kirchen, NGOs konnte man wenig ausrichten und gegen die handgreifliche Macht radikaler Schlägertrupps sowieso nicht.

Das Versagen der deutschen Eliten angesichts des Nationalsozialismus war ein Standardthema für Feuilletons und Fachkongresse. An den Universitäten gab es Arbeitskreise, historische Seminare und Forschungsprojekte zur »Aufarbeitung« jener unheilvollen Zeit. Keine Fakultät, ja kaum ein Institut, das nicht seine Vergangenheit daraufhin durchleuchtet hätte. Löschen von Namen, Umbenennungen von Straßen, Errichtung von Denkmälern, Forschungspreise, Aufklärungsbroschüren waren die Folge. Wer naiv war mochte glauben, dass nach einer so gründlichen Auseinandersetzung mit der Vergangenheit nun eine Ära der geistigen Freiheit anbrechen würde. Aber es passierte das Gegenteil. Eine Diktatur der politischen Korrektheit brach an, die in ihrer Totalität alle Regungen gleichschalten und dem »Mainstream« zuführen wollte.

Gustav saß an seinem Schreibtisch in der Hütte, das weite Bergland vor Augen. Mit seinem inneren Auge aber sah er das Schloss vor sich, sein leeres Getriebe, das sich um das Goldene Kalb »Innovation«, »Nachhaltigkeit« und »globalen Wandel« drehte. In einer professionell hergestellten Broschüre wimmelte es von verheißungsvollen Stichwörtern, die kritische Leser schwindlig werden ließ. Den meisten wird dieser wissenschaftlich sich gebärdende Neusprech nicht weiter auffallen, dachte Gustav. Von dem Empfinden beim Anblick von Kopftuchfrauen oder der Angst vor No-Go-Areas, Straßenkriminalität und Terrorgefahr war nicht die Rede. Denn darüber zu sprechen war auch an der Universität ein Tabu. Wer dieses brach, war dem sozialen Tode geweiht und wurde öffentlich hingerichtet. Allerdings hatten sich die Hinrichtungswerkzeuge verfeinert und von Scheiterhaufen, Strang und Schwert konnte man selbstverständlich nur noch metaphorisch sprechen. Aber auch in sublimierter Form konnten sie noch ziemlich weh tun.

25. Philipp

Auf keinen Fall wollte Gustav riskieren, seine einzige Hörerin mit abschweifendem Beiwerk zu langweilen. So konzentrierte er sich auf Sophies Entdeckung und deren rigorose Ablehnung durch ihre Mentorin Frau Professorin Marianne Leicht.

Sie war klein, drahtig, mit kurzen, schwarz gefärbten Haaren und liebte Kampfsportarten. Einmal war sie im Judo sogar Landesmeisterin in ihrer Gewichtsklasse geworden und seither von der Vorstellung beseelt, jeden Gegner mit bestimmten Handgriffen auf die Matte schleudern zu können. Geschieden, zwei Kinder auf dem Gymnasium, ein Mann, der sich schon früh aus dem Staube gemacht hat. Manch missgünstiger Beobachter vermutete, dass die leibliche Nähe dieser Judoka keine gute Voraussetzung für ein geglücktes Eheleben bot. Sie war das, was Außenstehende gerne als »patent« bezeichneten. Diejenigen, die mit ihr nähere Bekanntschaft machten, dachten eher an »Krampfhenne« oder »Nervensäge«. Sie glaubte offenbar, Sophies Exkursion in unbekanntes Land mit ihren erproben Handgriffen stoppen zu können. Dies zeigte sich beim nächsten Gespräch, zu dem sie Sophie eingeladen hatte.

»Wie steht's mit dem Projekt, Sophie? Ist die Literaturrecherche bald abgeschlossen?« fragte sie mit lauerndem Unterton.

»Ich habe mir die Sache mit dieser Stockham noch einmal durch den Kopf gehen lassen, Marianne. Ich finde, dass diese Frau mit ihrer Sexualreform wunderbar ins Konzept passen würde.« Als Sophie das sagte, merkte sie sofort, wie ihr Gegenüber zum Angriff ansetzte. Sie war auf der Hut.

»Das ist eine spannende Geschichte, aber sie führt in ihrer esoterischen Schwärmerei auf Abwege und steht einfach quer zu unserem gesamten SFB.« Sie hatte jetzt zugegriffen, um Sophie im nächsten Augenblick auf die imaginäre Matte zu schleudern.

»Aber unter kulturanthropologischem Gesichtspunkt, und der ist ja allen Unterprojekten ein Anliegen, würde die Stockham doch ein faszinierendes Gegenstück zum seinerzeitigen Mainstream bilden. Hätte es sie nicht gegeben, müssten wir sie eigentlich aus Gründen der Komplementarität erfinden.« Nach Sophies Kampfansage war Marianne Leicht zum Wurf auf die Matte entschlossen.

»Wenn offensichtlicher Unsinn verzapft wird, sollte man ihn nicht aufwerten, indem man ihn wiederholt. Aus Unsinn lässt sich kein Sinn destillieren. Träumereien über Sex ohne Sex, denen diese Stockham nachhängt, sind einfach Bullshit, wie man drüben sagen würde, entschuldige bitte, wenn ich das so sagen muss.« Sie spielte sich als Opfer auf, deren Intelligenz von Sophie beleidigt wurde, das schlimmste Vergehen, dessen man sich schuldig machen konnte. Denn Frau Professorin Leicht war von ihrer Geisteskraft so überzeugt wie von ihrer körperlichen Fitness. Aber Sophie ließ sich nicht auf die imaginäre Matte werfen, sie hatte sich im richtigen Augenblick aus der Umklammerung gelöst und setzte zum Gegenangriff an.

»Warum bist Du so sicher, dass es sich bei Karezza um ›Bullshit‹ handelt?« fragte sie in einem unschuldig-harmlosen Ton. Sie ahnte, dass sie die wunde Stelle dieser nervigen Judoka treffen konnte, ja, vermutlich schon getroffen hatte. »Vielleicht kannst Du mir Literaturhinweise geben, mit denen ich weiterkomme.«

»Da braucht man keine Literatur und keine gelehrten Abhandlungen«, platze es aus der sportlichen Kollegin heraus. »Ein klein wenig Erfahrung mit Männern reicht da schon. Mach doch mal eine Umfrage. Im übrigen war ich verheiratet und unverheiratet hätte ich dieselbe Erkenntnis gewonnen.« Sophie frohlockte innerlich, denn sie hatte nicht nur den Angriff abgewehrt, sondern war im Begriff, ihrerseits die Angreiferin mattzusetzen.

»Willst Du damit sagen, dass die Männer unfähig sind, ihre sexuelle Aktivität unter Kontrolle zu halten und auf Orgasmus mit Ejakulation zu verzichten?« fragte sie in direktem Zugriff.

Marianne Leicht hielt einen Augenblick den Atem an und antwortete dann schnaubend: »Genau das will ich sagen. Menschenskind Sophie, tu doch nicht so, als hättest du noch nie mit einem Mann zu tun gehabt. Es ist wie es ist. Basta!«

Damit war das Gespräch beendet und Frau Pro-
fessorin Leicht, die Königin der Gender Studies,
rauschte davon und knallte die Tür hinter sich zu.
Sophies Triumph wurde freilich gemindert durch
den unangenehmen Gedanken, dass sie just die
Hauptperson verärgert hatte, von der ihr Habilitati-
onsverfahren abhängen würde. Aber sie zweifelte
nicht daran, dass ihr Sieg ein guter Sieg war, selbst
wenn Marianne Leicht ihr Probleme bereiten würde.

Sophie wunderte sich über sich selbst. Warum
hatte sie Marianne nicht zugestimmt, als sie das Se-
xualverhalten der Männer generell bemängelte,
wenn auch nur in Andeutungen? Sie selbst hatte ei-
nige Männer näher kennengelernt und offenbar die-
selben Erfahrungen gemacht wie ihre Geschlechts-
genossin. Warum hatte sie also deren verzweifelter
Klage nicht zugestimmt? Sophie merkte erst jetzt,
warum sie nicht eingeknickt war. Sie hatte ganz ein-
fach zu dieser längst verblichenen Frauenärztin aus
Chicago und dem, was sie mit Leib und Seele in ihrer
Schrift vertrat, Vertrauen gefasst. Warum sollte sie
etwas von vornherein für unmöglich halten, was Er-
fahrungsberichte als geglückte Praxis bezeugten?
Wissenschaft ist nicht dazu da, Phänomene auszu-
schließen, die sich beobachten lassen, sagte sie sich.
Und als Historikerin bin ich nicht berechtigt, die Ge-
schichte zu fälschen, indem ich historische Zeugnisse
ausblende. Auf keinen Fall wollte sie sich einer »ne-
gativen Halluzination«, wie es in der psychiatri-
schen Fachsprache hieß, hingeben, das heißt, etwas

nicht wahrnehmen oder sehen, was da ist und handgreiflich vor Augen steht.

Sophie besuchte gerne »Phil's Bookshop«, einen kleinen Buchladen mit Antiquariat in der Nähe des Marktplatzes. Inhaber war Philipp Rothmann, ein lustiger Büchernarr, der sich nach einem längeren Studienaufenthalt in London nur einen englischen Namen für sein Geschäft vorstellen konnte. Da klang »Phil« in Verbindung mit »Bookshop« einfach besser als »Philipps Buchhandlung«. Er hatte immense Literaturkenntnisse. Sophie schätzte seinen sorgsamen Umgang mit der Sprache, seine Kunstfertigkeit beim Verfassen von Texten, obwohl sie immer nur recht profane Produktionen zu Gesicht bekam, etwa Ankündigungen von Vorträgen, die er in seinem winzigen Laden organisierte. Oder die Vorstellung des »Buchs des Monats«, das er im Schaufenster auf einem großen Leseständer präsentierte. Aber sie konnte aus dem Gemunkel im Bekanntenkreis schließen, dass dieser Philipp Rothmann Gedichte und Erzählungen verfasste, obwohl er davon nie etwas veröffentlichte. Er weigerte sich auch standhaft, seine Texte in einer Lesung preiszugeben.

»Ich spiele für Euch nicht den berühmten Lothar Frohwein, der mit seinem ›Krawehl! Krawehl‹ in die Filmgeschichte einging«, pflegte er lachend zu antworten, wenn seine Besucher in zu einer Lesung aus eigenen Werken ermuntern wollten. Die von Loriot grandios gespielte Episode drehte sich um einen Schluckauf, der den Dichter an der Lesung hinderte. Er war in dem Augenblick davon befreit, als sich das unbändige »Hick« aus seinem tiefen Bauch auf einen Zuhörer (wiederum Loriot) übertrug, eine gelungene Art der ›Transplantatio morbi‹. Sie ist in Volks- und Ethnomedizin als Sonderform der Krankheitsübertragung bekannt und spielt auch im Neuen Testament beim Ausfahren der bösen Geister in die Säue ein Rolle.

Über solche Zusammenhänge wusste Philipp Bescheid und machte sich einen Spaß daraus, drastische Beispiele zu erzählen. Sophie gehörte zur Gemeinde der Phil-Fans, die zwar keine Lesungen von ihm zu hören bekamen, dafür aber improvisierte Vorträge, in denen er wild assoziierte und mit seinem Witz die Leute in seine Atmosphäre der Heiterkeit zog und zum Lachen brachte.

Wer zum engeren Kreis um diesen Buchhändler gehörte, redete in »Phil« an. Sophie gehörte dazu. Er hatte es sich angewöhnt, sie mit »So«, betont englisch ausgesprochen, anzureden, wie er es überhaupt liebte, bei englischen Ausdrücken das Oxford-English gegenüber dem Amerikanischen dominieren zu lassen. Die meisten seiner Bekannten und Freunde sprachen ein breites, lässig verwaschenes Amerikanisch, wie sie es als Austauschschüler kennengelernt oder in Fernsehserien gehört hatten und wie man es tagtäglich durch die Medien zu hören bekam. Dagegen setzte Phil bewusst seinen Akzent, den er durch Anhören von Videoclips ständig kultivierte. So hatte er den konservativen Politiker Jacob Rees-Mogg für sich als Sprachtrainer entdeckt, dessen Gesamterscheinung überhaupt »very British«

anmutete: durch Kleidung, Körperhaltung, Auftreten und vor allem seinem melodischen und zugleich messerscharfen Sprachduktus. Diesen nachzuahmen machte ihm Spaß. Er konnte aber auch blitzschnell auf den schottischen Dialekt umschalten und bei Gesprächen auf Englisch beziehungsweise Amerikanisch die Zuhörer verblüffen. Phil hatte großes Vergnügen an Imitationen aller Art. Er schlüpfte in Rollen, die ihn wie einen Schauspieler zu einem Anderen werden ließen. Diese Veränderung oder Ver-Anderung, wie Philosophen vielleicht sagen würden, spürte er als Freiheit – ein Gefühl des Abhebens und Fliegens.

Als Sophie an diesem Morgen den Buchladen betrat, stand Philipp gerade auf einer Leiter, um Bücher im Regal zu sortieren.

»Hallo, So,« rief er ihr von oben entgegen, »wie geht's Dir denn? Was macht die Wissenschaft?«

»Hi, Phil«, entgegnete sie mit bewusst englischer Intonation nach oben blickend, wo er auf der Leiter stand, mit einem Buch in der Hand. »Ich wollte nur mal vorbeischauen und sehen, ob es etwas Neues gibt.«

Philipp stieg die Leiter herunter, um sie zu begrüßen. »So richtig was Neues gibt es nicht«, sagte er, »auch wenn uns die Verlagsprospekte dauernd ihre tollen Neuerscheinungen schmackhaft machen wollen. Darf ich Dir einen Kaffee anbieten?«

Man unterhielt sich bei einem Espresso. Philipp hatte Zeit, die meisten Kunden würden erst ab elf Uhr in den Laden kommen. So konnte ihm Sophie *ausführlich von ihrem Kampf mit Frau Professorin Leicht berichten, den sie zwar siegreich bestanden hatte, was aber schlimme Folgen für ihr Habilitationsprojekt haben konnte. Philipp hörte aufmerksam zu. Dass zwei Frauen in dieser Art über ein Projekt der Gender Studies aneinander gerieten, amüsierte ihn.*

»Offenbar sind nicht unbedingt Männer nötig, wenn Frauen unterdrückt werden«, feixte er. Aber er nahm seine Bemerkung sofort wieder zurück, denn er wollte Sophie als Geschlechterforscherin nicht beleidigen. In interessierte etwas anderes.

»Was Du da entdeckt hast, die Geschichte mit dieser Stockham, war für die Frau Professorin offenbar unerträglich. Sehr interessant. Wer diese Dame verstehen will, muss sich mit dem beschäftigen, was sie so in Rage bringt.« Er hatte, wie man gemeinhin sagt, Blut geleckt.

»Ich habe von dieser amerikanischen Reformfrau noch nie etwas gehört. Merkwürdig. Dabei ist mein Antiquariat doch auch auf Literatur der Lebensreform- und Naturheilbewegung spezialisiert.«

Er notierte sich Namen und bibliografische Daten.

»Ich kann Dir beim nächsten Mal eine Kopie des Karezza-Buchs mitbringen«, sagte Sophie. »Es ist relativ dünn und schnell zu kopieren. Aber noch einfacher ist es, wenn ich es Dir als PDF-Datei per Mail schicke.«

»Ja, mach' das bitte, So. Ich bin immer gespannt auf Schriften, die auf dem Index stehen, in diesem Fall auf dem Index der Universitätswissenschaft.«

Als Gustav mit seinem Manuskript so weit gekommen war, lehnte er sich auf seinem Stuhl zurück, schaute durchs Fenster ins Tal und auf die Bergrücken ringsum. Hoch aufgetürmte Wolken zogen vorbei, es war windig, die Sonne kam nur für kurze Augenblicke zum Vorschein. Mitten im Sommer roch es nach Herbst. Der würzige Duft, der vom nassen Holz gefällter Stämme ausging, die reine Luft vom Staube befreit, Felder von versteckten Heidelbeeren, die an Berghängen und in Waldlichtungen reiften, Spinnweben, an denen sich Tautropfen niederschlugen – die Natur hatte heute einen Purzelbaum geschlagen.

Seine Lesungen für Uta hatten den Charakter eines Jour fixe angenommen. Morgen war es wieder soweit. Er würde hinunter in die Stadt fahren, downtown, und sich mit ihr im Café »Vive la France« treffen.

26. Frank Miller

Mitten in der Nacht wachte Gustav auf. Die Störung des Schlafs kam nicht von innen, er hatte nicht schlecht geträumt. Sie musste von außen gekommen sein. Er schaute durchs Giebelfenster. Der Himmel war schwarz verhangen, die Luft schwül, in der Ferne sah man stumme Blitze eines Wetterleuchtens. Gustav drehte sich in seinem Bett um, vom Fenster weg zur Wand. Der Gedanke, dass ihn vielleicht der vorzeitige Donner eines aufziehenden Gewitters geweckt hatte, beruhigte ihn. Dennoch konnte er nicht einschlafen. Ein unheimliches Gefühl beschlich ihn, als ob er beobachtet würde. Unter Verfolgungswahn hatte er nie gelitten. Deshalb war er alarmiert. Er hielt die Luft an, spitzte die Ohren. Tatsächlich hörte er jetzt den Schotter auf dem Zufahrtsweg unter langsamen Schritten knirschen. Jemand näherte sich der Hütte. Gustav schlich ans Fenster und sah unten eine schattenhafte Gestalt, die heranpirschte und sich auf die Bank vor der Hütte setzte. Bei aller Liebe zur Märchenstoffen und Sagen, Spuk- und Gespenstergeschichten war er ein nüchterner Betrachter, für den sofort klar war, dass sich ein ungebetener Gast aus Fleisch und Blut eingefunden hatte. Wer kann das sein? Was will der von mir?

Wie kann ich ihn mir vom Leibe halten? Diese Wer-Was-Wie-Fragen kreisten durch seinen Kopf.

Die Haustür war nur mit einem kleinen Riegel verschlossen und konnte leicht eingedrückt werden. Andere um Hilfe rufen ging nur telefonisch, da in Rufweite niemand wohnte. Eine Waffe hatte Gustav nicht, weder Schlagring noch Revolver und das lange Küchenmesser kam für ihn nicht in Betracht. Was wollte dieses reale Gespenst vor der Hütte von ihm?

Plötzlich fiel ihm die Szene ein, die lange zurücklag und vielleicht alles erklären konnte. Er hatte damals einen wild um sich schlagenden, wahrscheinlich unter Drogen stehenden Mann, der mit einem Messer auf seine Umgebung losging, an beiden Handgelenken gepackt und so lange eisern festgehalten, bis zwei alarmierte Polizisten ihn festnahmen. Einer der beiden verschaffte sich durch Kniestöße in den Unterleib Respekt, sodass der Delinqent das Messer fahren ließ und sich vor Schmerz krümmte, während der andere seine Arme auf den Rücken drehte und ihm Handschellen anlegte. Doch nicht diese Szene der Festnahme trat Gustav wieder vor Augen, sondern der schreckliche Schwur des Messermanns erklang wieder in seinem Ohr, während ihn Gustav festhielt. Er tobte, spuckte und schrie: »Ich bring Dich um! Ich werde Dich kriegen! Ich murks' Dich ab! Irgendwann! Ich schwör's Dir.«

Gustav hatte diesen fürchterlichen Menschen aus den Augen verloren. Er war später wegen Gewaltkriminalität und anderer Delikte zu einer Gefängnisstrafe verurteilt worden und es war gut möglich, dass er inzwischen aus der Haft entlassen worden war. Saß dieser Typ, der Sascha Borowski hieß und den er schon längst vergessen hatte, jetzt vor seiner Hüttentür, als verkörperte Wiederkehr des Verdrängten? An diesem Punkt schaltete Gustav um. Er wechselte vom ängstlichen Wahrnehmen zum kühlen Handeln. Ganz leise und ruhig tastete er sich zur Kommode, griff zu seiner schweren superhellen Taschenlampe und ging Schritt für Schritt über die Treppe zur Hüttentür. Er konnte das Knarren der Holzdielen nicht ganz vermeiden. Dies hatte das reale Gespenst offenbar gehört, denn Gustav sah es am Fenster vorbeihuschen. Er entriegelte die Tür, riss sie auf, leuchtete mit seiner Taschenlampe hinterher. Er sah dann einige Augenblicke später, wie vom Parkplatz auf halber Höhe ein unbeleuchtetes Auto talwärts rollte, der Motor war kaum zu hören.

Er stellt die Kaffeemaschine an, holte die Milch aus dem Kühlschrank, setzte sich an den Küchentisch und legte die Taschenlampe neben die Tasse wie einen geladenen Revolver. Das muss dieser üble Kerl gewesen sein, dachte er. So einer wie in »High Noon«. Dort reimte sich im berühmte Song »Frank Miller« auf »Killer«.

The noonday train will bring Frank Miller
If I'm a man I must be brave
And I must face that deadly killer

...

Although your grievin' I can't be leavin'
Until I shoot Frank Miller dead

Gustav schlürfte bedächtig seinen Kaffee. Er hatte einen Namen gefunden. Auch das Gefährliche schrumpft in seiner Gefährlichkeit, wenn man es beim Namen nennen kann.

»Ich werde Dich erledigen, Frank Miller, wie Dich im Film der Sheriff erledigt hat«, sagte Gustav halblaut vor sich hin. »Ich werde Dich erledigen. Ich kann solange nicht in Ruhe leben, bis ich Dich erledigt habe.«

Gustav beschloss noch in dieser Nacht, sich eine Pistole, am besten einen Colt, wie ihn Karl May in seinen Romanen gepriesen hatte, auf legalem Wege anzuschaffen.

Er brach früher als sonst auf, um in die Stadt zu fahren. Denn er wollte vor der Lesung im Café bei der Stadtverwaltung einen Waffenschein beantragen. Das ging viel reibungsloser als gedacht. Die Sachbearbeiterin hörte freundlich seinem Bericht zu. Ein klarer Fall in ihren Augen: Universitätsprofessor, einsame und ungesicherte Wohnlage, reale Bedrohung durch einen Kriminellen, konkrete Gefahr im Verzug.

»Ihr Fall ist klar, Herr Professor. Sie können auf einer beschleunigten Ausstellung eines Waffenscheins bestehen. Ich kann Ihnen gleich eine provisorischen Schein ausstellen, den Sie bitte nach Erhalt des endgültigen Dokuments vernichten. Bitte nehmen sie im Flur noch einmal Platz, in 15 Minuten sind wir soweit.«

Gustav tat im Stillen Abbitte, als er den vorläufigen Waffenschein in Händen hielt und zum naheliegenden Waffengeschäft ging. Manchmal funktioniert die Verwaltung doch ganz gut, dachte er und er war ihr heute dankbar dafür.

Im Waffenladen war er ein willkommener Neukunde. Man beriet ihn nach allen Regeln der Waffenkunst, machte ihn darauf aufmerksam, dass er verpflichtet sei, drei Kurs- und Übungsstunden zu absolvieren und das betreffende Zertifikat zu erwerben, ehe er die Waffe mit nach

Hause nehmen durfte, wo er sie unter Verschluss zu halten habe. Selbstverständlich seien darüber hinaus Schießübungen, eventuell auch in einem einschlägigen, (Gustav assoziierte: einschüssigen) Verein ratsam. Er suchte sich eine handliche Pistole aus, dazu ein Halfter, das unter der Achsel zu tragen war. Die nicht unerhebliche Summe bezahlte er mit seiner Kreditkarte. Er wusste genau, wo er sein Schießeisen griffbereit hinlegen würde. In der Schublade des Nachttischs war Platz genug.

27. Mott's merkwürdige Erinnerungen

Das gespenstische Auftauchen von Sascha Borowski brachte den Lauf der Dinge gründlich durcheinander. Bei der nächsten Lesung im »Vive la Françe« kam Gustav erst gar nicht dazu, einen neuen Abschnitt vorzutragen. Denn als Uta die Neuigkeit erfuhr, wurde sie ganz aufgeregt und wollte alles genau wissen. Gustav erzählte ihr dann von diesem Frank Miller-Typ. Er war wegen Drogenhandels und Gewaltkriminalität zu einer langjährigen Haftstrafe verurteilt und offenbar frühzeitig aus dem Gefängnis entlassen worden. Er galt als äußerst brutal. Morde konnte man ihm nicht nachweisen, aber man traute sie ihm zu. Gustav hatte den damaligen Fluch, die Morddrohung, nie ganz aus seinem Bewusstsein verdrängen können, obwohl er schon lange nicht mehr von der Erinnerung an diesen Vorfall geplagt war. Jetzt aber war sein Inneres aufgewühlt und Borowskis Visage stand ihm dauernd vor Augen.

Die Textproduktion war dadurch zum Stillstand gekommen und er hatte Mühe, sich überhaupt vorzustellen, die tägliche Schreibarbeit wieder aufzunehmen. Aber nachdem Alles ruhig blieb, die geladene Pistole in der Schublade ruhte, eine Sicherheitskamera an der äußeren

151

Hüttenwand installiert und der einfache Türriegel mit einem starken Sicherheitsschloss ausgetauscht war, fand er seine innere Ruhe wieder. Zugleich war er auf der Hut, hatte seine Wahrnehmungsantennen ausgefahren, um seine Umgebung auf Verdächtiges hin abzutasten. Dazu gehörte auch, dass er Dorfbewohner nach Auffälligkeiten befragte, nach unbekannten Fremden und Autoschildern, die nicht in die Gegend passten.

Uta fand das alles sehr spannend und wollte die Abwehrmaßnahmen unbedingt unterstützen.

»Du könntest mir das Passwort für die Sicherheitskamera verraten, dann würde ich mich an der Überwachung Deiner Hütte beteiligen. Wie wär's?«

Gustav hatte überhaupt nicht daran gedacht, ihre Person in die Abwehrfront einzubeziehen und freute sich über ihre Bereitschaft.

»Gut«, meinte er schließlich, »ich maile Dir das Passwort. Die Infrarot-Kamera produziert auch nachts glasklare Bilder. So könntest Du ja Wache schieben, während ich schlafe.« Und er lachte bei diesem Gedanken.

»Ok, da wir keine Innenkamera haben, um das festzustellen, mache ich folgendes Angebot: Ich schaue täglich abends zwischen zehn Uhr und Mitternacht gelegentlich nach dem Kamerabild. Keine lückenlose Überwachung, aber besser als nichts.« Es war ihr Ernst.

»Wir werden sehen, ob da noch etwas kommt. Gut möglich, dass ich mich bei ›Frank Miller‹ geirrt habe. Es kann ja sein, dass ein halb besoffener Trottel nur Höhenluft schnappen wollte, vom Knarren der Holzdielen erschreckt und dann von meinem Auftreten in die Flucht geschlagen wurde. Kann ja sein.« Gustav räusperte sich, als müsse er seine Kehle freimachen. Aber der Kloß, der dort saß, war keineswegs verschwunden.

Je mehr das Thema »Frank Miller« in den Hintergrund trat, desto stärker wandte sich die Autorenlesung zu zweit wieder Sophie Meister zu.

Sophie erhielt einen Anruf von Klaus Mott. Immer noch schien seine Stimme vor Aufregung zu vibrieren.

»Stell' dir vor, Sophie, was sich die KB ausgedacht hat!«

Es gehörte zu einer weltweit geübten Praxis, dass man den vollen Namen Unheil bringender Menschen nicht aussprach, sondern Abkürzungen oder Decknamen gebrauchte. Karola Bärwald war so ein Unheil bringender Mensch. Dahinter steckten sicher Reste magischer Traditionen. Man solle den Teufel nicht über die Tür malen, er komme schon von selbst, hat Luther einmal in einer Tischrede gesagt.

»Was denn?« fragte Sophie. »Kann die KB überhaupt denken?«

Klaus erzählte, wie es mit seinem Rauswurf weiterging. Er solle innerhalb einer Woche alle seine Materialien und Bücher aus dem Institut abtransportieren, andernfalls müsse man sie entsorgen. Nur durch die Intervention des Dekans sei dies verhindert worden. Alles würde nun in Kisten verpackt und in den leeren Abstellraumraum am Ende des Hauptflurs verbracht, unbenutzbar und mit der Aufforderung, den Kram bald abzuholen. Klaus konnte es immer noch nicht fassen, dass so etwas möglich war.

Dekan und Rektor waren von KB informiert worden und hatten keinen Einspruch erhoben. Das Hochschulgesetz sah für Ruheständler zwar die Möglichkeit, aber kein Recht auf einen Arbeitsraum oder Arbeitsplatz vor. So war Klaus ausgebootet worden, ohne sich rechtlich dagegen wehren zu können. Aber er war nicht bereit, gute Miene zum bösen Spiel zu machen. Er dokumentierte seinen Rausschmiss und protestierte dagegen. Er beschrieb die Situation in Blog-Beiträgen, die mit kunstvoller Entstellung komponiert waren. Er achtete sorgsam darauf, die Dinge so unscharf wie nötig und so scharf wie möglich darzustellen. Denn keinesfalls wollte er abgemahnt oder gar wegen Verleumdung verklagt werden. Dabei genoss er die Vorstellung, dass die gegnerische Seite irgendwann und irgendwie auf den betreffenden Blog-Beitrag stoßen und sich sofort wiedererkennen würde, ohne etwas dagegen unternehmen zu können. Ihre schäbige Haltung würde vor aller Welt fein säuberlich dokumentiert und auch die neuesten Datenschutzverordnungen wären machtlos gegen seine Veröffentlichung. So suchte Klaus Mott mit seinen Emotionen fertig zu werden, die Wut zu kanalisieren und aufkeimenden Hass in literarischer Form zu sublimieren, um das Gift auszuschwitzen .

Nachdem er Sophie gegenüber seinen Blog flüchtig erwähnt hatte, machte sie sich im Internet auf die Suche. Sehr schnell stieß sie auf MOTT's MERK-

WÜRDIGE ERINNERUNGEN und las mit Vergnügen einige Beiträge. Sie bewunderte seine geschmeidigen und zugleich treffenden Erzählungen, die blumig und harmlos daher kamen, aber doch messerscharf die peinliche Gemengelage analysierten. Wer wie Sophie auf der Seite von Klaus stand, rieb sich vor Vergnügen die Hände über die gelungene Persiflage, wer auf der Gegenseite stand, musste sich grün und blau über die ätzenden Einlassungen ärgern. Gerade Letzteres trug wesentlich zum Vergnügen der anderen Seite bei.

Mott war Botaniker, der einige Semester Psychologie studiert und sich damals auch mit Sigmund Freud befasst hatte. In einem Seminar über Freuds »Traumdeutung« hatte er ein Referat über die Begriffe »Traumentstellung« und »Traumarbeit« zu halten. Ihn fesselte das Doppelspiel von Enthüllung und Verhüllung, das Freud mit äußerster Konsequenz darbot. Er verglich nämlich die Traumarbeit mit einem Schriftsteller, der seinen Text so geschickt verstellt, dass ihn die Zensur passieren lässt, weil sie die Botschaft nicht erkennt. Diese Lehre hatte Klaus nie mehr vergessen und sie kam ihm immer wieder zugute. Auch jetzt bei seinen Blog-Produktionen profitierte er von ihr. Allerdings sollten seine Einlassungen bestimmte Leser nicht weiterschlafen lassen, sondern ein wenig piesacken. Das wäre ihm schon Satisfaktion genug. Er wollte nicht als Sadist wirken und bei den Gemeinten Albträume hervorrufen. Aber ein wenig sollten sie gezwickt werden.

»Wenn ich so etwas über mich lesen würde, wäre ich doch ziemlich betroffen und gekränkt«, meinte Sophie zu Klaus. »Wahrscheinlich würde mich am meisten ärgern, dass ich nichts dagegen unternehmen könnte. Würde ich mich öffentlich wehren, würde ich nur allgemeine Häme ernten: ›Getroffener Hund bellt‹. Stillschweigend die Sache hinnehmen, würde mich noch mehr ärgern. Und eine regelrechte Strafe wäre es, vom Rechtsanwalt belehrt zu werden, dass die literarischen Umschreibungen keine juristischen Angriffspunkte bieten.«

»Genau so ist es und genau das ist für mich das Gute«, antwortete Klaus. »Ich zeige meine Verachtung, ohne mich angreifbar zu machen. Indem ich das tue, habe ich meine Verachtung aber auch schon vom Hass gereinigt. Und das bedeutet: meine Verachtung in Mitleid verwandelt.«

Sophie musste lächeln. »Du verfolgst ja regelrecht eine philosophische Agenda, sehr klug. Wie kommst Du auf so ein philanthropisches Konversionsprogramm?«

»Ich bin Egoist«, antwortete Klaus, »purer Egoist. Verachtung kettet den Verächter an das Gefühl der Abneigung, letztlich das Hasses und kostet Lebensenergie, macht der Tendenz nach also schwach und krank. Es ist nur egoistisch, wenn man davon loskommen will. Mitleid dagegen ist ein Zeichen der Lebensfülle, die etwas zu verschenken hat. Es klingt wahrscheinlich komisch, aber es ist wirklich egoistisch, den Hass in Mitleid zu verwandeln. Ich bin nun mal gerne Egoist.«

Sophie war erstaunt. Sie hätte Klaus Mott nie als einen Egoisten eingeschätzt. Aber seine Erklärung war überzeugend.

»Es gibt da eine Holocaust-Überlebende, die einem verurteilten KZ-Aufseher verziehen hat. Sie hat ihm sogar die Hand gegeben, als sie ihm, einem alten Mann im Rollstuhl, im Laufe des Gerichtsprozess begegnet ist. Sie tat das nicht aus Mitleid mit diesem Greis oder einer allgemeinen menschenfreundlichen Anwandlung, sondern aus Selbstliebe. Sie wolle ihr Leben nicht vom Hass zerstören lassen, erklärte sie der Weltpresse.«

»Das ist die beste Begründung für ein Verzeihen, von der ich je gehört habe«, sagte Sophie. »Die Vernunft besiegt die Emotion, wird aber selbst von stärkster Emotion gespeist: der Liebe. Warum kapieren das die Menschen nicht? Dass ohne die Selbstliebe kein Menschlichkeit möglich ist?«

Als Mott gegangen war, atmete Sophie tief durch. Sie schaute durchs Fenster auf den Park, der noch von der Nachmittagssonne beschienen war. Die Bäume warfen ihre langen Schatten auf den Rasen. Sie hatte das Gefühl, heute etwas Entscheidendes dazugelernt zu haben. Ganz ohne Gender Studies, ohne das »Framing« durch die Geschlechter-Ideologie und die säuerlichen Kommentare der Frau Professorin Leicht.

28. Der Vorhang

Gewöhnliche Autorenlesungen folgen der vorgegebenen Einbahnstraße: vom geschriebenen Text über das Sprachorgan des Autors durch die Luft oder den Äther ins Ohr des Hörers. Sender und Empfänger stehen fest. Auch wenn der Lesende von der Aufnahmebereitschaft des Hörers und der Atmosphäre im Raum beeinflusst wird, so ist die in Buchstaben gemeißelte Botschaft selbst unveränderlich. Gustav merkte nach ein paar Wochen, wie Uta, seine Hörerin, unmerklich zur Mitautorin geworden war. Ihre Fragen und Anmerkungen, ihre Einfälle und Fantasien lenkten ihn auf neues Terrain. Seine Geschichte wurde allmählich zu ihrer gemeinsamen Geschichte und Uta entpuppte sich zur Mitautorin. Was ihn am Anfang gestört hätte, empfand er nun als angenehme Begleitmusik, und er war keineswegs beleidigt, wenn diese den Ton angab und neue Melodien anstimmte.

Ihr Zusammenwirken hatte jedoch nichts gemein mit dem Verfassen eines gemeinsamen Textes, wo von den Beteiligten Entwürfe vorgelegt und gegenseitig verbessert werden, um am Ende ein Kompromisspapier zu erhalten. Ihr Setting war ein anderes. Er verfasste die Texte, nachdem sie ihm ihre Meinung gesagt hatte und freihändig Ideen dazu formulierte. Gustav wusste, dass er ohne diese Quelle mit seinem Roman schon bald am Ende wäre. So aber gab es immer Überraschungen, unvorhergesehene Wendungen, neue Ausblicke, die sich bieten, wenn man einen unbekannten Gebirgspfad hochsteigt.

»Wir müssen uns jetzt unbedingt Sophie und Philipp zuwenden«, sagte sie. »Wie geht es weiter mit den beiden? Natürlich eine Liebesgeschichte. Aber wie sieht die aus? Was ist das Besondere daran? Du hast ja schon die Weichen gestellt. Aber der Zug muss jetzt endlich abfahren, wenn er irgendwo ankommen soll.«

Gustav gab ihr recht. »Und wie soll's weitergehen?« fragte er mit leicht ironischem Unterton. »Ich bin da flexibel und zu allen Schandtaten eines Romanciers bereit.«

Uta ließ sich nicht provozieren. Sie dachte nach, sagte lange nichts. »Wie wäre es, wenn wir einen Frank Miller-Effekt einbauen würden? Eine Bedrohung von außen, die dazu führt, dass man zusammenrückt und ein Verteidigungsbündnis schmiedet.«

»Ich dachte, wir wollten Frank Miller vergessen«, meinte Gustav unangenehm berührt.

»Wenn wir ihn in die Geschichte einbauen und dort erledigen, dann können wir ihn wirklich vergessen.« Uta sagte das mit solchem Nachdruck, dass Gustav zusammenzuckte. Denn plötzlich war das Nachtgespenst wieder da, der Spuk, der Albtraum. Auch die Pistole im Nachttisch sah er plötzlich vor sich, das objektive Zeichen der Gefahr, ein Menetekel des bevorstehenden Kampfes auf Leben und Tod:

Although your grievin' I can't be leavin'
Until I shoot Frank Miller dead

Gerade daran musste Gustav einige Tage später auf der Trauerfeier für seinen verstorbenen Freund Lothar Krumbichel denken. Er stand mit ihm seit der gemeinsamen Studentenzeit in Heidelberg in Verbindung. Lothar war ein Haudegen nach außen und eine Mimose nach innen. Die Traueranzeige kam mit der Post und deutete einen plötzlichen Herztod an. Er war unverheiratet, hatte keine Kinder, aber eine Lebensgefährtin, die zehn Jahre älter war als er und die Anzeigen verschickt hatte. Lothar war Landarzt geworden, hatte sich in einem Dorf in der Nähe von Heidelberg niedergelassen und gehörte zum ehernen Bestand der örtlichen Kirchengemeinde. Gustav hatte ihn in einem studentischen Ruderclub kennengelernt und bald gemerkt, wie angenehm es war, einen Mediziner zum Freund zu haben. Er bewunderte ihn wegen seiner Direktheit und Schlagkraft nicht nur im Boot, gepaart mit einer absoluten Angstfreiheit.

Gustav fuhr mit seinem Auto zur Trauerfeier. Er fragte Uta, ob sie ihn begleiten wolle. Sie sagte »Nein«, ohne eine weitere Begründung abzugeben. Gerne hätte er sie als Beifahrerin und Gesprächspartnerin dabei gehabt. So überbrückte er die Zeit mit Radiohören. Die halbstündlich wiederkehrenden Nachrichten gingen ihm auf die Nerven. Als er endlich an der Dorfkirche ankam, hatte er die Weltereignisse des Tages verinnerlicht.

Die Urne stand auf einem mit Blumen drapierten Podest in der Friedhofskapelle und machte den Eindruck einer schwarzen Kanonenkugel inmitten der weißen Blüten. Daneben war ein großes Porträtfoto auf einer Stafette zu sehen. Das Bild zeigte ihn genau so, wie Gustav ihn in Erinnerung hatte: die schmalen Lippen zu einem Lächeln auseinandergezogen, die Hautfalten im Gesicht, die schelmischen, neugierig und zugleich misstrauisch blickenden Augen, die den Betrachter herausfordernd ansahen. Das war Lothar, bevor ihn der Schlaganfall erwischte und ihm nach qualvollen Monaten den Garaus machte. Sein Ende hatte Gustav als einen traurigen Verfall erlebt. Er, der als Arzt täglich nach der morgendlichen Sprechstunde oft bis in die Nacht Hausbesuche machte, war nun selber zum Patienten, zum absoluten Pflegefall geworden. Er, der im Männergesangverein als Tenor mitgesungen und im Gemeinderat häufig seine Stimme erhoben hatte, war nach dem Schlaganfall zu einem stammelnden Greis ohne Stimme geworden.

Gustav erinnerte sich an ihre gemeinsame Zeit im Studentenwohnheim in Heidelberg, das Rudern im Zweier, dann mit zwei weiteren Kommilitonen auch im Vierer, ihre Mühe, auf dem Neckar Kurs zu halten und den großen Schiffen auszuweichen, die unbeirrbar den Fluss hinauf oder hinunter schipperten. Er erinnerte sich an die gemeinsamen Touren auf Lothars Motorroller durch die Stadt und ihre Umgebung, um immer neue Ziele zu erreichen. Sie nutzten die Einladungen von Studentenverbindungen zum Anfang des Semesters, um sich als Gäste umwerben und bewirten zu lassen. Sie hatte sich von vornherein geschworen, in keine Verbindung einzutreten, aber deren Geselligkeit zu genießen. So erlebten sie einige Kneiprituale, die in einem Fall zu einer Sauforgie ausartete. Als ein besoffener Corps-Student auf den Tisch stieg und den Bierseidel in den Elektrokronleuchter auskippen wollte, sprang Gustav schnell zum Schalter und machte das Licht aus. Bei einem Kurzschluss wäre es nicht finsterer geworden. Gustav und Lothar konnten sich durch Zurufen im Dunkeln orientieren und eilten gemeinsam nach draußen. Sie atmeten befreit die frische Nachtluft und waren froh, dem Saustall entronnen zu sein.

Die Trauergemeinde füllte schon schweigend die Halle, als Gustav eintraf. Er trug sich ins Kondolenzbuch auf dem Pult neben dem Portal ein und fand noch einen freien Platz in der hintersten Stuhlreihe. Die Leute, die nach ihm kamen, mussten draußen stehen. Der Organist saß am Harmonium bereit, der Pfarrer schritt durch das Portal und die etwas zu süßlichen Töne des Blasinstruments erfüllten den Raum. Gustav hörte kaum zu, was da gepredigt wurde. Seine Erinnerungen an den Freund beschäftigten ihn. Nur beim Vaterunser wurde er etwas wach und murmelte dem Chor hinterher.

Wie bei allen Beerdigungen kreisten Gustavs Gedanken um letzte Fragen, die zwar nicht zu beantworten waren, aber selbst bei solchen Anlässen auch nicht gestellt wurden und doch wie ein Elefant im Raume standen. Ging beim Sterben nicht wie im Theater ein Vorhang herunter, der die Bühne vom Zuschauerraum und die Schauspieler von den Zuschauern trennte? Aber anders als im Schauspiel war diese Trennung nicht künstlich und temporär, sondern von Natur aus vorgegeben und permanent. Man konnte sich im Gedankenexperiment vorstellen, wie im Tod eine radikale Umkehr vollzogen wurde: Aus der Bühne wurde der Zuschauerraum und aus diesem die Bühne. Konnte es sein, dass die Lebenden ein Schauspiel spielten, das sie mit der Wirklichkeit verwechselten und die Toten diesem Schauspiel zuschauten aus einem Raum, der vielleicht wirklicher als die Wirklichkeit der Lebenden war? Alle Anstrengungen der menschlichen Kultur, diese Kluft zu überbrücken und gleichsam den Vorhang für ein gemeinsames Erleben aufzuziehen, waren vergebens, auch wenn Totenbeschwörer und Spiritisten sich alle Mühe gaben.

Beim anschließenden Leichenschmaus im Gemeindehaus mit dem unvermeidlichen Streuselkuchen und den üblichen belegten Brötchen hatte Gustav diese merkwürdige Empfindung, auf der Bühne zu stehen und eine Rolle zu spielen. Schaute da jemand zu? Und wer? Erst als er wieder im Auto saß, um zurückzufahren, verließ ihn diese Empfindung und er vergaß den Vorhang.

29. Ein Gefährder

Er erzählte Uta von Lothar Krumbichel, dessen Asche in einer schwarzen Urne eingeschlossen war, die einer Kanonenkugel ähnelte. Er erzählte auch von seiner Meditation über den ultimativen Vorhang, die während der Trauerfeier bei ihm eingesetzt hatte. Auch von dem Streuselkuchen und den belegten Brötchen, letztere durchgeweicht mit zu viel Butter. Uta sagte manchmal dazu »Mhm« und schien nicht besonders beeindruckt von seinem Bericht. »Ich weiß, warum ich Beerdigungen meide«, meinte sie nur und es klang keineswegs schadenfroh. »Bei solchen Gelegenheiten wird systematisch gelogen oder es werden langweilige Litaneien abgespult. Der Tod eines Mitmenschen verunsichert die Lebenden. Die Sache mit dem Vorhang ist psychisch heikel: Wer kann sich sicher sein, dass der Tote nicht doch zuhört und das Treiben beobachtet? Dass er nicht doch noch ins Geschehen eingreifen könnte? Ich erinnere nur an Don Giovanni und seine fatale Begegnung mit der Statue des Komturs.«

Gustav war beeindruckt von ihren leicht hingeworfenen Bemerkungen, mit denen sie Gespräche, die zu Monologen auszuarten drohten, aufzulockern pflegte. Sie konnte sich im Handumdrehen für Stoffe erwärmen, die ihr vorgehalten wurden. Das liebte und bewunderte er an ihr.

»Pass mal auf«, sagte sie in ihrer beiläufigen Art, »nächste Woche hätte ich Zeit, Dich droben in Deiner Hütte zu besuchen. Es steht angeblich eine Gutwetter-Periode bevor, sodass wir die Lesung ins Freie verlegen können.«

Im ersten Augenblick fühlte Gustav Beklemmung. Wie würde die Lesung außerhalb des gewohnten Ambientes vonstatten gehen? Was konnte, was musste er Uta da droben anbieten? Dann aber freute er sich auf etwas Neues und er gab sich Mühe, diese Freude nicht zu auffällig zu zeigen.

»Gut, okay, wenn Du meinst, treffen wir uns nächstes Mal in der Bergwelt, auch wenn die nur ein hügeliges Mittelgebirge ist.«

»Jedenfalls ist die Luft dort besser als in den Niederungen dieser Stadt, die immer weniger zu ertragen ist.«

Sie zählte die Ärgernisse lang und breit auf, die ihr das Leben in der Stadt vergällten. Das Schlimmste war für sie das Gefühl der Unsicherheit im öffentlichen Raum, das ständig Nahrung durch Zeitungsberichte und Mitteilungen in alternativen Internet-Plattformen erhielt. Raubüberfälle zu jeder Tageszeit, sexuelle Belästigungen, versuchte und vollendete Vergewaltigung von Einzeltätern und in der Gruppe, Körperverletzungen mit und ohne Messerstecherei, Taschendiebstahl auf allen belebten Plätzen, vor allem im Bereich des Hauptbahnhofs, was noch das harmloseste Übel war. Sie traute sich zu bestimmten Zeiten nicht mehr auf die Straße, mied bestimmte Parks und Straßenunterführungen. Sie hatte sich einen Späherblick angewöhnt, mit dem sie die nächste Umgebung ständig nach Gefahrenquellen absuchte.

»Als ich neulich zur S-Bahn-Haltestelle gehen wollte, sah ich eine Gruppe von drei oder vier jungen Männern, die da an der Treppe der Unterführung herumlungerten. Ich bin in entgegengesetzter Richtung außen herum gegangen, um von der anderen Seite auf den Bahnsteig zu gelangen. Bin ich überängstlich, neurotisch? Oder verhalte ich mich der Lage angemessen? Ich weiß es nicht. Ich weiß nur, dass ein neues Angstgefühl um sich greift, das ich früher nicht gekannt habe. Und so geht es vielen, die ich kenne.«

»Mir geht es als Mann aber genauso«, entgegnete Gustav. »Ich habe neulich gelesen, dass die Polizei Selbstverteidigungskurse für Mädchen und Frauen anbietet. Ich habe ein Email an die Dienststelle geschickt und gefragt, ob so etwas nicht auch für Männer angeboten wird. Ich fühlte mich unsicher und möchte mich im Ernstfall verteidigen können. Ich habe keinerlei Reaktion von der Polizeistelle erhalten, nicht einmal einen höflichen Abwimmelungsbescheid.«

»Die Beschreibung der Straftäter, nach denen gefahndet wird, ist sehr interessant«, sagte Uta. »Da gibt es ›junge Männer‹, ›Südländer‹, ›Männer mit südländischem Aussehen‹, ›Männer mit dunklem Teint‹, ›Männer mit südländischer Sprache, vermutlich Arabisch‹, die Polizei spricht auch von ›Nafris‹, was Nordafrikaner oder Nordafrikanische Intensivtäter bedeutet. Ich habe keine Lust, mit solchen ›Männern‹ nähere Bekanntschaft zu machen, auch nicht mit bestimmten ›Mufls‹, minderjährigen unbegleiteten Flüchtlingen. Aber vergessen wir die Politik und die Mainstream-Medien, es wird nirgends so unverschämt gelogen wie dort.«

»Gelogen wird doch überall«, warf Gustav ein. »Schau Dir unsere Universität an, Hunderte von Professoren, abgesehen von den Tausenden von Studenten vegetieren brav vor sich hin, die einen stehen unter andauerndem Leistungs-, die anderen unter andauerndem Prüfungsdruck. Keine kritische Diskussion, keine aufmüpfigen Zwischenfragen, keine widerborstige Willensbekundung in welcher Form auch immer. Klimawandel, Energiewende, Flüchtlingskrise, Euro-Rettung, alles wird hingenommen und womöglich noch staatstragend verteidigt. Die Lüge wird zur alternativlosen Staatsräson erhoben. Man muss sich natürlich fragen: War das nicht immer so?«

»Du bist Idealist, hängst einer Idee von Universität nach, die es wahrscheinlich so nie gab, wie Du sie gerne hättest«. Uta setzt ihr mitleidiges Lächeln auf, als wollte sie sagen: »Armer kleiner Gustav, hockst immer noch im Sandkasten, aber die richtigen Kuchen werden woanders gebacken.«

Es gehörte zu den Obliegenheiten von Sophies Forschungsprojekt, sich an der Lehre des Instituts für Gender Studies zu beteiligen. Sie hatte ein Seminar zur ihrem Projekt abzuhalten und im Rahmen einer Ringvorlesung »Gender Studies – neue Perspektiven« einmal im Semester als Dozentin aufzutreten. Ihre Studenten waren ganz überwiegend weiblich, was bei der Thematik nicht verwunderlich war. Die wenigen männlichen Seminarteilnehmer oder Hörer fielen auf, besonders einer mit schmalem Gesicht, schwarzem, nach hinten gekämmtem und gegeltem

Haar und stechend braunen Augen. Er zeigte wenig Eifer, obwohl er bei keinem Seminartermin fehlte und beteiligte sich kaum an der Diskussion. Sophie ging intuitiv zu ihm auf Distanz, denn sie fühlte eine Feindseligkeit, die von ihm ausging, ohne dass sie diese hätte näher beschreiben können. Während einer Pause waren sie einmal ins Gespräch gekommen und er hatte von sich erzählt: in Deutschland geboren, die Eltern aus Marokko stammend, muslimisch wie er selbst, einfache Leute, der Vater Schichtarbeiter in einer Autofabrik. Sie hatten ein großes Ziel: Der Sohn sollte studieren, einmal zu den reichen Deutschen gehören. Der junge Mann hieß Yussuf Hassan, zumindest hatte er sich so zum Seminar angemeldet und diesen Namen in die Liste eingetragen.

Einmal bekam Sophie Yussufs Familie kurz zu Gesicht. Man holte ihn vor dem Hörsaalgebäude mit dem Auto ab. Der Vater weißhaarig und mager am Steuer, die Mutter neben ihm mit einem schwarzen Kopftuch verhüllt und auf der Rückbank die beiden Schwestern, ebenfalls mit Kopftüchern so schlüssig bedeckt, dass Sophie ihre Gesichtszüge kaum erfassen konnte. So geht es, wenn ein Bild von seinem Rahmen erdrückt wird, dachte sie.

Dieser Yussuf Hassan war Sophie unheimlich. Sein Verhalten war auf den ersten Blick unauffällig, er redete nicht viel und was er sagte, klang nicht unvernünftig. Bei genauerem Hinsehen aber, so meinte Sophie zu bemerken, verriet sein ganzer Körper eine innere Anspannung und gedämpfte Unruhe. Manch-

mal bemerkte sie in seinen Augen ein Flackern, das den ohnehin auffälligen Steckblick noch stechender machte, manchmal ging ein Ruck durch seinen Oberkörper, als wolle er angesammelte Energie loswerden. Sie fühlte sich von ihm durchweg beobachtet. Hatte er ihr lockeres Haar im Visier? Ihre Brust unter der leichten Bluse? Ihre schlanken Beine unter dem Tisch? Er wich ihrem Blick aus, selbst wenn er mit ihr sprach. Händeschütteln war in ihren Veranstaltungen unüblich, so dass es nie zu einem » experimentum crucis« kam. Auf ein solches war Sophie absolut nicht erpicht, denn sie war überzeugt, dass er einer Frau und schon gar nicht einer vorgesetzten die Hand reichen würde. Zugleich war sie verunsichert: Projizierte sie nur ein Feindbild in diesen Kerl? War es ein rassistisches Vorurteil, das sie zu einer solchen Einstellung führte? War es »Islamophobie«, wie das aktuelle Schlagwort hieß?

Auf einem der Dozentinnentreffen unter der Leitung von Frau Professorin Leicht sprach sie ihr Problem an, obwohl sie wusste, dass sie sich auf ideologisches Glatteis begab. Zunächst trat ein Schweigen ein, einige Kolleginnen reagierten mit Kopfnicken. Jetzt war der Augenblick der Professorin gekommen, für Ordnung zu sorgen und die moralischen Standards hochzuhalten.

»Liebe Sophie«, sagte sie und wandte sich mit triumphierender Geste an die Runde, »ich kann gut verstehen, dass Dich ein südländisch aussehender Mann, der aus einer muslimischen Familie kommt, beunruhigt. Du hast natürlich die frauenfeindliche

Einstellung des Islam im Hinterkopf und auch die Übergriffe auf Frauen, die dort passieren.« Hier hielt sie in ihrem pädagogischen Eifer inne, um dann das vernichtende »Aber« loszulassen.

»Aber das sollte doch nicht dazu führen, einen Menschen, den Du kaum kennst und der Dir nichts Böses getan hat, zu einem Gefährder zu stempeln. Nur weil er so aussieht, wie Du Dir einen gefährlichen Menschen aus dem arabischen Kulturkreis vorstellst.«

Wieder hielt sie inne, und Sophie ahnte, dass sie nun die ultimative Keule auspacken würde.

»Gerade wir von den Gender Studies sollten darauf achten, dass wir nicht in das Horn von Rassisten und Nazis blasen, oder von Islamophoben, die beides sind. Das wäre für unser Institut der GAU.« Sie schaute bedeutungsvoll in die Runde. »Wir kämpfen gegen die Rechten, die Nazis, die sich jetzt überall breitmachen. Am Samstag ist eine Demonstration der Aktion ›Wir stellen uns quer‹ gegen den Trauermarsch der so genannten besorgten Bürger. Die instrumentalisieren den Tod einer Studentin, um ihren fremdenfeindlichen braunen Müll auszukippen. Denen werden wir das Handwerk legen. Ich habe zwanzig Trillerpfeifen, die ich verteilen will. Die sollen ihr eigenes Wort nicht verstehen. Wer von Euch braucht eine?«

Niemand meldete sich, alle schauten irgendwie betreten vor sich hin.

»Also bis Samstag«, sagte sie, als könne sie den Kolleginnen befehlen zu erscheinen und aus ihrer Hand die Trillerpfeife entgegenzunehmen.

Wütend verließ Sophie den Besprechungsraum. Wie lange noch sollte sie sich dem Regime dieser Professorin unterwerfen? Als sie über den Hof zum Auto ging, kam ihr Yussuf Hassan in einer lauernden Haltung entgegen, die Hände in den Hosentaschen, die Stechaugen auf sie gerichtet. Sie erschrak, als er ihr erst im letzten Augenblick auswich und sie dabei am Arm streifte.

»Entschuldigung«, sagte er mit betont verständnisvoller Stimme, in der Abneigung, ja Hass mitschwang.

Was würde als nächstes kommen? fragte sich Sophie. Sie war voller Angst zusammengezuckt. Wie kann man einem Mann entkommen, der Unheil ausstrahlt und den üblichen Abstand zwischen Menschen nicht einhält? Wie kann man einen Stalker in die Flucht schlagen? Sie wollte das demnächst mit Philipp besprechen, auf keinen Fall aber mit Kolleginnen im Institut.

30. Über Nacht

Uta war pünktlich. Gustav konnte schon von weitem ihren roten Polo die kurvige Straße herauffahren sehen. Das Wetter war wie vorhergesagt warm und trocken, ideal für ein Wanderung.

»Was hältst Du davon, wenn wir zur Falkenburg wandern? Es gibt dort einen kleinen Biergarten, der für unsere Lesung ideal wäre. Kennst Du überhaupt die Falkenburg?«

»Nein, soweit bin ich nie gekommen«, antwortete Uta in ihrer schwer durchschaubaren Art. Bedeutete das, dass sie schon einen Versuch gemacht hatte, aber die Strecke nicht ganz zurücklegen konnte? Oder meinte sie, dass sie überhaupt noch nie versucht hatte, dorthin zu gelangen?

Sie lachte. »Also los, allez hop, wie die Pfälzer sagen, schultern wir unser Sturmgepäck und machen uns auf den Weg.«

Sie war mit Bergstiefeln, Rucksack und Anorak ausgerüstet, hatte auch ihre Walking-Stöcke mitgebracht und konnte, was ihre Ausstattung anbelangte, auf Augenhöhe mit Gustav wandern.

»Gut, dass wir beide unsere Stöcke einsetzen können, da macht das Wandern erst richtig Spaß«, bemerkte Gustav, als sie schon auf dem Terrasse vor der Hütte abmarschbereit stand, während er die Tür abschloss.

Die Wanderung verging wie im Flug. Als sie schließlich auf der Falkenburg anlangten, öffnete gerade der Biergarten. Sie ließen sich im Schatten der Bäume nieder, etwas ermüdet vom Marsch. Gustav genehmigte sich ein Weißbier, Uta bestellte eine große Apfelsaft-Schorle.

»Erst die Arbeit, dann das Essen. Wer nicht arbeitet, soll auch nicht essen, so oder so ähnlich steht es schon in der Bibel«, sagte Gustav, »oder was meinst Du?«

»Ja, bringen wir erst mal die Lesung hinter uns, dann sehen wir weiter. Hunger hätte ich jetzt schon, aber der wird mir hoffentlich nicht vergehen, wenn Du gleich anfängst und nicht länger als zwanzig Minuten redest. Andernfalls werde ich einschreiten.« Dabei zog sie einen Funkwecker aus der Seitentasche ihres Rucksacks und platzierte ihn vor sich auf den Gartentisch. »Du weißt also Bescheid«, grinste sie. »Als Versammlungsleiterin kenne ich keinen Spaß.«

Sie war mit dem Verlauf der Geschichte nicht unzufrieden. Die Figur des Gefährders fand sie gelungen, wenngleich ihr noch eine genauere Schilderung seiner persönlichen Eigenarten fehlte. Gustav habe, so lautete ihr Einwand, seine Redeweise, Aussprache, Gestik, Mimik und so weiter ziemlich ausgeblendet. »Aber die Richtung stimmt«, war ihr Fazit.

Sie bestellten sich nun einen Imbiss, der wegen seiner hervorragenden Qualität in der Gegend bekannt war: Elsässer Wurstsalat mit Schwarzbrot. Ihr Gespräch drehte sich noch eine ganze Weile um den Gefährder, weitete sich auf die Sicherheitslage im Land allgemein aus und beschäftigte sich mit der Frage, warum diverses Politik-versagen in der jüngsten deutschen Geschichte nicht rechtzeitig vom »Volk«, den Parteien oder der Justiz kor-rigiert wurde.

»Es kann nicht korrigiert werden, weil es das ›Volk‹ als Ensemble kritischer Bürger nicht gibt. Die Mitläufer und Wendehälse laufen beziehungsweise schwimmen im gro-ßen Strom mit und fühlen sich wohl dabei. Denn sie sind auf der richtigen Seite, sie sind die ›Guten‹, die auf die ›Rechtspopulisten‹ und ›Nazis‹ schimpfen und wenn es notwendig erscheint auch handgreiflich werden dürfen, ja, moralisch sogar dazu verpflichtet sind.« Gustav hatte sich in Rage geredet, aber eigentlich keine Lust mehr, zu diesem leidigen Thema noch weiter auszuholen.

Beschwichtigend und zustimmend meinte Uta: »Ich glaube, wir – und ich meine die Deutschen – lernen es nie. Nicht perfekt zu sein und doch etwas Ordentliches zuwe-ge zu bringen. Nicht die Größten zu sein und sich doch großartig zu fühlen. Angst zu haben und doch mutig ge-gen deren Ursache zu kämpfen. Obwohl man sich vor Kli-schees hüten soll: Aber mir kommen unsere Landsleute doch recht suspekt vor. Vielleicht kann man es auch so sa-gen: Sie spielen die Helden, wo sie besser Mut zur Feig-heit zeigen sollten, und sie sind dort feige, wo sie cou-ragiert auftreten müssten.«

Erst auf dem Rückweg zur Hütte wechselten sie das Thema. Es war inzwischen Abend geworden, als sie dort ankamen. Die Sonne ging gerade hinter dem Waldrücken unter, das Tal wurde nach und nach vom Schatten sanft zugedeckt, der Duft des Grases und des Nadelwaldes er-gaben ein würziges Gemisch, der durch die Ausdünstungen der Heuhaufen seine besondere Note erhielt. Sie legten die Rücksäcke ab und setzten sich müde vom Tagesausflug vor der Hütte an den Tisch.

»Ich hole uns was zu trinken«, sagte Gustav. »Im Kühlschrank sind noch zwei Flaschen Erdinger Weißbier. Aber Du musst ja noch Auto fahren, da ist eine Apfelsaft-Schorle oder ein Tee wohl besser. Soll ich uns schnell einen Tee machen?«

Uta schloss die Augen, als müsse sie das Angebot sorgfältig prüfen. Dann gab sie sich einen Ruck und sagte: »Ein Bier wäre jetzt genau das Richtige. Ich glaube, das würde sogar die Polizei noch erlauben.« Sie lachte und streckte Arme und Beine in die Luft, eine übliche Bewegung der Entspannung nach einer anstrengenden Wanderung.

Gustav fühlte in diesem Augenblick, dass eine Entscheidung gefallen war, ohne dass er eine genauere Vorstellung hatte, worüber. Er holte zum Bier noch Brot und Käse, auch einen Rettich. »Ein Abendbrot wie im Münchner Biergarten«, meine Gustav. »Und noch ein bisschen besser«, fügte Uta hinzu. »Oder nicht?« Sie blickte ihn mit gespielter Strenge an und es blieb ihm nichts anderes übrig, als »Ja, sicher« zu sagen.

Es dunkelte, die Lichter vom Dorf wurden heller, die Straßenlaternen leuchteten wie kleine Sterne. Gustav hatte das Windlicht auf dem Tisch entzündet. Erzählen, Schweigen, Hören, Sehen, Riechen: So verbrachten sie die Zeit, ohne auf die Zeit zu achten. Schließlich war es zehn Uhr, die Luft hatte sich abgekühlt. Obwohl sie sich ihre Anoraks übergezogen hatten, wurde es zu ungemütlich, um weiter draußen zu sitzen. Uta wollte nun aufbrechen, suchte ihre Sachen zusammen. Warum muss sie denn nun wegfahren, in der Nacht, in müdem Zustand? dachte Gustav. Sie kann doch, wenn sie will, in der Hütte übernachten.

»Du kannst gerne über Nacht in der Hütte bleiben. Ich habe im unteren Raum einen Schlafsessel, leicht ausklappbar, mit einer Futon-Matratze, auf der man ziemlich gut liegt. Decken habe ich auch genug, überleg's Dir.«

»Okay, das ist sicher besser, als noch eine Stunde lang mit dem Auto über die Landstraße zu gurken«, sagte sie ohne zu zögern. Und wieder hatte Gustav das Gefühl, dass eine wichtige Entscheidung gefallen war. Er konnte sich vorstellen, dass sie genauso prompt auch hätte sagen können: »Danke, ich muss jetzt aber wirklich los.« Die Chance für das eine oder andere hatte fifty-fifty gestanden. Jetzt aber war es zu hundert Prozent geklärt, dass sie über Nacht blieb.

Das Bettlager war rasch hergerichtet, Decken, ein Kissen für den Kopf und Handtücher lagen bereit. Gustav zog sich nach seiner Abendtoilette im Duschraum auf die obere Etage zurück, wo sich sein eingebautes Kojenbett befand. Er hörte, wie sie vom Duschraum zurückkehrte und sich zum Schlafen hinlegte. Er war müde nach dem Wandertag. So schlief er bald ein.

Irgendwann zwischen Schlaf und Traum hörte er etwas, was ihn halbwach werden ließ. Seit dem Frank Miller-Erlebnis war er abwehrbereit, die geladene Pistole lag in der Schublade des Nachttischs neben ihm. Sein alarmiertes Bewusstsein hatte sofort seine Antennen ausgefahren, um sie rasch wieder einzuziehen, als ihm einfiel, dass ja Uta da war, die sich offenbar im unteren Stockwerk bewegt hatte. Er drehte sich beruhigt um und döste weiter. Er hörte die Stiege knacken. Kommt sie wirklich nach oben oder ist es nur Einbildung? dachte er, und es war ihm ganz recht, dass sein schläfriger Zustand anhielt und nicht nach einer Antwort verlangte, auch keine Entscheidung, was ihm lieber sei. So lag er in einem Schwebezustand , frei in Raum und Zeit, leicht und offen.

Gustav spürte ihre Nähe, als sie sich neben ihn legte, und ihn berührte ohne zu berühren. Er hörte ihren regelmäßigen, ruhigen Atem, spürte ihn als sanften Hauch in seinem Nacken. Eine Welle der Zärtlichkeit durchströmte seinen Körper, die sich nicht lokalisieren ließ, die sich nicht irgendwo in seinem Organismus verklumpte und zu einer Begierde anwuchs. Er genoss diesen Zustand der Seligkeit und er spürte, dass die Frau in seinem Rücken diesen Zustand genauso genoss. Er wusste nicht, wie lange sie so zusammen lagen, aufgehoben in einer Wolke der schlaftrunkenen Liebe, die sie mit sich forttrug.

Als Gustav am Morgen erwachte, war es draußen schon hell geworden. Neben ihm war das Bett leer, aber er wusste, dass er heute Nacht nicht nur geträumt hatte. Unten hörte er die Dusche rauschen, Uta war wohl vor ihm wach geworden.

»Hallo, guten Morgen, wie geht's?« begrüßte sie ihn. Ihr Gesicht hat heute den Ausdruck einer Sphinx, dachte Gustav, als er in ihrer Miene zu lesen versuchte. Oder projizierte er nur ein Klischee, dass er von der Ägyptologie hatte?

»Danke, I am fine«, antwortete er in etwas übertriebener Lockerheit, »ich hoffe, Du hast gut geschlafen.« Um seine Verlegenheit abzuschütteln, deutete er auf den noch ausgebreiteten Schlafsessel.

»Oh, ja, ein tolles Möbelstück«, sagte sie lächelnd, und nun war die Sphinx aus ihrem Gesicht verschwunden.

Sie frühstückten noch zusammen: Kaffee, Milch, Brot, Butter, Marmelade. Sie kosteten ihr Geheimnis aus, indem sie nicht darüber sprachen. Sie gingen sorgsam mit ihm um. Denn sie wussten beide: Worte würden es zerstören und Gott Eros, der in Gustav Gerbachers Hütte über Nacht eingekehrt war, womöglich wieder vertreiben. Als sich Uta verabschiedete, um in die Stadt zurückzufahren, besiegelten sie ihr Geheimnis mit einem Kuss auf den Mund.

31. Im entscheidenden Augenblick

Über Nacht war vieles anders geworden. Sie verlegten die Lesungen fortan von ihrem Café in Gustavs Bergregion. Bei gutem Wetter suchten sie sich einen Platz im Freien. Wenn es zu kühl oder regnerisch war, zogen sie sich in die Hütte oder in einen Nebenraum des Gasthofs zurück, wo sie ungestört waren. Die Wirtsleute sahen ihre Liaison mit Wohlgefallen und konnten ihre Neugier, was die beiden so trieben, nur mühsam im Zaume halten. Die Lesung fand auch weiterhin einmal in der Woche am späten Nachmittag statt und dauerte nicht länger als 50 Minuten. Nach wie vor verfasste Gustav den Text, in dem sich ihre Gespräche mal mehr, mal weniger niederschlugen. Eine Neuerung war, dass auch Uta den jeweils zur Lesung anstehenden Text vortragen konnte. Wer von beiden diese Aufgabe übernahm, überließ man der augenblicklichen Lust und Laune. Ihr Jour fixe war der Freitag, sodass Uta bequem über Nacht bleiben konnte und sie das Wochenende vor sich hatten. Dann hatte Gustav wieder einige Tage Zeit, die Eindrücke ihrer Begegnung in seiner Erzählung weiterzuspinnen und zu Papier zu bringen – oder sich bewusst von ihnen abzuwenden, um neue Ansichten zu präsentieren.

Die gespenstische Begegnung mit Sascha Borowski, den Gustav zu seinem »Frank Miller« erklärt hatte, war noch nicht verblasst. Die Pistole lag Nacht für Nacht bereit. Das Ritual, sie vom kleinen Tresor (»Waffenschrank«) in die Schublade des Nachttischs zu legen, war inzwischen zur Routine geworden. Routinen haben eine beruhigende Wirkung und geben ein Gefühl der Sicherheit, und so dachte Gustav dabei allmählich an ganz andere Dinge als an Sascha Borowski. Aber Uta war nicht so leicht von einem Vorsatz abzubringen, den sie einmal gefasst hatte. Sie wollte die lauernde Gefahr, eingebildet oder real, neutralisieren, durchaus im kriegerischen Sinn. Erst wenn sie spielerisch in der Fantasie wahrgenommen und an der Wurzel gepackt und herausgezogen worden sei, so meinte sie, könne man seine Angst überwinden und sei darauf vorbereitet, sich effektiv im wirklichen Leben zu wehren und notfalls kaltblütig zurückzuschlagen.

»Das ist keine graue Theorie, keine psychoanalytisch oder sonstwie psychologisch zurechtgedrechselte Konstruktion«, sagte sie, nachdem Gustav sie skeptisch gefragt hatte, woher sie das denn so genau wisse. »Das hat mir schon vor Jahren mein lieber Amtsvorgänger beigebracht, vielleicht kennst du noch den alten Radke, Manuel Radke, spezialisiert auf die medizinischen Texte der Ägypter. Er hat einen schlimmen Konflikt mit einem schwer gestörten Menschen in seinem Institut erlebt, worüber wir jetzt nicht im Einzelnen reden müssen. Jedenfalls ging es hart auf hart und seine Erkenntnis war, dass man einen Konflikt – auf Leben und Tod, etwas pathetisch gesagt – nur gut überstehen kann, wenn man sich mit all seiner Fantasie spielerisch auf ihn einlässt und seine Kräfte schult, um sie im entscheidenden Augenblick ganz gezielt einzusetzen. Um den Nagel auf den Kopf zu treffen, oder noch besser: den Vogel abzuschießen.«

»Ich weiß, was Du meinst«, stimmte ihr Gustav zu. »Im entscheidenden Augenblick zuschlagen und den Kampf gewinnen kann man nur, wenn man richtig trainiert hat, nicht nur die Muskeln. Man muss mit sich im Reinen sein und sich nicht von Schuldgefühlen blockieren lassen.«

»So ist es«, sagte Uta. »Die geistige Einstellung ist wahrscheinlich noch wichtiger als die körperliche Verfassung.«

Da fiel Gustav wieder der Film »High Noon« ein, den er als Kind gesehen hatte und der ihn seither »subkortikal« begleitete. Will Kane, gespielt von Gary Cooper, hat als frisch vermählter Sheriff den Dienst quittiert. Er erfährt, dass der Verbrecher Frank Miller, den er vor Jahren verhaftet und der ihm deshalb blutige Rache geschworen hatte, mit dem Zug um zwölf Uhr mittags ankommen würde, erwartet von drei Kumpanen. Kane entscheidet sich, den Kampf gegen die Bande aufzunehmen. Er ist dabei ganz allein, alle anderen, die er um Hilfe bittet, verdrücken sich. Aber er stellt sich den Banditen in den Weg – kein Haudegen, nicht der typische Westernheld, der strotzend vor Kraft losballert und draufschlägt. Im Showdown geht er mit äußerster Konzentration und Präzision vor, nur von seiner jungen Frau Amy unterstützt, gespielt von Grace Kelly. Es gelingt ihm, zwei der Banditen zu erledigen. In einem entscheidenden Augenblick erschießt Amy – entgegen ihrer pazifistischen Überzeugung als Quäkerin – den dritten Banditen aus dem Hinterhalt und rettet ihrem Mann das Leben. Frank Miller aber, der dann die junge Frau zur Geisel nimmt, wird am Ende von Kane erschossen.

Als Gustav ihr den Inhalt des Films erzählt hatte, den sie erstaunlicherweise überhaupt nicht kannte, schilderte er noch die Schlussszene.

»Das stärkste Moment des Films kommt ganz zum Schluss: Die feigen Bürger kommen aus ihren Verstecken angelaufen und wollen Kane als ihren Helden und Befreier feiern. Er aber nimmt mit verächtlichem Gesicht seinen Sheriff-Stern von der Weste und wirft ihn vor den versammelten Feiglingen in den Staub. Wortlos, mit der lässigen Geste der Verachtung und des Ekels. Dann besteigt er die Kutsche, in der schon seine schöne Frau sitzt, und fährt mit ihr davon.« Diese lässige und zugleich unendlich abfällige Armbewegung, mit der er den Sheriff-Stern auf den Boden wirft, hatte Gustav verinnerlicht. Sie gehörte zu seinem gestischen Repertoire.

»Da muss ich mir den Film ja unbedingt anschauen«, sagte Uta, »wer weiß, welch praktischen Nutzen so ein Drehbuch hat.« Sie meinte das nicht ganz ernst, aber auch nicht ganz unernst.

»Übrigens hatte der Film großen Einfluss auf meine Träume«, fuhr Gustav fort. »Jahrelang erregte er in mir Angstträume, die sich aber unter der Hand in Siegträume verwandelten. Der Standard-Traum ging so: Ich war in einem verwinkelten alten Haus, Fachwerkhaus, und wurde von einem schwer bewaffneten Einbrecher gesucht, der mich töten wollte. Ich stand im Dunkeln hinter einer Säule in Deckung und konnte den großen Raum überblicken. Ich sah meinen Verfolger in der Nähe der Fenster, er stand mit seinem Schießeisen im Hellen und ich hatte gute Sicht. Ich hob den Revolver, zielte sehr ruhig, drückte ab und hatte den Feind tödlich getroffen. Ich hatte ein wunderbares Gefühl der Befreiung und des Triumphs: Ich hatte gesiegt. Keine Spur von Mitleid mit dem Getöteten, auch keine Gewissensbisse, dass ich mich schuldig gemacht haben könnte.«

»Na, einen Westernhelden hätte ich ja nie in Dir vermutet«, sagte Uta süffisant, »das sind wirklich ganz neue Charakterzüge. Da muss man ja aufpassen, wenn man sich mit Dir anlegt.«

Lachend verabschiedeten sie sich.

32. Auf Leben und Tod

*S*eit ihrem Zusammenstoß mit Marianne Leicht hatte Sophie große Mühe, an ihrem Habilitationsprojekt »Geschlechterrollen und Teilhabe am öffentlichen Leben von 1871 bis 1989 unter besonderer Berücksichtigung der Frauenbewegung« weiterzuarbeiten. Sie verspürte eine Unlust, die leicht zu erklären war. Was für einen Sinn hatte es, über einen Gegenstand zu schreiben, dessen interessantester Aspekt ausgeblendet werden sollte? Wenn der Funke, der ein Leuchtfeuer entzünden konnte, ausgetreten wurde? Die Professorin hatte versucht, ihn auszutreten, aber es war ihr nicht gelungen. Sophie hatte sich gewehrt und ihr Auslöschmanöver verhindert. Jetzt aber stand sie vor dem Problem, ihr Projekt gegen den Widerstand ihrer Mentorin voranzutreiben. Das erforderte Kraft, über die sie im Augenblick nicht verfügte. Sie war erschöpft, ohne Schwung, ohne Angriffslust. Umso mehr freute sie sich über jede Gelegenheiten, ihre Trübsal, die idiotischen Zwänge ihres Habilitationsvorhabens hinter sich zu lassen. Eine solche Gelegenheit bot ihr Phil's Bookshop. Wie angekündigt hatte sie für Philipp das

Karezza-Buch von Stockham gescannt und die PDF-Datei per Email an ihn geschickt.

Wie sie bei einem morgendlichen Besuch feststellen konnte, hatte er die Datei ausgedruckt und die Blätter mit einem Heftstreifen fixiert. Er zeigte ihr das dünne Konvolut, in dem er mit Bleistift seine Randnotizen eingetragen hatte.

»Das ist wirklich spannend, was da so drinsteht. Lass Dich nicht irre machen. Diese Stockham muss einfach ein zentrales Kapitel in Deinem Projekt bekommen, egal, was die Leicht dazu sagt. Wenn diese Thematik nicht zu den Gender Studies gehört, dann gehört der Mond auch nicht zur Erde. Übrigens habe ich recherchiert, es gibt eine deutsche Übersetzung.«

Sophie war über Philipps Begeisterung überrascht. Sie hatte nicht damit gerechnet, dass er sich so schnell einlesen und eigene Recherchen anstellen würde.

»Weißt Du was? Ich werde ein Reprint der Originalausgabe im Selbstverlag produzieren und hier im Buchladen auslegen. Wer will, kann es auch online bestellen oder als E-Book erwerben. Das Copyright ist schon längst abgelaufen, also gibt es keine Probleme.« Er klatschte in die Hände und schaute erwartungsvoll Sophie an.

»Das wäre prima, wenn Du das schaffst«, sagte sie. »Diese Frau ist es wert. Und wir würden natürlich das erste Exemplar Marianne Leicht überreichen, mit einer handschriftlichen Widmung.«

Dann räusperte sie sich: »Themenwechsel, Phil. Ich wollte Dich noch wegen einer ganz anderen Sa-

che ansprechen und Deine Meinung hören. Es handelt sich um etwas Bedrohliches. In meinem Seminar gibt es da einen arabischen Studenten, der mir Sorge bereitet.«

Sie erzählte ihm ihre Beobachtungen, sein auffälliges Verhalten, sein Anrempeln auf dem Parkplatz. Sie fühlte sich gefährdet von diesem unberechenbaren Mann. Philipp hörte aufmerksam zu und sagte immer wieder, dass größte Vorsicht geboten sei. Man könne nie wissen, was in einem solchen Menschen vor sich gehe.

»Du kannst jederzeit in meinen Laden kommen, wenn es nötig sein sollte, oder mich nachts anrufen, die Handynummer hast Du ja sowieso. Zusätzlich werde ich jetzt gleich eine Whatsapp auf unseren Handys einrichten. Wir müssen auf der Hut sein. Stalker werden meistens nicht tätlich, aber es gibt welche, die schlagen plötzlich zu. Für eine Anzeige bei der Polizei reicht sein Verhalten nicht aus. Die könnte sogar gegen Dich verwandt werden als Ausdruck von ›Islamophobie‹ oder ›Rassismus‹. So etwas kann ganz unangenehm werden, wenn seine Clan davon erfahren würde.«

Sophie war erleichtert. Sie war nicht mehr alleine mit Yussuf Hassan konfrontiert. Philipp stand bereit, ihr zu helfen. Als sie den Laden verließ, hatte sie den flüchtigen Eindruck, dass der Quälgeist gerade auf der anderen Straßenseite gestanden hatte und rasch um die Ecke in der Seitenstraße verschwunden war. Die Erleichterung war mit einem Schlag wieder der Angst gewichen, dem beklemmenden Gefühl, aus dem Hinterhalt bedroht zu werden.

Sie machte kehrt, ging zurück in den Laden und ließ sich auf den nächsten Stuhl fallen. Ihr war schwindlig, auch ein wenig übel. Philipp brachte Mineralwasser und hörte sich ihren Bericht an. Sie war dankbar, dass er nicht nachfragte, ob sie sich das Ganze womöglich nur eingebildet hatte. Sie war dankbar, dass er ihr Erschrecken ernst nahm und sofort zu praktischen Abwehrmaßnahmen schritt.

»Ich werde Dich nach Hause begleiten«, sagte er. »Ich werde heute noch Deine Wohnungstür durch einen zusätzlichen Absperrriegel von innen sichern. Außerdem leihe ich Dir meinen Elektroschocker aus, der leicht in der Hand liegt und dessen Besitz ganz legal ist.«

Der Schreck saß ihr immer noch in den Gliedern, aber die Angst ließ nach. Sie bekam den Kopf wieder frei, Philipps Strategie leuchtete ihr ein. Das Bewusstsein, dass man dem Bösen nicht hilflos ausgesetzt war, dass man es notfalls zurückschlagen konnte, erzeugte eine innere Ordnung, ein gutes Gefühl.

Die von Philipp geplante Aufrüstung hielt sie in den nächsten Tagen auf Trab. Sophie war abgelenkt von ihrem Forschungsprojekt, was sie aber nicht bedauerte. Auch das Gespräch mit Philipp, das sich sonst immer um Literatur drehte, um Neuerscheinungen, Kontroversen, Verlagspläne, hatte eine pragmatische Ausrichtung bekommen. Die Tür war zu sichern, das passende Riegelschloss mit Kette zu

187

besorgen und festzuschrauben. Die Handhabung des
Elektroschockers war zu üben. Sie unterhielten sich
über Selbstverteidigungskurse, Abwehrbewegungen,
die besonders für Frauen in Frage kamen wie den
bekannten Stoß mit dem Knie in die Eier des Angrei-
fers. Je mehr Sophie sich einübte, umso ruhiger
konnte sie an den Stalker denken und umso auf-
merksamer musterte sie ihre unmittelbare Umge-
bung. Ihre Handynummern waren gespeichert und
sie konnte über Whatsapp jederzeit mit Philipp in
Verbindung treten.

In den nächsten Tagen spielte sich eine tägliche
Lagebesprechung in Phil's Bookshop ein. Er hielt im-
mer eine Kanne mit Grünem Tee auf seinem Stöv-
chen bereit: Sencha aus Japan, den er im Teege-
schäft kaufte. So überlegten sie inmitten der Bücher
die nächsten Schritte, bevor dann die ersten Kunden
den Laden betraten. Sophie hatte nach wie vor das
merkwürdige Gefühl, dass sie von ihrem Plagegeist
beobachtet und verfolgt wurde, aber sie hatte ihn
nie mehr außerhalb ihrer Seminarveranstaltungen
gesehen. Philipp interessierte sich sehr für dieses Ge-
fühl und erzählte ihr von parapsychologischen Un-
tersuchungen über Telepathie und Fernwirkung so-
wie von ethnologischen Berichten über bösen Blick
und Verhexung. Sie kamen zum Schluss, dass So-
phies Gefühl sicher kein Verfolgungswahn sei und
letztlich von ihrer realen Erfahrung mit Yussuf
Hassan herrühre. Es blieb die Unsicherheit und die
bange Frage: Lauerte dieser Kerl tatsächlich irgend-
wo verborgen im Hintergrund?

Das Semester näherte sich dem Ende und Sophie verteilte an die Seminarteilnehmer Themen für die Hausarbeit. Yussuf regte sich nicht, wartete, bis alle anderen ihr Thema erhalten hatten.

»Worüber möchten Sie schreiben, Herr Hassan«, fragte Sophie. Sie musste sich überwinden, ihn anzusprechen.

»Weiß nicht, schlagen Sie halt was vor, Sie haben ja noch Themen auf der Liste«, gab er mit herausforderndem Unterton zur Antwort.

Sie zögerte. Warum saß der überhaupt hier vor ihr? In einem Seminar über Gender Studies, an dem ganz überwiegend Frauen teilnahmen? Geleitet von einer Frau? Was interessierte ihn daran? Wahrscheinlich gerade das, dachte Sophie.

»›Frauenbewegung und Geburtenkontrolle in Westdeutschland in den 1960er und 1970er Jahren‹ wäre ein Thema«, sagte Sophie und blickte länger als nötig auf ihre Liste, um seinem stechenden Blick auszuweichen.

»Gut«, sagte Yussuf und wenn er »schlecht« gesagt hätte, hätte das zu seinem Gesichtsausdruck besser gepasst. Seine Ablehnung, ja Abscheu war unübersehbar. Das Ganze war für ihn offenbar eine Zumutung: das Studium, die Gender Studies, die Frauen. Er machte den Eindruck eines Beleidigten.

Nachdem die Hausarbeiten von ihr zur Durchsicht und Benotung eingesammelt waren – Yussuf Hassan hatte sogar pünktlich abgegeben –, vermied es Sophie zuhause am Schreibtisch, seinen Text in die Hand zu nehmen. Sie wollte sich mit ihm erst *ganz zum Schluss befassen, um sich die bei Korrekturarbeiten ohnehin strapazierte Laune nicht völlig zu verderben. Schließlich war es soweit und sie konnte seine Hausarbeit nicht länger ignorieren. Ihre Befürchtungen bestätigten sich: Sie war eine Katastrophe. Er hatte die empfohlene Fachliteratur fast vollständig beiseite gelassen und auf sechs Seiten seine eigene Ansicht der Dinge niedergeschrieben. Die Frauenbewegung erschien ihm als Irreführung der natürlichen Bestimmung der Frau. Er hatte hierzu einige dubiose Zitate im Internet gefunden. Die Geburtenkontrolle war eine Verschwörung der Pharmaindustrie, die eine moralische Dekadenz der westlichen Welt zur Folge hatte und die darauf aus war, auch die übrige Welt, vor allem die der Muslime, zu zerstören. Sophie entschied sich, Hassans Arbeit mit »drei minus« zu benoten, die schlechteste Bewertung, die sie bei Hausarbeiten zu vergeben pflegte.*

Es war vorauszusehen, dass er protestieren würde. »Das ist ungerecht«, zischte er, als sie ihm die korrigierten Blätter zurückgab, »nur weil ich Araber bin, haben Sie mich schlechter benotet als alle anderen. Das ist Rassismus.«

Sophie verzichtete darauf zu antworten. Sie wusste, dass jeder Widerspruch seinen Hass nur noch weiter anstacheln würde.

»Sie werden es noch spüren, dass Sie nicht so mit mir umgehen können«, stieß er mit gedämpfter Stimme aus, sodass nur sie es hören konnte. Er blickte sie dabei mit verächtlicher Miene an. Sophie er-

schauerte. Ihr war mit einem Schlag klar: Sie war mit einem Feind konfrontiert, der sie vernichten wollte, der bereits ihre Vernichtung vorbereitete. Sie führte die Seminarsitzung äußerlich ruhig, aber innerlich in Panik zu Ende und eilte zu Phil's Bookshop.

Der Weg dorthin war nicht weit und führte durch die engen Straßen der Innenstadt. Sie ging rasch, als wollte sie einen Verfolger abschütteln, und kam ins Schwitzen. Als sie sich einmal umdreht, meinte sie, in der Ferne Yussuf Hassan am anderen Ende der Straße erkannt zu haben. Wurde sie von ihm tatsächlich verfolgt? Sie war froh, als sie den Laden erreichte und Philipp erblickte, der gerade auf einer Leiter stand und Bücher im Regal sortierte.

»Ich weiß nicht, ob ich verfolgt werde. Aber es war schrecklich, wie dieser Mensch sich verhalten hat, als ich ihm seine miserable Hausarbeit zurückgegeben habe. Er hat eine Drohung ausgesprochen, die mich total fertig macht. Ich muss mit einer Attacke rechnen.«

Philipp stieg von der Leiter, nahm sie freundschaftlich in den Arm, und strich ihr beruhigend über das Haar.

»Wir werden aufpassen und uns wehren«, sagte er trocken. Es befanden sich gerade keine Kunden im Laden, sodass er Zeit hatte, ihnen eine Tee zu kochen.

Doch dazu kam er nicht mehr. Die Tür wurde plötzlich aufgerissen, Yussuf Hassan stand vor ihnen, laut brüllend, schnaubend vor Wut, mit den Armen fuchtelnd, in einer Hand ein langes Messer.

»Nazihure«, schrie er, »ich mach' Dich jetzt fertig.« In seiner Erregung stand er einen Augenblick lang wie festgewurzelt unter der Tür und kam dann auf sie zu. Eine Begegnung auf Leben und Tod, dieser Gedanke durchfuhr Sophie bis in die letzte Nervenfaser. Vor Philipp lag ein unausgepacktes Buchpaket, das heute früh mit der Post eingetroffen war. Er ergriff es blitzschnell und schleuderte es mit aller Kraft auf den Feind. In dessen Wutanfall funktionierten seine Abwehrreflexe nicht mehr. Gerade als er sich auf Sophie stürzen wollte, traf ihn das Paket mit voller Wucht an der Brust, er stürzte nach hinten, knallte mit dem Nacken und Hinterkopf auf den metallenen Abstelltisch, rollte zur Seite auf den Boden, zuckte zusammen und lag dann regungslos da.

Die plötzliche Stille erschreckte die beiden fast ebenso, wie sie zuvor das Wutgebrüll mit Messer erschreckt hatte. Erstarrt standen sie da. Dann wurde Ihnen klar: Vor ihnen lag ein Toter. Sie schauten in sein Gesicht, die halboffenen Augen blickten starr ins Nichts und hatten ihren Glanz verloren. Was nun folgte, kannten sie aus Tatort-Serien, die man als Fernsehzuschauer kaum vermeiden konnte. Nach dem Notruf trafen Polizei und Notarzt fast gleichzeitig ein, Untersuchung des Leichnams durch den Notarzt, Sicherung des Tatorts durch die Kriminalpolizei, Vernehmungsprotokoll, das Angebot, einen Notfallseelsorger hinzuziehen. Sophie war wie betäubt, als hätte man ihr ein Narkosemittel gespritzt.

Als sie mit Philipp endlich den Bookshop verließ, den die Polizei gerade versiegelte, waren sie mit einer schaulustigen Menge konfrontiert, vor der sich zwei oder drei Fernseh-Teams aufgebaut hatten. Der leitende Kriminalkommissar hatte ihnen geraten, keinerlei Statements abzugeben und auf Fragen von Journalisten nicht zu antworten. Dazu hätte sie später noch genug Gelegenheit. So ließen sie rasch den Ort des Geschehens und die wartende Menge auf der abgesperrten Straße hinter sich.

»Wir sollten jetzt noch einen Kaffee trinken«, meinte Sophie. »Am besten bei mir, ich wohne ja nicht weit von hier.«

»Ja«, sagte Philipp, mehr fiel ihm nicht ein, er fühlte sich völlig leer, eine Empfindung, die zu neu war, um sie beschreiben zu können. So ist das also, wenn man einen Menschen getötet hat, dachte er. Weiter konnte er nicht denken.

Gustav war gespannt, wie Uta auf diese dramatische Wendung reagieren würde. Die Lesung fand wie immer an einem Freitag, ihrem Jour fixe, statt, wegen eines Dauerregens diesmal in der Hütte.

»Okay, jetzt haben wir eine klare Handlung, wenn auch der ›High Noon‹ nicht ganz so drastisch ausfällt wie im Film«, sagte sie. »Aber die Geschichte ist eindeutig genug, um Dich gegen die Angst vor Borowski alias Frank Miller zu immunisieren. Nach meiner Küchenpsychologie hast Du den Komplex jetzt abreagiert, zumindest soweit erkannt, dass Du weißt, wie auf eine Bedrohung zu reagieren ist.«

Das sah Gustav ein. Er spürte in diesem Augenblick tatsächlich eine Erleichterung. Aber dennoch lauerte im hintersten Winkel seiner Seele der Zweifel, jederzeit bereit, hervorzutreten und sich zu Wort zu melden. Fürs Erste aber war er beruhigt, Utas Strategie schien erfolgreich zu sein. Aber sie war tatsächlich nur dann erfolgreich, wenn das Nachtgespenst nichts mit diesem Borowski zu tun hatte und der ihn schockierende Eindruck nur ein Spiel seiner Einbildungskraft war. In seiner Ungewissheit hielt er an der Übung fest, die Pistole abends in die Nachttischschublade zu legen. Sie sollte neben ihm Wache halten und ihn beschützen, während er schlief. Gustav beobachtete an sich, wie sehr eine solche Gewohnheit in Fleisch und Blut übergehen konnte – wie das abendliche Zähneputzen und die morgendliche Einnahme der Blutdrucktabletten. Man handelte automatisch, ohne sich über die Pathogenese des Karies oder die Risiken des Bluthochdrucks Gedanken zu machen.

33. Ein Berg-Symposium

Was hältst Du von einem Symposium, hier vor Ort? An diesem Locus occultus, auf diesem Zauberberg?« Uta lächelte, während sie mit ihrer Frage herausplatzte und Gustav damit einen Schrecken einjagte. Er hatte genug Tagungen, Symposien, Workshops, Arbeitsgruppentreffen erlebt und mochte sich absolut nicht vorstellen, eine solchen Gewohnheitszirkus hier oben zu veranstalten. Nach einer Weile hatte er sich gesammelt und war froh, dass ihm Gegenargumente einfielen.

»Erstens ist die Hütte und das drumherum für so etwas ungeeignet, zu klein, zu abgelegen. Zweitens kann ich mir kein Thema vorstellen, dass attraktiv genug wäre, die Leute zu einer solchen Veranstaltung herzulocken. Drittens habe ich null Bock, einen Antrag auf finanzielle Unterstützung bei der DFG oder sonst wo zu stellen. Und im Übrigen habe ich generell keine Lust mehr auf ein ›Symposium‹.«

Uta ließ sich davon nicht beeindrucken. »Wer sagt denn, dass ein Symposium nur so aussehen kann, wie Du es Dir vorstellst? Ich denke eher an eine kleine Runde lieber Menschen, die wir einfach einladen, hierher zu kommen, mit uns einen kleinen Spaziergang zu machen, im

195

Wirtshaus einzukehren, dann in der Hütte einen Kaffee zu trinken und gegen Abend wieder nach Hause zu fahren. Wer will, kann ja im ›Quellenhof‹ übernachten.«

Gustav musste sich geschlagen geben. Im Grunde fand er Gefallen an der Idee. Ein Symposium ganz anderer Art würde das werden.

»Ich kann die Handvoll Einladungen verschicken«, sagte Uta. »Wir laden einfach zum ›Ersten Berg-Symposium‹ ein, geben eine genaue Ortsbeschreibung an, dazu den zeitlichen Rahmen, auch die Übernachtungsmöglichkeit im Gasthof, weiter nichts. Vielleicht mit einem Foto von der Hütte. Mehr als fünf oder sechs Personen sollten an unserem Symposium nicht teilnehmen, viel mehr Tassen hast Du ja sowieso nicht im Schrank.«

So traf man sich an einem sonnigen Samstagmittag im »Quellenhof«. Uta und Gustav saßen unter der Linde im Biergarten und warteten auf die Eingeladenen. Als Erste trafen Emil und seine neue Freundin Lara ein. Beide waren zünftig ausgestattet, wie es für Wanderungen üblich war: Bergstiefel, Fleecewesten, Sonnenhütchen.

»Die Rucksäcke und Stöcke haben wir erst mal im Auto gelassen«, erklärte Emil, als wolle er sich für seine unvollständige Wanderausrüstung entschuldigen.

Er stellte Lara vor, die er »Larissa« nannte. Sie war viel jünger als er, machte den Eindruck einer Studentin kurz vor dem Magisterabschluss, war aber wahrscheinlich schon Mitte dreißig, wenn man ihr Gesicht genauer musterte. Feine Fältchen, die sich von den äußeren Augenwinkeln zu den Schläfen zogen, Augen, die lustig und zugleich prüfend in die Welt blickten, geschmeidige Bedächtigkeit in den Körperbewegungen: All das zeigte eine Frau in bestem Alter an. Sie verdiente als selbständige Immobilienmaklerin ihr Geld, wie sich herausstellte. Emil hat wieder einmal Geschmack im Hinblick auf das weibliche Geschlecht bewiesen, dachte Gustav.

»Ich habe auch meinen Vorgänger Manuel Radke eingeladen, er kommt wahrscheinlich mit dem Bus um halb eins«, sagte Uta. »Wir können von hier aus die Bushaltestelle sehen und ihn von weitem begrüßen. Am besten ist, wenn wir zusammen das Essen bestellen. Aber wir sollten vorher schon mal anstoßen.«

Als nächster stieß Paul Pauli zur Gruppe, ein Lebens- und Gartenkünstler. Er kam zu Fuß von seinem Gartenhaus, das am Dorfeingang inmitten eines Grundstücks mit großer Wiese, Büschen und Bäumen lag. Er war verwitwet und hatte einen erwachsenen Sohn, der in der Stadt lebte. Er war in ärmlichen Verhältnissen auf einem Bauernhof in der Nähe aufgewachsen, hatte eine Lehre als Schreiner absolviert und war dann lange Jahre als Arbeiter in der Holzindustrie tätig gewesen. Er ließ sich vorzeitig mit einer Abfindung berenten, als sich eine betriebsbedingte Kündigung abzeichnete. Der Bauernhof musste nach dem Tod des Vaters verkauft werden. Er hatte das Glück, dass nach Abzug der geerbten Schulden das Grundstück am Dorfrand an ihn fiel. Hier, wo er schon als Kind mit den Nachbarkindern gespielt hatte, errichtete er sein Gartenhaus als Wohnsitz.

Paul Pauli war ein »einfacher Mann«, wie man auf dem Land zu sagen pflegte: acht Jahre Volksschule, drei Jahre Lehre bei einem Schreiner, anschließend die Gesellenjahre, bevor er als Arbeiter in einem mittelständischen Holzbetrieb landete. Er hatte weder »mittlere Reife« noch Abitur vorzuweisen, hatte keine Universität von innen gesehen und verfügte vielleicht gerade deswegen über eine selten gewordene Herzensbildung. Schon bald nach dem Bezug seiner Hütte war Gustav mit Pauli ins Gespräch gekommen. Als er einmal auf dem Nachhauseweg an seinem Grundstück vorbeilief, stand der hagere Mann am Eingangstor, das mit grellen Farben bemalt war. Über dem Torbogen wachte ein bunter Hahn aus Holz. Links und rechts vom Eingang sah man großflächige Gemälde in leuchtenden Farben: Tulpen, eine Toskana-Landschaft, einen Frauenkopf. Soweit Gustav das Grundstück einsehen konnte, waren Gemälde, Skulpturen, bemalte Steine, auch in Zweigen hängende bunte Kugeln um das Gartenhaus mit seinen großflächigen Farbwänden versammelt.

»Sie können gerne hereinkommen und sich meinen Paradies-Garten ansehen«, sagte Pauli freundlich.

Gustav staunte. »Lassen Sie Ihre Kunstwerke einfach so im Freien stehen? Halten die Gemälde die Witterung aus? Werden die nicht geklaut?«

Pauli lächelte nachsichtig. Wahrscheinlich hatten schon viele Passanten so gefragt. »Das Wetter macht den Werken nichts aus. Ich sprühe sie mit diesem Lack ein.« Er zeigte Gustav eine große Spraydose. »Aber Natur ist Kunst, sie zerstört nicht. Hier sehen Sie: Ein Baumast, den ich hier aufgestellt habe und den die Vögel mit ihren Schnäbeln dauernd bearbeiten. Die Skulptur ist bald fertig. Sie fragen, ob ich Angst vor Diebstahl oder Vandalismus habe? Die habe ich nicht im geringsten. Sollen sie doch kommen, meine Stücke kann ich auf Dauer sowieso nicht festhalten. Bisher hatte ich keine Probleme.«

Gustav war fasziniert von diesem Mann mit seiner Kunst, der ihn in seinem Garten willkommen hieß und über alles sprach, was ihm wichtig war. So hatte man sich nach einigen Begegnungen angefreundet. Gustav freute sich, dass er am »Symposium« teilnehmen würde und stellt ihn den anderen vor.

»Wir werden später auf dem Weg zur Hütte an Paul Paulis Paradies-Garten vorbeikommen und seine Frei-lichtgalerie besichtigen können«, verkündete er. »So et-was gibt es nur hier oben.«

Zuletzt traf der alte Radke mit dem Bus ein. Uta winkte ihm schon von der Ferne zu, ging ihm entgegen und um-armte ihn herzlich. Nun war man vollzählig und konnte nach dem Essen aufbrechen. Paulis Garten war schon von weitem erkennbar. In den Bäumen hingen bunte Objekte, die an Lampions und Blumengirlanden erinnerten, aber sich bei näherem Hinsehen als bemalte Wurzelknollen, Gebrauchsgegenstände aus Porzellan und Eisen oder Mi-niaturbilder auf Holz entpuppten. Das Gartentor war reich dekoriert, auf dem aus Draht geflochtenen Torbo-gen stand wie immer der farbenprächtige Hahn, der sei-nen Kopf wie zum Gruß der imaginären Morgenröte ent-gegenstreckte und ihr mit aufgesperrtem Schnabel entge-gen krähte. Im Hintergrund sah man das Gartenhaus, Paulis Residenz. Am Zaun lehnten wie immer Gemälde mit Landschaften, Tulpen, Frauenporträts in leuchtenden Farben. Auf der Wiese standen zwei große Skulpturen, die aus Holz geschnitzt waren und die Silhouette von Frauen zeigten.

Paul Pauli führte die kleine Gesellschaft durch seinen Paradies-Garten und erklärte ihnen nebenbei seine Ansichten über die Natur, die Kunst und Gott. Die anderen hörten aufmerksam zu und staunten insgeheim, dass da einer ohne Kunstgeschichte und Philosophie, ohne die Stichwörter des gebildeten Diskurses ins Feld zu führen, ja, ohne sie überhaupt zu kennen, die großen Zusammenhänge verständlich machen konnte. »Die Natur ist die Kunst«, sagte er mehrfach, wenn er vor einem seiner Produktionen stand. »Jesus ist mein Freund, den kann ich immer fragen. Der sagt mir dann, wo's lang geht.« Seine Mitteilungen klangen nicht wie eine Botschaft, die auf die Mission anderer abzielte, sie hatten keine Spitze und keinen Widerhaken. Sie legten die eigene Erfahrung offen, eher scheu als triumphierend.

Paul Pauli hatte die Gabe, die Bürde des Wissens, Argumentierens, der Selbstbehauptung, der Eitelkeit vergessen zu machen. Man musste nicht Plato und Kant oder Nietzsche und Freud bemühen, brauchte keine Geländer, die einen durch Theoriegebäude leiteten. Man konnte einfach in diesem Garten verweilen und sich umschauen und diesem sonderbaren Menschen zuhören. Hier hatte Gustav das Gefühl, etwas erfahren zu können, das durch Buchwissenschaft und Seminararbeit nicht erreichbar war. War es die ungebrochene Liebe zum Leben? Er freute sich, als er während des Rundgangs an der Reaktion der anderen merkte, dass es ihnen ähnlich erging. Sie lachten viel, hörten aufmerksam zu und zeigten alle Anzeichen der Entspannung: Pauli beherrschte die Kunst, Beschwernisse, Bedenken und Vorbehalte vergessen zu machen. »Die Natur ist die Kunst«. Und: »Jesus ist mein Freund.« So einfach war das.

Nach dem Besuch des Paradies-Gartens marschierte die kleine Gesellschaft bergauf zu Gustavs Hütte, die vom Tal aus am Berghang zu sehen war, dort, wo der Wald von oben endete und sich die Wiesen talwärts erstreckten.

Gustav und Uta hatten alles Nötige parat. Kaffee, Tee und Schlagsahne waren rasch zubereitet, die große Decke über den Tisch auf der Terrasse ausgebreitet und darauf Teller, Tassen und Bestecke verteilt. Den vorbestellten Pflaumen- und Streuselkuchen hatten sie schon heute früh aus der Bäckerei abgeholt und in den Kühlschrank gestellt.

Das Symposium sollte mit Sekt eröffnet werden, was Gustav mit einer kurzen Ansprache verband: »Ich freue mich, dass wir alle es bis hierher geschafft haben und hoffe, dass wir schöne Stunden miteinander verbringen werden. Von hier oben sieht die Welt anders aus als in den Niederungen, genießen wir die Aussicht, zum Wohl!« Dann stieß er mit den Gästen an, mit Emil und Lara, Paul, dem alten Radke und zuletzt mit Uta.

Die Nachmittagssonne wärmte, manchmal verschwand sie hinter einer Wolke, was für angenehme Kühle sorgte. Einen Sonnenschirm hatte Gustav noch nicht angeschafft, obwohl er sich das schon öfter vorgenommen hatte. Die Gespräche liefen munter hin und her, ein Gewebe von Tonfäden umfing die kleine Gesellschaft, und so fühlten sie sich in dieser luftigen Höhe wohl.

Ein Thema war natürlich der Nobelpreis für Hans Schulz, den Astrophysiker der örtlichen Universität. Im jungen Alter von kaum 40 Jahren hatte er eine neue Methode zur Messung von Gravitationswellen entwickelt, eine geniale Vereinfachung bisheriger Messtechniken. Als vor einer Woche die Medien die sensationelle Nachricht verbreiteten, waren alle an der Universität und in der Stadt wie berauscht. Was für ein Mensch war dieser Hans Schulz, der es in die Weltnachrichten gebracht hatte? Wo befand er sich? Was hat er entdeckt oder erfunden? Wie fühlt er sich jetzt? Innerhalb eines Tages wurden alte Videoclips bei Youtube massenweise angeklickt, neue wurden rasch ins Netz gestellt. Vorneweg selbstverständlich die Gratulation des Rektors, der in seinem knorzig-gepressten Ton verkündete, wie großartig dieser Erfolg für den Preisträger selbst, sein exzellentes Institut, die expandierende Universität, die Stadt, das Land und letztlich die ganze Welt sei. Professor Horn war im Video in seinem etwas eng anliegenden Sakko zu sehen, angestrengt blickend, wahrscheinlich von einer Vorlage ablesend. Bei Nutzung eines Teleprompters hätte er wahrscheinlich direkter in die Kamera blicken können.

»Für den ist der Nobelpreis wie Weihnachten und Ostern auf einmal«, meinte Uta. »Damit kann die Uni wirklich punkten und im Shanghai-Ranking ein paar Stufen nach oben klettern.«

Der alte Radke nickte zustimmend: »Für den Horn ist es doch das Allergrößte, wenn der seine Uni in einem Atemzug mit Princeton, Harvard, Oxford und Zürich, natürlich die ETH dort, nennen kann. Dagegen hätte ich gar nichts, wenn dieser merkwürdige Wettbewerb nicht so zwanghaft wäre und einer Glaubensmission ähneln würde.«

Paul Pauli hatte neugierig zugehört, besonders faszinierend aber fand er den Gesprächsstoff nicht. »Nobelpreise sind schön, aber sie sind von Menschen gemacht. Die Natur erkennen, darauf kommt es an. Jeder kann das auf seine Weise, wenn er offen ist. Wenn ein Nobelpreis dabei rauskommt, umso besser. Schade, dass dieser Hans Schulz nicht hier ist. Ich glaube, mit dem könnten wir uns ganz normal unterhalten.«

Emil und Lara interessierten sich für den Nobelpreis und seine Resonanz nicht besonders, auch nicht für den Auftritt des Rektors. Beide hielten das Ganze, wenn auch aus unterschiedlichen Gründen, für ein Theater, das im Biotop, in der universitären »Blase« zwar viel Aufsehen erregen mochte, für die anderen Weltbewohner aber ziemlich bedeutungslos war. Emil hatte sich schon oft mit kritischen Artikeln in Zeitungen und Zeitschriften über das Unileben ausgelassen, das er als Soziologiestudent und wissenschaftlicher Mitarbeiter an einem Institut hinlänglich kennengelernt hatte. Lara liebte ihren Job als selbständige Immobilienmaklerin, wobei sie ihr kurzes Studium der Betriebswirtschaft vor allem in sozialer Hinsicht genossen hatte. Im Grunde war sie froh, als sie die Uni verlassen konnte um im »wirklichen Leben«, wie sie es verstand, anzukommen. Sie wollte, wie sie manchmal provozierend sagte, als Geschäftsfrau »ihren Mann« stehen. Von der in alle Lebensbereiche vordringenden Gender-Debatte hielt sie nichts und umschiffte alle diesbezüglichen Peinlichkeiten. Vielleicht war sie deswegen so erfolgreich als Maklerin.

Gegen Abend holte Gustav die Gitarre vom Boden der Hütte, die dort seit seinem Einzug unberührt in ihrer Hülle lagerte. Er wusste, dass Emil ein guter Spieler war und fast professionell klassische Stücke spielen konnte. Er übergab das Instrument dem Freund, der es ohne sich zu zieren übernahm. Nachdem er es gestimmt hatte, fing er an, darauf zu improvisieren. Dann schlug Paul vor, doch ein paar altehrwürdige Lieder zu singen, wie zum Beispiel »Aus grauer Städte Mauern«. Die anderen zögerten, als sei ihnen dieses Ansinnen irgendwie peinlich. Aber schon hatte Emil die entsprechenden Akkorde angeschlagen, und der gemeinsame Gesang erklang zu aller Verwunderung recht passabel, auch wenn man nach der ersten Strophe den Text nicht mehr wusste und sich mit »La-la-la« und Mitsummen behelfen musste – während Paul Pauli alle Strophen textgetreu mitsang.

Nach einigen Liedern war der richtige Zeitpunkt gekommen, dachte Gustav, um seine Roman-Pläne offiziell zu verkünden. Er erzählte von den Lesungen und dem groben Inhalt der Geschichte, wie sie sich bisher entwickelt hatte. Seine Mitteilung wurde mit Staunen und gewisser Bewunderung beklatscht.

»Wie soll denn der Titel lauten?« fragte schließlich der alte Radke.

»Gustav Gerbachers Hütte«, antwortete Gustav. »Wie denn sonst. Ist doch naheliegend.« Dabei wies er mit dem Daumen nach rückwärts auf die Hütte.

Emil, der Heidegger-Fan, war ganz aus dem Häuschen. Oder sollte man besser sagen: aus dem Hüttchen? Er klopfte sich knallend auf die Oberschenkel: »Hervorragend. Da kannst du ja mein Salivarell als Coverbild nehmen, ich biete es Dir gratis an.«

»Langsam, langsam, erst müssen wir den Inhalt produzieren, ehe wir an die Verpackung denken können.« Gustav bremste den überschwänglichen Freund. Denn noch war er sich nicht sicher, ob sie die Aufgabe bewältigen würden. Die Geschichte tatsächlich zu einem guten Ende zu führen, war nämlich verflixt schwer.

Mit einem schlichten Abendbrot endete das »erste« Berg-Symposium, wie Gustav mehrfach betonte und damit eine mögliche Fortsetzung andeutete. Die Dämmerung hatte eingesetzt. Emil und Lara würden den alten Radke mitnehmen und vor seiner Stadtwohnung absetzen, Paul wollte direkt ins Tal zu seinem Gartenhaus marschieren und Uta würde Gustav übers Wochenende hier oben Gesellschaft leisten.

34. Gerbach

Am nächsten Morgen überraschte ihn Uta mit einer einfachen Frage, die er sich selbst noch nie gestellt hatte: »Warum heißt Du überhaupt Gerbacher? Gibt es dafür irgendeine Erklärung. Als Kulturhistoriker müsste Dich das doch interessieren.« Der schnippische Nachsatz kratzte ein wenig an seinem morgendlichen Behagen nach dem gemeinsamen Frühstück. Er hatte sich für Stammbäume und Erklärungen von Familiennamen nie interessiert. Dafür gab es Genealogen und Namensforscher, vor deren Arbeit er großen Respekt hatte, da sie sich mit etwas beschäftigten, das ihn absolut nicht interessierte. Es gab in Salt Lake City die größte genealogische Datenbank der Welt, wie er wusste, und es gab für die Familiennamen in Deutschland ein hochkarätiges Langzeitprojekt an einer Universität, das sicherlich auch »Gerbacher« erfasst und dieses Ensemble von neun Buchstaben sprach- und sozialgeschichtlich, soziologisch und geografisch bis ins Letzte durchleuchtet, digital vernetzt und alle möglichen Daten abgespeichert hatte. Was ging ihn das an? Sein Vater hieß schon Gerbacher, und dessen Vater, und so fort.

Er antwortete zögerlich und widerwillig: »Meine Vorfahren auf der väterlichen Linie hießen halt so.« Natürlich wusste er, dass sich die Ägyptologin mit einer solchen Antwort nicht abspeisen lassen würde.

»Das ist aber schwach, Mann, Mann, Mann«, sagte sie mit gespieltem Mitleid. »Ich werde mal ein bisschen recherchieren, während Du das Geschirr abwaschen und die Küchensachen aufräumen kannst.«

So kam es, dass sie sich an den Laptop setzte und Gustav das ihm Zugedachte besorgte. Nach zehn Minuten war die Namensfrage weitgehend aufgeklärt. Uta rief ihn zu sich, damit er ihr Forschungsergebnis dank Google am Bildschirm besichtigen konnte.

»Es gibt zwei gute Nachrichten«, sagte sie in feierlichem Ton. »Erstens bist Du ein Unikat. Man kann auch sagen: Als Mensch, als Person weist Du mit Deinem Namen ein Alleinstellungsmerkmal auf. Es gibt offenbar auf der ganzen Welt niemand sonst, der Gustav Gerbacher heißt, gratuliere!« Sie stand auf, schüttelte ihm die Hand, als habe er einen Preis gewonnen. »Und zweitens,« fuhr sie fort, »gibt es vielleicht doch eine Erklärung für Deinen Familiennamen. ›Gerbacher‹ heißt nichts anderes als ›einer aus Gerbach‹. Auch hier ein Volltreffer. Denn ich habe nur *einen* Ort beim Googeln gefunden, der so heißt. Ist das nicht erstaunlich?«

Gustav amüsierte sich über ihre Begeisterung, aus der jetzt alle Ironie verschwunden war. Sie schwappte auf ihn über. Ja, das war wirklich erstaunlich, musste er zugeben. Sie schauten sich auf Google Maps an, wo genau dieser Ort lag und lasen dann den dazu gehörenden Wikipedia-Artikel. Gerbach: eine Ortsgemeinde im Donnersbergkreis in Rheinland-Pfalz, 525 Einwohner (am 31. Dezember 2017), 257 Meter über dem Meeresspiegel.

Seine Familie väterlicherseits hatte, soweit er zwei, drei Generationen zurückverfolgen konnte, keine Bezüge zu diesem Landkreis. Aber natürlich war es denkbar, dass irgend ein Altvorderer tatsächlich aus diesem winzigen Dorf stammte und nach seiner Herkunft schon im Nachbardorf »Gerbacher« genannt wurde. Schnell waren sie sich einig, dass sie diesen Ort bald einmal besuchen wollten, den sie ohne lange zu überlegen »Locus occultus secundus« tauften, den zweiten okkulten Ort nach der Hütte.

Eine Woche später brachen sie dorthin auf. Wie ihnen das Internet kundtat, würden sie über die Autobahn mindestens zwei Stunden brauchen, über die Landstraßen würde es schätzungsweise doppelt so lange dauern. Utas roter Polo stand bereit, vollgetankt, Ölstand und Reifendruck waren geprüft. Sie entschieden sich für die langsamere Route am Rhein und ein kurzes Stück an der Nahe entlang, um dann sozusagen querfeldein über diverse Täler und Höhen ihr Ziel anzusteuern. Sie hatten einen erfrischenden Tag zwischen Spätsommer und Frühherbst erwischt, die Tucholsky die »fünfte und schönste Jahreszeit« genannt hatte, eine Bezeichnung, die freilich im Rheinland der Karneval-Saison vorbehalten war, die jedes Jahr am 11. November um 11 Uhr 11 mit großem Trara ausgerufen wurde. Mit diesem kulturellen Paukenschlag konnte es das stille Naturereignis, das Tucholsky in einer bemerkenswert romantischen Anwandlung pries, selbstverständlich nicht aufnehmen.

So ging die Reise am majestätischen Strom entlang bis Bingen, vorbei an den monumentalen Zeugen der Rheinromantik: Drachenfels mit seiner Siegfried-Sage, Loreley, Mäuseturm im Rhein, Niederwalddenkmal und Kloster Eibingen. Die fürs Marketing immer noch brauchbare Hildegard von Bingen war als Kulturmarke in dieser gesegneten Doppelregion von Rheingau und Rheinhessen durchaus gegenwärtig. Vor allem die rechte Rheinseite war heute fest im Griff des Tourismus. Die Rüdesheimer Drosselgass' konnte es wahrscheinlich mit dem Schloss Neuschwanstein aufnehmen und lag beim Alkoholkonsum der durstigen Massen sicher weit vorn.

Aber ihre Reise sollte ja nicht in eine Sightseeing-Tour ausarten. So verzichteten sie auf die Besichtigung von Museen und historischen Burgen, fuhren durch die Badeorte Kreuznach und Münster am Stein, wo sie kurz haltmachten, um sich im Sprühnebel der großen Saline von der Fahrt zu erholen und dann im Garten-Restaurant des Kurparks einen großen Becher Eis mit Sahne zu verzehren.

Sie fuhren weiter und gelangten nun in die herb-liebliche Nordpfalz. Sie folgten dem Tal der Alsenz, eines kleinen Flusses, der in Bad Münster am Stein in die Nahe mündet. Es schlängelte sich durch die Hügellandschaft, die großenteils mit Wäldern bedeckt war. Neben dem Flüsschen und der Straße bot es sogar Eisenbahngleisen Platz. Kleinere Ortschaften reihten sich im Abstand von einigen Kilometern aneinander und bildeten Knotenpunkte für den Verkehr. Von den Dorfbewohnern sah man wenig, einige ältere Frauen mit ortsüblichen Kopftüchern fielen ihnen auf, die nach altem Brauch zum Wo-

chenende die Straße vor ihren Häusern fegten, »die Gass'
kehre«, wie es mundartlich hieß. Die Dörfer zeigten noch
den Zuschnitt aus früherer Zeit, als vor allem Kleinbau-
ern, Winzer und Handwerker hier ansässig waren. Dichte
Bauweise, große Holztore, die zu Innenhöfen führten, nie-
dere Häuser mit kleinen Fenstern, die direkt an die
Hauptstraße grenzten und dem Bürgersteig kaum Platz
ließen, ohne Vorgarten und Carport. Endlich waren sie in
jenem Dorf angelangt, von dem aus sie nur noch den
Bergrücken überqueren mussten, um zum Ziel zu gelangen. Sie fuhren das Sträßchen mit seinen Windungen
hoch und waren entzückt über die Aussicht, die sich ihnen bot, als sie die höchste Stelle passierten.

Im Tal vor ihnen lag der »Locus occultus secundus«:
Gerbach. Der Lauf des Bächleins mit dem Namen Appelbach war an den Büschen und Bäumen zu erkennen, die
ihn säumten. Wiesen, Felder, dazwischen Feldwege mit
Hecken und Sträuchern, im Hintergrund ein abgerun-
detes Bergmassiv mit dunklem Wald dicht bewachsen,
auf der Kuppe stach ein Fernsehturm wie ein gespitzter
Bleistift in den Himmel.

»Das also ist der Donnerberg, die höchste Erhebung
der Pfalz, 687 Meter über dem Meeresspiegel,« sagte Gustav, der sich im Internet gestern noch rasch kundig gemacht hatte. Sie waren aus dem Auto ausgestiegen, lehnten aneinander, er hatte seinen Arm um ihre Schultern
gelegt. Sie drehte ihren Kopf zu ihm hin und gab ihm einen Kuss auf die Wange. Die Ausläufer des Bergmassivs
reichten bis in die Nähe des Dorfes, Lavaströme einst, die
zu einem Erdboden erkaltet waren, in den die Bäume ihre
Wurzeln treiben konnten. Gustav dachte plötzlich an Si-

mone Weil, die unfassbare französische Radikalphilosophin, die von »Einwurzelung« sprach und vielleicht ein ähnliches Bild vor Augen hatte, um darauf zu verweisen, was den Menschen nottat. Er musste lächeln, dass ihm beim idyllischen Anblick eines vom Wald eingerahmten Dorfes dieser Begriff einfiel.

Bei seiner gestrigen Recherche im Internet war er auch auf einen Videoclip des regionalen Fernsehsenders gestoßen. Darin wurde gezeigt, dass Gerbach von den Bewohnern auch als »Klein Paris« (»klä Paris«) bezeichnet wurde. Die Erklärungen, die sie hierfür parat hatten, klangen witzig und kurios und waren keineswegs nur scherzhaft gemeint. Er hatte das Video heute früh Uta auf seinem Handy vorgespielt, bevor sie gestartet waren. Sie war jedoch nicht sonderlich beeindruckt.

»Das ist also Klein Paris«, sagte Uta schließlich, bevor sie hinunterfuhren.

Sie kehrten im einzigen Gasthaus des Dorfes ein. Es war Zeit für ein Abendbrot. Ein Zimmer für die Nacht hatten sie in einer Pension im Nachbarort reserviert, der einzigen Unterkunft in unmittelbarer Umgebung.

Sie kamen rasch ins Gespräch mit dem Wirt und einigen Gästen, die sich zum abendlichen Stammtisch versammelt hatten. Was bewegte diese Leute? Worüber sprachen sie? Was wollten oder mussten sie Fremden wie Gustav und Uta mitteilen? Es ging um die Vergangenheit des Dorfes, um ihre eigene Vergangenheit, um persönliche Erlebnisse und legendäre Ereignisse, um Glücks- und Unglücksfälle, um ihre Geschichte, die sie in sich trugen und die sie sich bei solcher Gelegenheit neu zurechtspannen.

So erfuhr das Paar an diesem Abend mehr oder weniger Erstaunliches und Merkwürdiges. Das »Früher« leuchtete in bunten Farben auf, als ein alter Mann sich erinnerte: die vielen kleinen Bauern mit ihren Pferde- und Ochsenkarren, die eigenartigen Flüchtlinge, die damals »Heimatvertriebene« hießen und aus den Ostgebieten stammten, die örtlichen Geschäfte und Handwerksbetriebe. Zwei Schmiede, zwei Schuster, ein Schneider, zwei Tante-Emma-Läden mit »Kolonial-« und »Kurzwaren«, zwei Frisöre, eine Metzgerei, ein Elektroladen und anderes mehr. Davon war das allermeiste im Laufe der Jahrzehnte nach und nach verschwunden. Zwar hatte man die katholische Kirche als Gebäude im Dorf gelassen (die evangelische stand im Nachbarort), aber die selbständige Pfarrei war vor Kurzem aufgelöst worden.

Während man bei der Erzählung des Alten eine gewisse Trauer heraushören konnte, machten die jüngeren Leute einen unbekümmerten Eindruck. Denn vieles, was ihnen für ihr Leben wichtig schien, war ja im Dorf geblieben. Dazu gehörten als traditionsbewusste Vereine der Turn- und Sportverein (TuS), in dem vor allem Fußball und Tischtennis angesagt waren, und der Männergesangverein Gerbach (MVG). Dazu gehörte die Freiwillige Feuerwehr mit eigenem Emblem und beeindruckender Organisation. Dazu gehörten alljährliche Feste wie die »Kerwe«, die den absoluten Höhepunkt des Dorflebens darstellte. Der Dialekt, in dem man ihnen all diese Dinge näherbrachte, war von einer Urwüchsigkeit, in der das schwerfällige Artikulieren in einer singenden Sprachmelodie wohltuend aufgehoben war. Die beiden konnten die Reden ohne Mühe verstehen.

212

Irgendwann fragte Gustav in die Runde: »Warum heißt der Ort überhaupt Gerbach? Gibt es dafür eine Erklärung?«

Sofort schaltete sich der Alte in seinem besonders markanten Dialekt ein: »Aber natürlich. Das ist sehr einfach erklärt. Das kleine Bächlein, dass hier neben dem Gasthaus unter der Brücke zum Appelbach fließt, heißt Gerbach. Seine Einmündung ist spitzwinklig und erinnert an einen Ger, einen germanischen Speer. Deshalb hat man diesen Ort schon vor ganz langer Zeit Ger-Bach genannt.«

»Woher hast du denn die Geschichte?« fragte ein junger Mann, der vorher lang und breit über die Freiwillige Feuerwehr und ihre Aktivitäten berichtet hatte.

»Das hat uns früher in der Volksschule der Lehrer erzählt, der sich in solchen Sachen genau auskannte. Er war sehr heimatverbunden und hat uns auch erklärt, was ein ›Ger‹ ist.«

Als die Gesellschaft dann aus Utas Mund erfuhr, dass hier ein echter Gerbacher vor ihnen säße, war die Reaktion überwältigend. Man klatschte Beifall und ließ ihn hochleben. Gustav zog zur Belustigung des Publikums seinen uralten, zerfledderten Führerschein aus der Brieftasche, der dann die Runde machte. Da stand ja in alter Schreibmaschinenschrift: »Gustav Gerbacher«.

»Wir müssen jetzt gehen«, sagte Gustav schließlich mit Blick auf die Uhr. Die Pension würde um zehn Uhr am Abend ihr Tor verriegeln und man möge doch, so war die Bitte der Vermieterin am Telefon gewesen, möglichst vorher da sein. Sie verabschiedeten sich und ernteten von allen Seiten freundliche Gesten. »Bis zum nägschde Mol«, rief ihnen der Wirt noch zu, bevor sie die Tür hinter sich schlossen.

»Das also ist Dein ›Locus occultus secundus‹«, bemerkte Uta im Auto. »Ganz nett, dieser Locus, aber was daran, wenn überhaupt, okkult sein soll, müssen wir erst noch herausfinden, Herr Gerbacher.« Und sie gähnte ein ansteckendes Gähnen.

»Immerhin, das kann man doch sagen: Dieser Ort ist so einmalig wie mein Name, wie ich. Insofern passen wir gut zusammen«, antwortete Gustav. Diese einfache Formel gefiel ihm, sie entsprach seiner Müdigkeit. Für kompliziertere Überlegungen hatten jetzt beide keine Lust mehr.

35. Die Schuld

Wundervolle Erlebnisse wie das Berg-Symposium und der Ausflug zum Locus occultus secundus hatten sie davon abgelenkt, ihre Hausaufgaben zu erledigen. Das Manuskript lag nun schon wochenlang unangetastet auf der Festplatte von Gustavs Laptop. Uta, die zuletzt immer stärker die treibende Kraft war, hatte aufgehört, ihm ihre Ideen vorzutragen und Lesungen einzufordern. Mit anderen Worten: Das Projekt lag – unvollendet – auf Eis. Dann aber, als sich die Fünfte Jahreszeit allmählich dem Ende zuneigte und morgens Tau auf der Wiese glitzerte und der Frühnebel das Tal verschleierte, konnten sie der Frage nicht mehr ausweichen, wie es nun weitergehen sollte.

»Die Geschichte muss weitergehen«, meinte Uta. »Sie kann doch nicht mit diesem toten Yussuf enden. Ich mag kein Unhappy End, weder in Romanen, noch im Alltag. Also los, lass Dir was einfallen.« Und nach einer Pause fügte sie hinzu: »Also, nächsten Freitag wirst Du mir sicher eine faszinierende Fortsetzung präsentieren können, das Kapitel muss ja nicht so lang ausfallen.« So wurde ihr Jour fixe wiederbelebt.

Sophie und Philipp standen schlagartig im Mittel-
punkt des so genannten öffentlichen Interesses. Die
Medien stürzten sich auf sie, und die beiden hatten
alle Mühe, die Angriffe abzuwehren. Philipps Rechts-
schutzversicherung zahlte einen Anwalt seiner
Wahl. Ohne ihn, einen alten Bekannten von Philipp,
ließen sie keine Vernehmung über sich ergehen. Alle
Kommunikation nach außen lief über ihn.

Polizei und Justiz verhielten sich korrekt, wie ih-
nen ihr Anwalt bestätigte. Zwar war ein Gerichts-
verfahren unvermeidlich, aber die Notwehrsituation
ohne jede Tötungsabsicht eindeutig. Von verschiede-
ner Seite wurde Philipp Rothmann signalisiert, dass
er deshalb von der Strafjustiz kaum etwas zu be-
fürchten habe.

Bedrohungen gab es von ganz anderer Seite.
Plötzlich waren sie zu einem Angriffsobjekt von zwei
Seiten geworden. In der Universität setzte man auf
verquere Weise Yussufs Tod mit dem Problem der Is-
lamophobie in Beziehung, was dem Mainstream in
den überregionalen Medien entsprach. Außerhalb
der Universität lief der arabische Clan Sturm. Er
vermutete einen kaltblütigen Mord aus rassistischen
Gründen. Bekannte Dachverbände von Migranten-
vereinen meldeten sich zu Wort, was wiederum von
den Medien verstärkt wurde.

Als am Morgen nach der Katastrophe ein Schau-
fenster von Phil's Bookshop eingeschlagen und die
Hauswand mit einem Hakenkreuz und einer arabi-
schen Aufschrift in roten Farbe beschmiert worden
war, schloss Philipp den Laden, nachdem ein be-

freundeter Schreiner die zwei Schaufenster, das eingeschlagene und das noch heile, mit Brettern verbarrikadiert hatte. Er klebte einen Zettel an die Ladentür: »Vorübergehend geschlossen.« Die Polizei hatte ihm geraten, auf verdächtige Zeichen seiner Umgebung zu achten, sich nicht von Unbekannten ansprechen zu lassen und im Notfall die 110 auf dem Handy zu wählen. Man werde sein Haus im Blick haben, gerade bei nächtlichen Streifenfahrten, aber ein durchgehender Polizeischutz sei in einem solchen Fall nicht vorgesehen.

Als Sophie einige Tage nach dem Vorfall ins Institut kam, um an der wöchentlichen Dienstbesprechung teilzunehmen, spürte sie eine kühle Ablehnung im Raum. Die Kolleginnen zeigten zwar Betroffenheit und verbalisierten ihr Mitgefühl, aber die Atmosphäre war unterschwellig vergiftet, wie sie sofort merkte. Aber warum sind heute alle so komisch? rätselte Sophie. Als Marianne Leicht, Lehrstuhlinhaberin für Gender Studies, den Raum betrat, war für sie bald alles klar.

»Ich möchte heute vor allem Dich, liebe Sophie, herzlich begrüßen. Du hast Schreckliches erlebt«, sagte die Leicht und machte eine Kunstpause. Jetzt lässt sie die Katze aus dem Sack, dachte Sophie. Aber wie die Katze aussehen würde, ahnte sie nicht. »Vielleicht sollten wir alle bei Gelegenheit einmal über Islamophobie sprechen.« Das war also die Katze, oder besser gesagt: der Hammer, die Keule.

»Yussuf Hassan war ein schwieriger Student, ich weiß«, sagte die Leicht. »Aber er war auch Moslem und Araber.«

Nach dieser Einleitung folgte eine professorale Predigt über rassistische (sie benutzte auch das vornehmere Adjektiv »ethnische«) Vorurteile, verletzte Ehre, traumatisierende Familiengeschichten. Die Frage sei immer, ob wir Einheimischen genug Sensibilität, ausreichend Verständnis für die Sorgen und Nöte solcher Menschen aufbrächten. Ja, die Islamophobie sei eine große gesellschaftliche Herausforderung gerade für Wissenschaftlerinnen an den Universitäten. Wie ein Jagdhund hechelte sie dem endgültig zu erlegenden Wild hinterher. Aber Sophie hatte rechtzeitig den immer unruhiger werdenden Strom in ihrem Nervensystem umgestellt: Sie schaltete auf cool, ließ die mentalen Rollläden herunter und machte sich bereit zum Absprung. Gerade als Marianne Leicht auf dem logischen Höhepunkt ihrer Predigt angelangt war und Yussuf Hassans Tod letztendlich als Folge ihrer (vermutlich sogar unbewussten) Islamophobie erklären wollte, stand Sophie auf und sagte mit kühler, beherrschter Stimme: »Es reicht jetzt!« Dann ging sie wortlos zur Tür und warf sie hinter sich mit einem wohldosierten Knall zu.

Sophie kannte diesen perversen Terror humanistischer Moral, den man in den sozialen Medien auf alternativen Plattformen als »Gesinnungsethik« der »Gutmenschen« bezeichnete, bisher nur theoretisch. Jetzt aber hatte sie die Ungeheuerlichkeit am eigenen Leib zu spüren bekommen. Das Muster war simpel, aber massenpsychologisch offenbar wirksam: Wenn Deutsche Opfer islamistischer Gewalt, von Muslimen verletzt oder umgebracht werden, so machen sich die »Gutmenschen« weniger Sorgen wegen der Umstände, denen Menschen zum Opfer gefallen sind, als vielmehr wegen der Möglichkeit, »Rechtspopulisten«, »Rassisten« oder »Nazis« könnten die verbrecherische Untat für ihre perfiden Zwecke »instrumentalisieren«. Sophie hatte Bespiele aus Zeitungsberichten in Erinnerung. Wurde etwa eine junge Frau aus Deutschland von einem muslimischen Migranten ermordet, so kam es sofort zu Demonstrationen »gegen Rechts«. Dabei waren bestimmte Slogans auf Transparenten zu lesen wie: »Deutschland ist bunt«, »Stadt XY stellt sich quer« oder auch einfach »Nazis raus«.

Sophie merkte nun den Unterschied, ob sie eine solche Einstellung nur als Zeitungsleserin zur Kenntnis nahm oder mit ihr direkt in Form von Marianne Leicht konfrontiert wurde. Sie war erschüttert und zugleich von einem Ekel erfüllt. Aber die Rettung aus diesem Jammertal war nah.

Als sie Stunden nach Philipps folgenschwerem Bücherwurf in Sophies Wohnung Kaffee tranken, immer noch schockiert vom nachwirkenden Anblick das toten Arabers, wurden beide von einer Welle gegenseitiger Sympathie erfasst. Plötzlich gehörten sie zusammen, ohne dass ein Wort oder eine Handlung hierbei eine Rolle gespielt hätten. Der schreckliche Abschluss eines Kampfes lastete auf ihnen. Aber ihre

Liebe machte sie so leicht, als ob sie von einer ganz anderen Schwerkraft nach oben gezogen würden. Diese Leichtigkeit, dieses Hochgefühl, das nun in Sophie wie ein Dauergast wohnte, hatte ihr die Spannkraft gegeben, im richtigen Augenblick die Attacke der Marianne Leicht abzuwehren, einfach aufzustehen und zu gehen. Sie brauchte keine langen Erklärungen abzugeben, ihr Parole bestand nur aus drei einsilbigen Worten: »Es reicht jetzt«, gefolgt vom maßvollen Zuknallen der Tür.

Uta war von dem Kapitel beeindruckt, auch wenn sie bemängelte, dass die »Welle gegenseitiger Sympathie« zu knapp und abstrakt geraten war, um den Beginn dieser Liebesbeziehung zu beschreiben. Aber das verhexte Problem der Suche nach der Schuld sei sehr gut getroffen. Es sei unlösbar mit der Machtfrage verbunden. Der Mächtige gebe die Richtung vor, in welche die Meute zu rennen habe. Man könne den Vorgang mit einer Treibjagd vergleichen. Die Treiber gehörten zusammen mit den Jägern zum arbeitsteiligen Machtgefüge. Erstere hätten das Wild aufzuscheuchen und vor die Flinten der Letzteren zu treiben. Diese hätten es abzuschießen. Danach sei es Aufgabe der Meute von Jagdhunden loszulaufen und das waidwund geschossene oder bereits erlegte Tier aufzuspüren und es, sofern es noch weglaufen konnte, zu Tode zu hetzen. Uta hatte keine Erfahrung mit der Jägerei, aber so stellte sie sich das politische Treiben vor.

»Die Jägermeisterin Leicht bekam von den Treibern des Mainstreams eine lohnendes Objekt vor ihre Flinte getrieben, aber bevor sie schießen und die Meute loshetzen konnte, hatte sich das Objekt – fast wie im Märchen –

in ein Subjekt verwandelt und dem Gesellschaftstheater den Rücken gekehrt. Vorhang runter, Spiel aus.« Uta schmunzelte nach ihrer Erklärung und gab zu, dass diese wahrscheinlich zu simpel sei. »Aber irgendwie ist doch da was dran, meinst Du nicht auch?«

Gustav nickte. »Manchmal stimmen ganz einfache Erklärungen. Das Bild von der Jagd passt zumindest auf die Leicht. Ich kann sie mir mit ihrer randlosen Brille und ihrem manchmal stechenden Blick als Jägerin auf dem Hochsitz gut vorstellen, die warten kann, bis das Wild in der Dämmerung aus dem Wald heraustritt, um dann mit scharfem Auge und ruhiger Hand den Abzug zu betätigen.«

Doch ihre Überlegungen lösten sich bald von der Romangeschichte und wurden philosophisch.

»Die Suche nach der Schuld gleicht dem Spiel Schwarzer Peter: Kaum entdeckt man diesen üblen Kerl bei sich selbst, hat man alles daranzusetzen, ihn wieder loszuwerden und einem anderen Spieler unterzujubeln«, meinte Uta.

Gustav nahm den Gedankengang auf und ging noch einen Schritt weiter: »Die Suche landet unweigerlich in einem Teufelskreis, ja ist schon von vornherein in einen Teufelskreis gebannt. Nehmen wir unseren Fall. Die Familienverhältnisse des Arabers wecken in einer fremden Kultur Minderwertigkeitsgefühle bei ihm, je nach Standpunkt sind dann die Familienverhältnisse oder die fremde Kultur ›schuld‹ an seiner Aggressivität. Sophie als Dozentin ist schuld an seinem Überfall, weil sie nicht sensibel genug mit der seelischen Verfassung ihres Schülers umgegangen ist. Nun kommt das Moment der Entschuldung oder Entschuldigung ins Spiel: Die einen – und in unserem Fall ist das die herrschende Partei der Professorin Leicht – entschuldigen den armen, angeblich rassistisch gekränkten Migranten und beschuldigen gleichzeitig seine Dozentin; die anderen aber – die auf der Seite von Sophie und Philipp stehen – weisen genau diese Sichtweise als Ausdruck eines perversen Denkens zurück. Sie wollen nicht einsehen, wie Täter zu Opfern gemacht werden und umgekehrt.«

Das Faszinierende war: Der Schuldkomplex erschütterte des Individuum und griff zugleich wie eine Epidemie auf die Gesellschaft über. Man konnte auch sagen: Die soziale Schuldepidemie zeigt sich konkret im Schicksal des Einzelnen. Die öffentliche Debatte kreiste um die Schuldfrage. Sie wurde in Deutschland besonders heftig geführt, wenn es um die Weltkriege und den Nationalsozialismus ging. Wer war schuld am Ersten Weltkrieg? Wer war schuld am Siege des Nationalsozialismus? Wer war schuld am vernichtenden Antisemitismus?

Am Ende ihres Gesprächs bemerkte Uta: »Es ist doch sehr interessant, finde ich, dass es anscheinend ein uraltes Bedürfnis des Menschen ist, sich selbst einer möglichst großen Schuld zu bezichtigen, um damit einen umso größeren moralischen Bonus, ja eine Art Erlösung beim Tilgen der Schuld zu erreichen. Lassen wir einmal die Antike und die monotheistischen und sonstigen Religionen beiseite: Die Deutschen haben mit Hitler die Maximalschuld auf sich geladen. Entsprechend maximal soll ihre ›Wiedergutmachung‹, ihre ›Vergangenheitsbewältigung‹ ausfallen. So ungefähr könnte die Formel in zwei Sätzen lauten, die uns manches erklärt. Wer an einem oder beiden dieser Sätze rührt, hat mit sozialer Ächtung und Strafe zu rechnen. Wir Deutschen können nur gut sein, wenn wir beide Sätze verinnerlicht haben; mehr noch: Wenn wir ihnen folgen, sind wir die Besten. Und diesen Status des moralischen Weltmeisters lassen wir uns nicht streitig machen, von niemandem.«

»Ja, Du hast recht«, stimmte ihr Gustav zu. »Vielleicht ist das wirklich ein Alleinstellungsmerkmal unseres Vater- oder Mutterlandes. Mir fällt tatsächlich nichts Vergleichbares ein. Als ich einmal das Atombomben-Museum in Hiroshima besuchte, sah ich schluchzende, weinende, um Fassung ringende Japaner. Sie fühlten auch noch viele Jahrzehnte nach der Atombomben-Katastrophe mit den vernichteten und verstrahlten Opfern. Von den ungeheuren Kriegsverbrechen des japanischen Imperialismus war in der Ausstellung nichts zu sehen, soweit ich mich erinnern kann.«

Uta betätigte ihr Smartphone und wurde rasch fündig: »Wir haben auch hierfür einen schönen deutschen Terminus, der allerdings – verglichen mit deutschen Ausdrücken wie ›Endsieg‹ und ›Kraft durch Freude‹ – erst in späterer Zeit geprägt wurde«, sagte sie. »Nämlich ›deutscher Sündenstolz‹. Ich zitiere einen bekannten Philosophen: ›Den Holocaust macht uns keiner nach! Er ist unser Alleinstellungsmerkmal, das wir mit niemand teilen wollen!‹ Eine brillante Formulierung.«

Gustav fiel hierzu eine andere brillante Formulierung ein, der von jüdischer Seite in der Debatte über den deutschen Antisemitismus häufig zitiert wurde: »Vielleicht kennst Du den Spruch: ›Auschwitz werden uns die Deutschen niemals verzeihen!‹ Der passt genau zu Deinem Zitat.«

Sie wollten auf jeden Fall ihren Roman zu Ende bringen und Gustav versprach, sich in den nächsten Tagen an die Arbeit zu machen.

36. Gleichmut

Der Nobelpreis für den Astrophysiker Hans Schulz erschien dem Rektor als ein Geschenk des Himmels. Er würde nicht nur die von ihm repräsentierte Hochschule in internationalen Ranking-Listen nach oben schieben, die Exzellenz der ohnehin schon exzellenten Alma Mater unterstreichen und die Zuwendungsfreudigkeit staatlicher Geldgeber und privater Sponsoren fördern, sondern auch das unüberbietbare Sahnehäubchen der zentralen Jubiläumsfeier abgeben. Der Nobelpreis war wie ein heller Komet mit breitem Schweif am Himmel der Wissenschaft erschienen, in dessen Glanz sich alle Angehörigen der Universität sonnen konnten. So war es nur allzu verständlich, dass eine Delegation unter Leitung des Rektors zur anstehenden Preisverleihung nach Stockholm reisen würde.

Man wollte dieses einmalige, an ein kosmisches Wunder wie die totale Mondfinsternis erinnernde Ereignis auch vor Ort in gebührendem Format als einen Höhepunkt des Jubiläums feiern oder genauer gesagt: den ohnehin geplanten Höhepunkt noch ein Stückchen höher treiben. Beim Festakt würden der Bundespräsident, der Ministerpräsident des Landes, einige amtierende und nicht mehr amtierende Bundes- und Landesminister, sehr wichtige Wissenschaftsadministratoren, eine Reihe hochrangiger Würdenträger des öffentlichen Lebens sowie geladene Angehörige und Gäste der Universität teilnehmen. Die Sensation des Nobelpreises sollte dem Festakt die wissenschaftliche Weihe verleihen. Es war gelungen, eine fünfzehnminütige Ansprache des Nobelpreisträgers ins vorgesehene Programm zu integrieren. Da der Zeitraum von insgesamt 90 Minuten exakt einzuhalten war – länger war dem Bundespräsidenten die Anwesenheit vor Ort angesichts seines Terminkalenders nicht zuzumuten –, kürzte man beim musikalischen Rahmenprogramm und der vorgesehenen Redezeit für die Begrüßungsansprachen. Statt fünfzehn Minuten waren nun maximal zehn Minuten vorgesehen, und das Akademische Kammerorchester konnte sich zwei von drei Sätzen eines Mozart-Quartetts, die es schon ein halbes Jahr geprobt hatte, sparen. Damit war für den Auftritt des Genies Raum geschaffen, um das festlich gestimmte Publikum mit neuesten wissenschaftlichen Erkenntnissen aus der Astrophysik zu faszinieren. Dass außer einer Handvoll Fachleuten niemand den sensationellen Erkenntnissen würde folgen können, würde die Festgäste umso mehr faszinieren und den Festakt zu einem unvergesslichen Erlebnis machen.

Gustav wunderte sich, dass er als langfristig Beurlaubter eine Einladung erhielt, reichten die Sitzplätze in der Aula doch kaum für dieses Großereignis aus, zu dem alle Welt sich drängte. Obwohl er keine besondere Neigung verspürte, sich die Rede von Karl-Heinz Beinmüller, der nun das Amt des Bundespräsidenten innehatte, anzuhören, abgesehen von den übrigen routinemäßigen Ansprachen, wollte er dem Festakt beiwohnen. Jedenfalls würde er dort Uta treffen und die Vorstellung, mit ihr gemeinsam aufzutreten und beim anschließenden Empfang mit dem einen oder anderen der Kollegen ins Gespräch zu kommen, gefiel ihm außerordentlich. Spätestens um 10 Uhr 45 sollte man sich wegen der Sicherheitskontrollen mit Ausweispapieren einfinden, damit man pünktlich um 11 Uhr mit dem Einmarsch des Bundespräsidenten und der Honoratioren beginnen konnte. »Dunkler Anzug, kurzes Kleid« war kleingedruckt auf der Einladungskarte zu lesen. Gustav war neugierig, wie er die Atmosphäre im Schloss empfinden würde, nachdem er sich an die Bergluft gewöhnt hatte.

Obwohl Sophie Meister schon längere Zeit den Emeritus Klaus Mott nicht mehr gesehen oder gesprochen hatte, folgte sie doch seinem Blog und blieb so auf dem Laufenden. MOTT's MERKWÜRDIGE ERINNERUNGEN berichtete in lockerer Folge über vergangene und gegenwärtige Erlebnisse, die dem Autor offenbar wichtig waren. Die Auseinandersetzung mit seiner Nachfolgerin Karola Bärwald spielte bei den letzten Beiträgen keine Rolle mehr. Vielleicht hatte er sich mit der für ihn bitteren Realität abgefunden. Wenn er sich mit ihr ausgesöhnt hätte, wäre das sicher in welcher Form auch immer mitgeteilt worden.

Doch dann stieß sie eines Morgens auf einen neuen Beitrag, der eine klare Botschaft enthielt. Mott wollte einen Schlussstrich unter die Affäre ziehen. Sie sollte zwar nicht vergessen werden, aber in Zukunft keine Rolle (»whatsoever«) mehr in seinem

*Seelenhaushalt spielen. Er wollte seine Ruhe haben,
aber keine Friedhofsruhe, er wollte verzeihen, aber
keine billige »Schwamm-Drüber«-Vergebung. So
wählte er den Weg der Dokumentation und des Pro-
tokolls. Der Blog-Beitrag präsentierte den Brief eines Rechtsanwalts an den Dekan der Philosophischen Fakultät mit einer Vorbemerkung von Mott:
»Die betreffende Affäre hat mich sehr beschäftigt
und gekränkt. Aber sie ist aus meiner Sicht mit dem
hier wiedergegebenen Schreiben meines Rechtsanwalts an den Dekan beendet, das den Stand der Dinge dokumentiert. So mag es wenigsten künftigen
Universitätshistorikern für ihre Forschungen nütz-
lich sein.«*

*Das Schreiben des Rechtsanwalts an den Dekan
Pirmin Wenig in »Sachen Prof. Klaus Mott ./. Universität« lautete:*

Sehr geehrter Herr Dekan,

wie Sie wissen, wurden die Materialien meines
Mandanten nach Dienstantritt von Frau Prof. Bärwald auf deren Anordnung in Bücherkisten verpackt und im Abstellraum des Instituts gelagert.
Die Bitte meines Mandanten, ihm als ehemaligem
Institutsleiter einen Arbeitsplatz oder Arbeitsraum
(›Emeritus-Zimmer‹) zuzubilligen, wurde katego-
risch zurückgewiesen, wobei sie sich auf Sie als Dekan und Herrn Prof. Horn als Rektor berief.

Ich möchte Ihnen heute im Auftrag meines
Mandanten mitteilen, dass er kürzlich sämtliche
Kisten mit seinen Materialien abholen ließ.

Auch wenn eine juristische Einklagbarkeit von Seiten meines Mandanten auf eine institutionelle Anbindung an das von ihm früher geleitete Institut nicht besteht, so ist hier doch festzustellen, dass der diesbezügliche Umgang mit ihm dem Geist des Universitätsgesetzes widerspricht und die persönliche Würde meines Mandanten tangiert.

Der Vorgang ist aus unserer Sicht hiermit abgeschlossen.

Mit vorzüglicher Hochachtung
Manfred Wendland, Rechtsanwalt

Nachrichtlich:
Herrn Prof. Horn, Rektor der Universität
Frau Prof. Bärwald, Institut für Allgemeine Botanik

Ich muss den Mott jetzt unbedingt anrufen, dachte Sophie. Hoffentlich hat er sich die Affäre nicht zu sehr zu Herzen genommen. Das wäre wirklich jammerschade. Sie erreichte ihn sofort zuhause unter der von ihr gespeicherten Nummer.

»Du brauchst Dir wirklich keine Sorgen um mich zu machen«, sagte er am Telefon und seine Stimme klang leicht und beschwingt. »Ich habe die leidige Angelegenheit genug durchgearbeitet, und nun ist der Dreckhaufen vor meinem Seelenfenster (dabei kicherte er) verschwunden, wie weggekehrt. Der Brief des Rechtsanwalts hat den letzten Rest weggeblasen. Ich bin so froh, dass ich jetzt endlich meine Ruhe habe.«

»Hast Du die Bärwald in letzter Zeit noch einmal getroffen? Was machst Du, wenn Du sie irgendwo triffst, zum Beispiel bei einer Veranstaltung im

*Schloss? Das dürfte doch peinlich werden. Oder?«
Sophie konnte ihre Neugierde schlecht unterdrücken.*

Motts Antwort war typisch in ihrer Mischung aus spielerischem Scharfsinn und lockerer Ironie: »Ich folge einem variablen Verhaltensmuster, das ich der Situation anpassen und stufenweise verändern kann. Am Anfang war absolute Nicht-Beachtung angesagt, ich habe die Frau einfach nicht gesehen, auch wenn sie vor mir stand. Man kann das gedanklich trainieren, sodass man in der realen Situation tatsächlich nichts sieht. Dann war eine Art ›flexible response‹ angesagt, was in der modernen Kriegsführung eine flexible Reaktion auf einen feindlichen Angriff bedeutet. Das heißt einfach, angemessen zu reagieren, beim Zusammentreffen in der Öffentlichkeit die Hand zu geben, wenn sie einem entgegengestreckt wird, und dabei ein paar höfliche Worte der Begrüßung zu wechseln. Jetzt aber, in der letzten Stufe, geht es einfach darum, bei Begegnungen mit der Bärwald sich spontan und leicht zu verhalten und dabei das, was geschehen ist, einfach zu vergessen.«

»Wie schaffst Du das?« fragte Sophie. »Kann man das überhaupt schaffen?«

»Ja, man kann«, sagte Mott. »Auch hier ist ein spezielles Training hilfreich. Wahrscheinlich handelt es sich um die Wirkung der Autosuggestion, die uns vor inneren wie äußeren Störungen abschirmen und sogar befreien kann. Die Kunst ist, etwas Schmerzhaftes, Störendes durch Gleichmut zum Ver-

schwinden zu bringen. Entscheidend ist der Gleich-
Mut, ein wunderbares deutsches Wort, wie ich fin-
de.«

Sophie bewunderte Mott, der den »Gleichmut« zu
seiner persönlichen Tugend erhoben hatte. Es ging
ihm nicht um eine moralische Forderung, nicht um
ein Liebe-deinen-Nächsten oder ein Hinhalten-auch-
der-anderen-Backe. Es ging ihm vor allem um sich
selbst, um einen Egoismus, dessen altruistische Aus-
prägung sekundär, aber höchst wirksam war. Ja, ich
kann viel von ihm lernen, dachte Sophie.

Als Gustav durch das Haupttor den Innenhof des
Schlosses betrat, parkten dort schon die großen Karossen
mit den abgedunkelten Scheiben, die Fahrer in dunklen
Dienstanzügen standen beisammen und unterhielten
sich. Sicherheitsleute mit Knopf im Ohr hatten im Gelände
verteilt Position bezogen. Der Bundespräsident würde
pünktlich fünf vor elf im präsidialen Dienstwagen mit
Standarte vorfahren, wenn das Publikum bereits in der
Aula Platz genommen hatte. Schon von weitem war Uta in
ihrem gelben Kleid zu sehen. Sie erwartete ihn im Foyer
vor dem Eingang zur Aula, die nur durch eine Sicherheits-
schleuse zu betreten war. Sie begrüßten sich, um dann
mit gezückten Ausweisen durch die Sperre zu gelangen.
Gustav wurde von einigen Kollegen mit lautem Hallo
empfangen.

»Schön, Dich hier zu treffen. Ist es Dir in Deiner Hütte
langweilig geworden?« fragte einer von ihnen, in dessen
Stimme sich Ironie und Neid die Waage hielten.

Auf den Stühlen lagen weiße Blätter, auf denen die Namen der geladenen Gäste in großen Buchstaben zu lesen

waren. Angestellte des Rektorats mit Listen in der Hand geleiteten die Eintretenden zu ihren Plätzen. Die ausgewählten Mitglieder der Philosophischen Fakultät waren in der Mitte links platziert und bildeten, wie Gustav bei sich dachte, so etwas wie ein Exzellenzcluster, ein Haufen von herausragenden Köpfen, neben anderen solcher Haufen, die den Saal füllten. Überhaupt war seit etwa 20 Jahren »Exzellenz« zu einem Schlüsselbegriff universitären Daseins avanciert. Wurden früher auf diplomatischem Feld nur bestimmte staatliche oder kirchliche Würdenträger mit »Exzellenz« angeredet, so bedeutete »Exzellenz« heute wissenschaftliche Spitzenleistung, manchmal auch als »Leuchtturm« bezeichnet. Jeder wollte, musste seine Exzellenz unter Beweis stellen, denn nur unter diesem Schild war eine gewisse Sicherheit bei Stellenplänen und Sachmitteln gewährleistet.

Nachdem Gustav seinen Platz mit einem Musikwissenschaftler, den er nur flüchtig kannte und der auf seine Bitte freundlich reagierte, getauscht hatte, konnte er sich direkt neben Uta niederlassen. Irgendwie genossen sie die Vorstellung, in diesem Ambiente als Paar aufzutreten. Dann kam die Durchsage: Handy ausstellen, bitte den Platz nicht mehr verlassen. Fotografen und Fernsehteams betraten nun rückwärts gehend die Aula. Dann sah man das Staatsoberhaupt Karl-Heinz Beimüller und neben ihm Rektor Horn auf dem Mittelgang nach vorne schreiten, gefolgt von einer Handvoll VIPs. Die Festgäste erhoben sich. Es war für viele, wenn auch nicht für alle, eine erhebende Situation.

Als man sich wieder setzte, eröffneten die Musiker auf der Bühne den Festakt mit dem übrig gebliebenen Satz aus dem Mozart-Quartett. Gustav konnte die Häupter in der ersten Reihe von hinten in unterschiedlicher Ausprägung sehen, mit weißer Mähne, mit Glatze, mit dezentem Haarkranz, dazu die professionell geformte und gefärbte Haartracht der Damen.

Uta berührte sanft seine Hand. »Gleichmut«, flüsterte sie und blickte ihn lächelnd an. Das Wort hatte sie von seiner gestrigen Lesung mitgenommen. Manchmal reicht schon so ein geflüstertes Wort, um das Leben zu ertragen und die schwere Last eines Festakts wie Helium in einem Luftschiff auffliegen zu lassen. Von oben, »über den Wolken«, wie es in dem bekannten Lied von Reinhard Mey heißt, sieht die Welt ganz anders aus, auch ein Festakt erscheint dann »nichtig und klein«.

So verlief denn alles planmäßig und Gustav genoss sogar das Schauspiel, das sich ihm wie auf einer weit entfernten riesigen Leinwand darbot. Nach der Musik begrüßte Rektor Horn die Festversammlung, er glänzte vor Stolz in seinem eng geschnittenen blauen Anzug. Dann sprach der Ministerpräsident ein Grußwort, bevor Dekan Wenig, ein wenig vor Ehrfurcht stotternd, die wohl weniger Hans Schulz als dem Bundespräsidenten Beinmüller galt, den frisch gebackenen Nobelpreisträger vorstellte. Der präsentierte dann seine erstaunlichen Himmelserkenntnisse einem überforderten Publikum mit animierten Powerpoint-Folien. Dass das mathematisch und physikalisch unbedarfte Publikum seinen Darlegungen trotz beachtlicher Animationskunst nicht folgen konnte, tat der Faszination, die von diesem Mann ausging, erwartungsgemäß keinen Abbruch. Im Gegenteil: Der Nimbus des nun weltbekannten Mannes verzauberte das Publikum umso mehr, zumal er in lässiger Haltung und ohne Krawatte und Manuskript, sein langes, blondes Haar in einem Pferdeschwanz gebündelt, vor ihm stand und von seiner Entdeckung erzählte, während er mit federnden Schritten auf und abging und sich nicht hinter dem Pult versteckte oder sich an ihm festhalten musste. Das beidarmige Abstützen ist eine bekannte Pose von Rednern, die am Gewicht ihrer Rede selbst noch zu tragen haben. Hans Schulz hatte das nicht nötig.

Danach spielte der Pianist des Akademischen Kammerorchesters, ein professioneller Musiker, der schon Preise bei internationalen Wettbewerben gewonnen hatte. Mit einem Impromptus von Franz Schubert durfte er vom unüberbietbaren Gipfel der Wissenschaft zur Tiefebene der Politik überleiten. Karl-Heinz Beinmüller stand in dunkelblauem Anzug und mit hellblauer Krawatte würdig hinterm Rednerpult und repräsentierte den Staat in gewohnt souveräner Weise. Seine Rede war wohltemperiert und die Schlüsselwörter reihten sich aneinander wie Perlen auf einer Kette: »Wissenschaft«, »Freiheit«, »Demokratie«, »Humboldt«, »Exzellenz«, »Innovation«, »Wissensgesellschaft«, »Teilhabe«, »europäische Integration«. Gustav musste zwischendrin tief durchatmen, irgendwie hatte er seine mentale Flughöhe verloren und drohte abzustürzen. Da berührte Uta noch einmal seine Hand und flüsterte das Zauberwort. Es tat seine Wirkung und Gustav erreicht wieder die Vogelperspektive »über den Wolken«.

Nach dem Auszug der VIPs mit dem Bundespräsidenten an der Spitze strömten die Festgäste zum Sektempfang ins Foyer und die angrenzenden Räume. Gustav schüttelte zahlreiche Hände, wie es der Landessitte entsprach, aber in hygienischer Hinsicht widersinnig war. Als ihn der Rektor erblickte, der den Bundespräsidenten gerade noch zu seiner Dienstkarosse begleitet hatte und nun zur Gesellschaft zurückkehrte, eilte er mit ausgestreckter Hand auf ihn zu.

»Schön, Sie mal wieder zu sehen, Herr Kollege Gerbacher. Wie fühlen Sie sich denn in Ihrer Hütte da oben? Traumhaft, aber ein bisschen einsam, oder? Wie sie sehen, haben wir hier unten im Flachland viel Abwechslung.«

Gustav schaute auf seine im Jackett eingeklemmte Brust, in sein blass-faltiges Gesicht, die schlitzförmig verengten Augen hinter den dicken Brillengläsern und hatte plötzlich Mitleid mit diesem geplagten Mann.

»Ach ja, danke, es geht mir recht gut«, antwortete Gustav knapp und wies mit einer Handbewegung auf Uta. »Ich muss Ihnen ja unsere Ägyptologin nicht vorstellen.«

Horns Augenschlitze wurden noch schmaler. Man merkte ihm an, dass es ihn nicht überraschte, dass sie als Paar auftraten. Im Schloss bleibt nichts verborgen, dachte sich Gustav.

»Frau Kollegin, zur Eröffnung Ihrer neuen Ausstellung werde ich auf jeden Fall gerne kommen und ein Grußwort sprechen«, sagte er schließlich zu ihr. »Das alte Ägypten ist die Wurzel der menschlichen Kultur und Wissenschaft, lange vor den Griechen. Aber heute kommt es darauf an, dass wir in die Zukunft denken und die neuen innovativen Methoden der Ägyptologie an unserem Standort im internationalen Wettbewerb bekannt machen. Im fachspezifischen Uni-Ranking liegt das hiesige Institut ganz weit vorn, wenn ich mich recht entsinne.«

Uta reagierte höflich-cool: »Wir sind schon ganz gut, natürlich können wir nicht so viele Punkte sammeln wie die bio- und naturwissenschaftlichen Fächer. Aber was Prognostik beziehungsweise Weissagung betrifft, waren die Ägypter nicht viel schlechter als die heutige Zukunfts- deuter. Von der Aktualität des Isiskults will ich erst gar nicht reden«.

Uta bewies Gleichmut auch bei der Begegnung mit Pir- min Wenig, dem Dekan der Philosophischen Fakultät. Er war Germanist oder, wie man neuerdings zu sagen pfleg- te, Literaturwissenschaftler, und hatte einen Minderwer- tigkeitskomplex, weil er es nicht zu einem »Lehrstuhl« geschafft hatte, sondern »nur« zu einer C3-Professur, was eine Gehaltsstufe weniger bedeutete, aber für das wissen- schaftliche Arbeiten keinen Unterschied machte. Dass er nun hauptamtlicher Dekan war, bedeutete den Höhe- punkt seiner Laufbahn, die er mit dem Ende seiner Dienstzeit beschließen wollte.

»Herr Gerbacher, ich werde Ihre Rückkehr wohl nicht mehr im Dienst erleben«, bemerkte er zu Gustav wohl in der Absicht, ihm seine Zukunftspläne zu entlocken. Dieser hielt sich bedeckt und meinte nur: »Ich kann dazu nichts Definitives sagen, nur soviel: Mir gefällt es ziemlich gut in meiner Hütte.«

Natürlich konnte der Dekan diese Auskunft nicht ste- hen lassen, ohne seinen etwas faden Senf dazuzugeben. »Auch wenn Ihre Hütte nicht in Todtnauberg – oder To- denauberg, wie die Jellinek das ausdrückt – liegt, so wird Sie das Ambiente sicher inspirieren. Wir sind hier unten in den Niederungen gespannt, was Ihnen da oben so ein- fällt. Sie werden sich aber, anders als der Altmeister, si-

cher vom rechten, das heißt rechtspopulistischen Zeitgeist fernhalten.« Dazu lächelte er gönnerhaft maliziös.
Gustav ließ diese Unverschämtheit an sich abtropfen und
fühlte sich wie ein Lotus-Blatt, an dem Flüssigkeiten jeder
Art rückhaltlos ablaufen.

Pirmin Wenig gehörte zu den Menschen, die sich bei jeder Gelegenheit zur Decke streckten und zugleich wussten, dass ihre Arme zu kurz waren, dieselbe zu erreichen.
Deshalb gehörte das Gefühl der Unterlegenheit und der
Neid auf die von Natur aus besser Ausgestatteten zum
Grundton ihres Lebens. Es bereitete ihnen größte Lust,
sich mit Langarmigen, Mächtigen zu verbinden und ihre
Gunst zu erwerben. Deshalb hatte Pirmin Wenig ein sehr
gutes Verhältnis zu Andreas Horn: Der Minderbemittelte
schaute unterwürfig und bewundernd zum Selbstherrli-
chen auf, obwohl dieser kleiner war als er selbst.

Auf dem Weg zum Auto legte Gustav den Arm um Utas
Schulter, gab ihr einen Kuss auf die Wange und flüsterte
ihr ins Ohr: »Gleichmut«. Sie kicherten, dann mussten sie
prusten vor Lachen.

37. Die Zeit hinter sich lassen

E ines Morgens rief Emil an. Er wollte mit Lara nach-
mittags vorbeikommen. Auf dem Weg zur Hütte
würden sie noch Paulis Garten besuchen, um die ausge-
stellten Kunstwerke zu fotografieren und vielleicht ein
kurzes Interview mit dem Künstler aufzuzeichnen. Emil
war, was die technische Ausstattung anlangte, ein Mini-
malist. Was jedoch seine Interessen betraf, kannte er keine Grenzen. Alles, gerade auch Abseitiges, konnte in seinen Augen plötzlich Bedeutung erlangen und seine Sam-
melleidenschaft wecken. Ein Smartphone genügte ihm,
um Fotos und Videoclips zu produzieren, die er dann
meistens unbearbeitet in seinen Blogs veröffentlichte und
über Twitter verlinkte.

»Wenn ich mit dem Pauli fertig bin, kommen wir zu Dir
hochgefahren. Wir bringen einen frischen Käsekuchen
mit, der im Rucksack zermatscht würde, deshalb fahren
wir lieber im Auto vor.« Dann fügte er noch an: »Vielleicht kannst Du uns ja auf den neuesten Stand Deines Romans bringen. Larissa ist ziemlich neugierig. Ich auch.«
Doch was war der neueste Stand?

Phil's Bookshop öffnete nach vierzehn Tagen wieder.
Zwei Sicherheitskameras waren an augenfälligen

Stellen montiert worden: eine an der Eingangstür, eine weitere gut sichtbar an der Decke im hinteren Bereich des Verkaufsraums. Außerdem existierte jetzt eine direkte Funkleitung mit der örtlichen Polizeizentrale, sodass jederzeit durch Tastendruck Alarm ausgelöst werden konnte. Die Lokalzeitung hatte ausführlich über die Wiedereröffnung nach dem tödlichen Zwischenfall berichtet und die neuen Sicherheitsmaßnahmen nicht verschwiegen.

Philipp behielt zwar die kleine Mietwohnung oberhalb seine Ladens bei, aber sein Leben hatte sich radikal verändert. Es war jetzt mit Sophie verbunden. Als sie ihn nach dem schrecklichen Ende von Yussuf Hassan und den polizeilichen Verhören zu sich nach Hause zum Kaffeetrinken einlud, war die Weiche gestellt. Sophie hatte bei ihrem früheren Umgang mit Männern den Sex nicht in bester Erinnerung behalten – als einen Akt krampfhafter Lust oder lustvollen Krampfes, eine Jagd voller Anspannung, den Vogel abzuschießen, eine hastige Verrichtung, die nach dem Höhepunkt in enttäuschende Erschlaffung und ein Gefühl der Leere und Vergeblichkeit mündete. Das Erleben des Orgasmus hatte die Lächerlichkeit und manchmal sogar den Ekel nie ganz ausschalten können, der sich häufig nach dem Geschlechtsakt einstellte. Sophie war es leid, die Orgasmus-Debatten in Gesundheitsratgebern und Boulevard-Blättern, Talkshows über Pornos oder auch sexualwissenschaftlicher Fachliteratur zu verfolgen. Seit sie das Karezza-Buch dieser amerikanischen Frauenärztin gelesen hatte, sah sie Sex und Erotik in einem anderen Licht. Sie hatte auch schnell erfahren, dass dieses Licht nicht gerne gesehen war, insbesondere nicht in den Gender Studies à la Marianne Leicht, bei denen es ausgeblendet wurde wie man UV-Licht mit einem Sperrfilter blockiert.

Sophie hatte die PDF des anstößigen Buchs Philipp Rothmann geschickt. Der hatte die Datei ausgedruckt und den Text gelesen. Er war begeistert. Hatte er doch eine schlichte Begründung für eine Sexualreform gefunden, die sonst so gut wie nirgends diskutiert, und wenn, dann mit abfälligen Bemerkungen abgetan wurde. Als Buchhändler und verborgener Schriftsteller war er jetzt entschlossen, das Buch, dessen Copyright schon lange abgelaufen war, im Selbstverlag neu zu verlegen und mit einem kurzen Nachwort zu versehen.

Als sich Sophie und Philipp an jenem denkwürdigen Nachmittag zum Kaffeetrinken trafen, saßen sich also zwei Menschen gegenüber, die mit einer außergewöhnlichen Idee von Sex konfrontiert worden waren. Es sollte sich herausstellen, dass diese stark und verlockend genug war, um sie gemeinsam wie ein Floß auf den Wellen des Meeres zu tragen. Sie liebten sich, ohne Worte finden und den Höhepunkt der Lust erkämpfen zu müssen. Auch ohne den »kleinen Tod« in Kauf zu nehmen, der in klassischen Liebesfilmen mit der »Zigarette danach« beendet wurde. So lagen sie lange beisammen und genossen diesen Zustand des Entzückens, wie sie ihn zuvor nie erlebt hatten.

Sophie Meister war nun entschlossen, ihr Habilitationsprojekt zuzuspitzen und dabei keine Rücksicht mehr auf Marianne Leicht zu nehmen, bei der sie ohnehin in Ungnade gefallen war. Seitdem Sophie die Tür hinter sich zugeknallt hatte, herrschte Funkstille zwischen beiden. Man grüßte sich zwar noch knapp und höflich, nahm aber darüber hinaus keinen Kontakt mehr auf. So wandelte Sophie ihr ursprüngliches Thema um: Statt »Geschlechterrollen und Teilhabe am öffentlichen Leben von 1871 bis 1989 unter besonderer Berücksichtigung der Frauenbewegung« sollte es nun heißen: »Initiativen der Sexual- und Ehereform um 1900: Ein vergessenes Kapitel in Sexualwissenschaft und Sexualmedizin«. Endlich hatte sie ihr Thema gefunden, mit dem sie auf Entdeckungsfahrt gehen konnte. Der Anfang war gemacht.

Sie hatte ihre Freundin Monika seit längerem nicht mehr gesehen. Sie weilte in Portugal bei einem »Sabbatical«, um sich als Romanistin und Übersetzerin mit der neuesten Literatur aus Portugal und Brasilien vertraut zu machen. Hin und wieder schickte man sich eine Nachricht per Email. Sophie teilte ihr die umstürzenden Ereignisse mit: die Tragödie mit dem Araber, die Tragikomödie mit der Leicht und die Liebesgeschichte mit Philipp.

»Es hat sich viel ereignet, seit Du weg bist«, schrieb sie. »Ich freue mich, wenn Du wieder hier bist und ich Dir davon erzählen kann.«

Morgen würde Monika zurückkehren. Sophie wollte sie am Bahnhof abholen. Man würde sich viel

zu erzählen haben. Vor allem würde sie der Freun-
din, die ihr Coelhos Buch geschenkt hatte, klarma-
chen: Der wahre Liebesakt dauerte wirklich viel län-
ger als elf Minuten und sie hatte den Eindruck ge-
wonnen, dass er überhaupt die Zeit hinter sich ließ.

Gustav erwartete Emil und Lara auf der Terrasse. Noch stand die Sonne über dem Bergwald, in ein bis zwei Stunden würde sie dahinter verschwinden und dann würde der Abendschatten auch die Hütte verdecken. Er erblickte ihren Wagen auf der Talsohle und sah zu, wie er die letzten Häuser der Dorfes passierte, die gewundene Straße hochfuhr und auf der kleinen Parkfläche unterhalb der Terrasse hielt. Die Beifahrertür öffnete sich, Emil sprang aus dem Wagen und salutierte in militärischer Manier vor Gustav.

»Zu Befehl, Herr General, Kompanie soeben eingetroffen«, schnarrte er, bevor sie sich lachend umarmten.

Lara war noch einen Augenblick hinter dem Steuer sitzengeblieben, um im Rückspiegel ihr dezentes Make-up zu kontrollieren, bevor sie ausstieg. Das gehörte einfach zur professionellen Routine einer Immobilienmaklerin.

»Komm schon, Larissa«, rief Emil, »der General wartet auf Dein Erscheinen.« Sie präsentierte den mitgebrachten Käsekuchen, der auf einer Kuchenplatte ruhte und durch eine durchsichtige Plastikglocke zu besichtigen war.

Sie sieht wirklich gut aus, dachte Gustav. Emil hat einen glücklichen Griff getan. Aber vielleicht könnte man das auch von ihrer Seite sagen. Laut sagte er nichts, da er wusste, wie peinlich so etwas werden konnte.

Zum Kaffee verzehrten sie den mitgebrachten Käsekuchen. Ihr Gespräch plätscherte munter dahin. Zunächst ging es um Paulis Kunstgarten, den sie gerade besucht hatten. Emil zeigte auf seinem Smartphone einige Fotos und spielte auch ein kurzes Video ab, das ein Interview mit dem Künstler wiedergab.

»Werde ich alles noch in meinen Blog integrieren, in Verbindung mit Youtube und Twitter«, sagte er. »Schau einfach mal in acht Tagen unter Hashtag Paul Pauli nach, dann kannst Du Dir das Ganze in Ruhe ansehen. Ich finde, der Alte hat das sehr gut gemacht, einfache und direkte Sprache, ohne jedes Brimborium. Larissa kann das bestätigen.«

Seine Freundin nickte. »Ich finde den Paradiesgarten, oder wie er ihn nennt, ja originell, aber Emils Begeisterung kann ich nicht ganz nachvollziehen. Ich bin zwar keine Kunsthistorikerin, aber die Werke scheinen nach meinem Geschmack zu plakativ und krass. Wenn ich das Grundstück zu vermitteln hätte, würde ich es meinen Kunden nicht mit dieser Dekoration zumuten wollen.«

Da könne sie beruhigt sein, meinte Emil, der Pauli würde nicht ans Verkaufen denken und brauche deshalb weder einen Makler noch eine Maklerin, sie müsse also ganz bestimmt nicht ihre reizenden Vermittlungskünste einsetzen.

»Dann ist ja alles in Butter«, sagte Lara lächelnd und Gustav bewunderte ihre souveräne Gelassenheit. Er hatte sie in sein Herz geschlossen.

Nach dem Kaffee bot Gustav kühle Schorle aus frisch gepressten Äpfeln an. Da die beiden heute Abend wieder mit dem Auto heimfahren wollten, hatte man vereinbart, auf alkoholische Getränke zu verzichten. Jetzt schien der

Zeitpunkt gekommen, über sein Romanprojekt zu sprechen.

»Wir sind ziemlich neugierig, wie die Geschichte mit Sophie und Philipp weitergeht. Werden sie ein Liebespaar? Und wenn ja, was dann? Also schieß' los.« Emil schaute auf Lara, die ihm zustimmte.

Gustav holte seinen Laptop. Er hatte seine Schreibtechnik schon bald nach dem Anfang seiner Geschichte geändert. Seinen Füller mit der königsblauen Tinte hatte er beiseite gelegt und den Text seither direkt in die Tastatur eingegeben, denn eine elektronische Datei bot gegenüber einem Haufen von vollgeschriebenen Blättern gewisse Vorteile. So konnte er rasch nach Begriffen und Namen suchen, bei denen er sich nicht mehr genau erinnerte, in welchem Zusammenhang er sie schon verwendet hatte. Nachdem er das Manuskript in angenehmer Vergrößerung auf dem Bildschirm sichtbar gemacht hatte, fasste er den bisherigen Verlauf kurz zusammen und las dann die letzten Abschnitte vor. Er war auf die Reaktion seiner Gäste gespannt. Vor allem: Wie würden sie auf seine Auslassungen über die von Stockham propagierte Sexualpraktik aufnehmen? Als esoterische Schwärmerei, idealistischen Höhenflug, Fantasien eines Weicheis?

Doch die beiden blieben zunächst stumm, waren offenbar so beeindruckt, dass ihnen nichts einfiel, was sie Gustav hätten antworten können.

»Da hast Du ja ein schönes Märchen komponiert«, meinte schließlich Lara und ihre Stimme klang versonnen und kein bisschen spöttisch. »Die Zeit hinter sich lassen ist ein Traum, aber es soll Träume geben, die wahr werden. Na ja, wie dem auch sei. Dein Märchen braucht noch einen knackigen Schluss. Ach Quatsch, der jetzige Schluss mit dem Beisammen-Liegen und Entzücken passt schon wunderbar zu einem Märchen. Da fehlt nur noch der Schlusssatz: ›Und wenn sie nicht gestorben sind ...‹« Emil blieb weiterhin still und verharrte schweigend in einer Nachdenklichkeit, deren Dauer ungewöhnlich für ihn war.

In der Dämmerung brachen die beiden auf. »Die Zeit hinter sich lassen«, sagte Emil zum Abschied und hob in seiner lustigen Art den Zeigefinger. Dann stieg er neben Lara in den Wagen, die bereits hinterm Steuer saß und den Zündschlüssel betätigte. Die roten Rücklichter waren bis zum Dorfeingang im Tal zu sehen. Gustav sah ihnen nach. Es war kühl geworden und er zog sich in die Hütte zurück.

38. Der Einbruch

I hr Leben hatte ein glückliches Gleichmaß erreicht, es plätscherte munter dahin wie ein Bächlein im Gebirge, von einer unerschöpflichen Quelle gespeist, spielerisch an Felsen vorbeifließend, über Steine hinweg sprudelnd, dem Meer zustrebend, das weit, weit weg war. Wer je im Gebirge bei offenem Fenster in der Nähe eines Baches übernachtet hat, kennt dieses leise und ununterbrochene Plätschern, das mit dem Meer in geheimer Verbindung steht.

In solchem Erleben scheint die Zeit aufgehoben, das Vergängliche still gestellt und die Ahnung von Ewigkeit die Seele zu ergreifen. Als Schulkind hatte Gustav diese Gefühl in den Sommerferien erlebt, das immer von einer Wehmut, ja einem Schmerz begleitet war: dem Wissen um das unausweichliche Ende der freien Zeit. Später war er auf Nietzsches geniale Erkenntnis gestoßen: »Weh spricht: Vergeh! Doch alle Lust will Ewigkeit ...«. Das gemeinsame Hüttenleben war von solcher Lust erfüllt. Ihre Liebe war kein Strohfeuer, kein Verbrennungsprozess eines begrenzten Brennstoffs. Sie erneuerte sich, ohne sich zu verbrauchen. Nach und nach wurden sie von der Illusion beseelt, dass ihnen die übrige Welt nichts anhaben könne. Sie waren mit sich und dieser übrigen Welt im

Einklang und nichts und niemand sollte und würde diesen Einklang stören können.

So geriet die Geschichte mit »Frank Miller« in Vergessenheit und schien emotional bewältigt. Gustav deponierte zwar immer noch der Gewohnheit folgend die Pistole nachts in Reichweite, schenkte ihr aber weiter keine Beachtung mehr. Die Schießübungen auf dem Schießstand waren in seiner Erinnerung verblasst, das Geknalle verhallt. Das Leben hatte sich wieder in einen selbstsicheren Automatismus eingependelt, wie eben bei einem Menschen, der von einer schmerzhaften Krankheit geplagt war und nun, da er wieder gesund ist, nicht nur den Schmerz, sondern auch die Angst vor Krankheit verloren hat. Ihre Liebe spendete ihnen ein Gefühl der Kraft, eine kindliche Unbekümmertheit, die wie ein magischer Schild alle Gefahren abwehren würde. So waren sie in einen Zustand der Unschuld geraten und fühlten sich ein bisschen wie Adam und Eva vor dem Sündenfall.

Sie waren freilich keine kleinen Kinder mehr und gehörten auch keiner religiösen Sekte an. Deshalb wussten sie, dass Menschen in irdischen Paradiesen nur vordergründig von Not, Leid und Tod befreit waren, auch wenn Steuerparadiese, Urlaubsparadiese, Heiratsparadiese, Einkaufsparadiese und dergleichen dies vergessen machen wollten. Sie ahnten, dass ihr Glück von Unvorhersehbarem erschüttert werden konnte. Aber zu diesem Glück gehörte es gerade, sich nicht über mögliches Unglück Gedanken zu machen und darüber zu reden.

Gustav machte mit dem Auto einen Ausflug zum Dorf seines toten Freundes Lothar Krumbichel, dessen Arztpraxis längst eine Nachfolgerin gefunden hatte, wie er im

Internet entdeckte. Das Urnengrab fand er auf dem Friedhof sofort wieder, auf einer Steinplatte war nun sein Namen mit Geburts- und Sterbejahr zu lesen. Anschließend
suchte er Ingrid, seine Lebensgefährtin, seine Witwe auf.

Sie empfing ihn in ihrem Haus, der Anbau mit der ver-
mieteten Arztpraxis war mit neuem Praxisschild versehen. Der Tisch unter der Markise auf der Terrasse war für
den Besuch am Nachmittag gedeckt, auf dem hellen fein-
porigen Wachstuch stand das Geschirr bereit. Die Kaffee-
oder-Tee-Frage war schnell geklärt. Sie saßen sich zunächst schweigend gegenüber, worüber sollten sie schon
reden? Trotz ihres Alters und den Falten im Gesicht
machte Ingrid einen jugendlichen Eindruck auf Gustav.
Wahrscheinlich lag das an ihrer Stimme und der Art, wie
sie sprach. Es klang musikalisch. Sie spielte regelmäßig
Klavier, wie er wusste, und sang auch gelegentlich im Kir-
chenchor mit. Sie transportiert Musik mit ihrer Stimme,
dachte Gustav.

Schließlich sagte sie: »Weißt Du eigentlich, womit sich
Lothar in den letzten Jahren am Intensivsten beschäftigt
hat? Es war die politische Situation in diesem Land, die
Frage, wie es dazu kommen konnte, dass massive Probleme nicht vernünftig und pragmatisch diskutiert und gelöst werden können. Im Grunde interessierte ihn nur eine
Frage: Was bedeutet für uns Freiheit und wie viel ist sie
uns wert?«

Gustav war erleichtert. Nicht die Umstände seines
plötzlichen Todes, die Trauerfeier, die schwierigen büro-
kratischen Prozeduren, die mit einem Todesfall verbunden sind, wollte Ingrid ansprechen, sondern Lothars eige-

ne Fragen, die ihn zuletzt bewegt haben und auch die Überlebenden bewegen würden.

»Ein paar Tage vor seinem Tod hat er mir verraten, dass er neuerdings seine Gedanken in unregelmäßigen Abständen in seinem Blog postet. Du kannst ihn schnell finden und zuhause die Beiträge in Ruhe nachlesen.« Sie schrieb ihm die nötigen Stichwörter für die Suchmaschine auf einen Zettel.

»Schon immer hat ihn die Massenpsychologie fasziniert, wie Du ja weißt«, fuhr sie fort. »Wie kann es sein, dass Einzelne mit eigenem Körper und eigenem Verstand zu einem riesigen Untier verschmelzen, dessen Schlafsucht alle gleichermaßen ansteckt, dessen Schlafwandeln alle mitmachen, dessen Tobsucht alle erfasst, dessen Mordlust zu gigantischer Vernichtung führt? Lothars Diagnose stand fest: Die Deutschen befinden sich zwischen Stadium 1 und 2, also zwischen Schlafsucht und Schlafwandeln. Die so genannten Massenmedien spiegelten in seinen Augen diesen Zustand wider und waren keineswegs dessen Ursache. Er hat diesen Gedanken in einem Blog-Beitrag ausführlich dargestellt und auch mit historischer und psychologischer Literatur belegt. Dass Orwells ›1984‹ heute auf kritischen Internetplattformen zu den meistzitierten Büchern zählt, war für ihn ein typisches Zeichen. Der Neusprech überwuchere, wie er sagte, alle Kommunikation in der Öffentlichkeit. Bei Demonstrationen unter dem Banner ›Für Weltoffenheit und Toleranz‹ könne man davon ausgehen, dass sich bestimmte Gruppen von Teilnehmern sehr handgreiflich die ›Rassisten‹ und ›Nazis‹ vorknöpfen würden. Ähnlich pervertiert sei der Begriff des Antifaschismus, dessen aktiven Anhänger gerade jenes gewalttätige Verhalten an den Tag legten, das sie zu bekämpfen vorgaben. Analoges lasse sich von vielen Aktionen sagen, die sich gegen ›Fremdenhass und Islamophobie‹ richteten.«

Lothar schaute sich regelmäßig einschlägige Videoclips auf Youtube an und machte sich seine Gedanken. So entdeckte er Gleichschaltung und Gleichschritt im Zeitalter der Talkshows und Tatort-Serien, die freilich ganz anders daherkamen als die Massenaufmärsche im Zeitalter der »Volksempfänger.«

Ingrid machte eine Pause und sah Gustav an, der von ihrem Bericht berührt war, weil er selbst ganz ähnlich dachte. Er sagte: »Ja, das ist auch für mich das größte Rätsel. Mir fallen dazu bekannte Beispiele ein: Etwa die Wahl eines Parteivorsitzenden mit 100 Prozent der abgegebenen Stimmen; oder die Energiewende im Hauruck-Verfahren ohne Debatte im Bundestag und ohne öffentlichen Protest; oder die Abschaffung der D-Mark. Das angebliche Symbol des neudeutschen Patriotismus wurde sang- und klanglos verabschiedet, ohne dass die ›Patrioten‹ nennenswert aufgemuckt hätten. Massenpsychologisch ist das alles hochinteressant.«

Bei ihrem Gespräch, so hatte Gustav den Eindruck, war Lothar als ein unsichtbarer Gesprächspartner anwesend, der ihnen sozusagen aus dem Off immer wieder Stichwörter soufflierte, an denen sie anknüpfen konnten. Es ging um die gemeinsame Studentenzeit in Heidelberg, worüber Ingrid einiges von Lothar erfahren hatte. Es ging auch um persönliche Erlebnisse, die Lothar als Allgemeinarzt gemacht hatte, vor allem um den ungeheuren Einfluss der Einbildungskraft, die man in der Medizin mit einer gewissen Ambivalenz als Placebo-Effekt bezeichnete. Lothar hatte sich nicht gescheut, Geistheiler in der Region zu interviewen und ihre Methoden zu studieren.

»Er hat seine Begegnungen mit Heilern ziemlich genau dokumentiert, wenn Du willst, kann ich Dir eine Kopie schicken«, sagte Ingrid zum Abschied. So gingen sie belebt auseinander und Gustav fuhr am Abend zurück zur Hütte, wo er sich mit Uta verabredet hatte.

Sie erwartete ihn draußen auf der Terrasse, die von eingelassenen Strahlern in der Dunkelheit markiert wurde und prächtig aussah. Sie hatte sich eine Wolljacke übergezogen und war in eine Decke gehüllt. »Bleib nur sitzen«, rief Gustav, als er ausstieg. Ihm gefiel der Anblick der wohlig dasitzenden Uta und wollte ihn nicht zerstören.

»Eh ich es vergesse«, sagte Uta nach der Begrüßung, »ich hatte heute Nachmittag Besuch. Ein Vertreter der Hochwald Windpark GmbH, so oder so ähnlich heißt diese Firma, war hier und erkundigte sich nach Dir als Eigentümer des Grundstücks. Ich fragte ihn, ob ich Dir was ausrichten könne. Er sagte ›nein‹, es sei nicht dringend, aber er müsse die Sache mit Dir direkt besprechen.«

Gustav erschrak, ein schrecklicher Gedanke durchzuckte ihn. Beim Wort »Windpark« tauchten Windräder vor seinem inneren Auge auf, die im Rudel und höher als die Bäume die Waldlandschaft zerstören würden, deren Surren man ausgesetzt war, dazu der »Wildschlag«, die scheußliche Vorstellung von zerstückelten Vögeln. Dieser Firmenvertreter kam ihm als Abgesandter des Teufels vor, der bevorstehendes Unheil zu verkünden hatte. Gustav war zum ersten Mal, seit er hier hoben hauste, wirklich erschüttert.

»Pass auf, die wollen uns hier den Wald mit Windrädern verspargeln. Ich habe neulich von solchen Plänen im ›Quellenhof‹ gehört. Der Wirt machte Andeutungen, Genaues wisse man nicht, aber man müsse sich auf alles Mögliche gefasst machen. Aber vielleicht sei ja alles nur ein Gerücht.«

»Jetzt reg' dich mal wieder ab«, sagte Uta, »wir wissen ja gar nicht, was wirklich Sache ist. Ich glaube nicht, dass man hier so einfach Windräder hinsetzen kann. Wer weiß, wie die Diskussion über die angebliche Energiewende weitergeht. Es könnte ja sein, dass wir es noch erleben, dass die Windräder wieder abgebaut und verschrottet werden. Vielleicht erkennt man ja eines Tages, dass sie zu einer stabilen Stromversorgung nicht passen und außerdem ein teures Vergnügen darstellen.«

Die Vorstellung von Windrädern im Bergwald hinter ihnen bedeutete für Gustav einen Einbruch in die ihm liebgewordene Hüttenwelt, eine Bedrohung aus dem Dunkeln, gegen die man sich aber erst dann zu Wehr setzen konnte, wenn sie sich zeigte.

Doch Gustavs Erschrecken sollte sich noch potenzieren, als Uta anmerkte: »Der Mann sah gepflegt aus, mit grauem Dreitagebart, dunkler Hornbrille, Glatze, kurz geschnittenem Haarkranz, mit Business-Anzug und eleganten Schuhen wie ein Versicherungsvertreter. Er hatte die linke Hand lässig in der Hosentasche stecken. Einmal nahm er sie kurz heraus und da fiel mir auf, dass am kleinen Finger ein oder zwei Glieder fehlten. Vielleicht ein Unfall beim Heimwerken.«

Gustav war wie vom Blitz getroffen. Borowski! Er spürte sein Herz klopfen, das diesen Namen in sein Gehirn hämmerte. Das ist er! Der Gedanke durchzuckte ihn. Sascha Borowski hatte als Drogendealer nicht nur Pech mit der Polizei gehabt, sondern auch mit der Drogenmaffia. Damals war im Gerichtsprozess der Verlust des kleinen Fingers zur Sprache gekommen. So ging man in verschworenen Kreisen mit Verrätern um, mit Leuten, die Geheimnisse ausplauderten und gegen das eiserne Gesetz der absoluten Verschwiegenheit nach außen verstießen. Ob Sascha Borowski tatsächlich der Polizei Hinweise gegeben hatte oder ob dies nur eine Unterstellung seiner Kumpanen war, wurde nie geklärt. Er selbst hielt zumindest vor Gericht den Mund, wie in der Zeitung zu lesen war, und verweigerte jede Aussage.

»Und wenn er es doch nicht ist, dieser Borowski? Er ist sicher nicht der einzige auf der Welt, dem ein Körperteil fehlt«, versuchte Uta sich und Gustav zu beruhigen. Ihre sonstige Beschreibung der Person passte nicht zwingend zu dem Erinnerungsbild, das Gustav in sich trug, widersprach diesem aber auch nicht eindeutig. So war Gustav zwischen beiden Möglichkeiten hin- und hergerissen. Sein Erlebnis mit dem nächtlichen Gespenst tauchte in ihm auf und verstärkte seine Überzeugung, dass Borowski ihm nachstellte. Er hatte Angst vor dieser tödlichen Gefahr. Bei der Polizei würde man sich seinen Bericht wohlwollend anhören und ihm mitteilen, dass man in seinem Fall nicht helfen könne. Zur Einrichtung eines Personenschutzes war die Gefährdung nicht konkret genug und für Bodyguards kam er als Privatier ohnehin nicht in Frage.

Er war auf sich gestellt und tat das Nächstliegende. Er kontrollierte die Funktion der Sicherheitskamera am Eingang und nahm sein Schießeisen aus dem Tresor, um sich zu vergewissern, dass es geladen und einsatzbereit war. Dann besprach er mit Uta die Schutzmaßnahmen. Die Eingangstür war während der Nachtzeit zu verschließen, das große, unvergitterte Fenster im Erdgeschoss geschlossen zu halten, die Pistole griffbereit auf den Nachttisch zu legen.

»Weißt Du überhaupt, wie man schießt?« fragte er Uta.

»Das überlasse ich gerne Dir, mein Schatz«, sagte sie und meinte das sehr ernst. »Von den Tatort-Filmen weiß ich, dass man die Pistole gewöhnlich mit beiden Händen fasst, um eine stabilere Position zu bekommen und besser zielen zu können.«

Gustav bestand darauf, dass sie eine Notfallübung mit Pistole absolvierte und einen gezielten Schuss durchs offene Fenster abgab. Sie sollte auf den kleinen Baum im Garten zielen und abdrücken.

»Geht ja einfacher, als ich dachte«, sagte Uta danach, »aber was ist mit dem Waffenschein? Na ja, wenn es wirklich brenzlig werden sollte, ist das eine ziemlich abstrakte Frage. Wahrscheinlich bilden wir uns nur etwas ein, so eine Art Folie à deux.«

Sie lagen aufgekratzt noch lange wach, jeder Körper in sich zusammengezogen. Die Angst ließ sich nicht weghexen, aber die Müdigkeit führte doch zu einer Entspannung und zu einem Schlummer, der in den Schlaf mündete.

Plötzlich brach die Wirklichkeit brutal in ihre Traumwelt ein. Eine Explosion erschütterte die Hütte, ein

Scheinwerfer leuchtete auf, dann gingen die Lichter im unteren Stockwerk an. Gustav sprang auf, flog die Treppe hinunter, um zu sehen, was passiert war. Er erstarrte. Vor ihm stand Borowski, den er trotz der Strumpfmaske über dem Gesicht sofort erkannte. Seine Hände steckten in Gummihandschuhen. Gustav sah den leeren Zipfel des Handschuhs für den Kleinen Finger an der linken Hand, in der anderen hielt er ein Pistole. Als er den Einbrecher sprechen hörte, erkannte er sofort die Stimme wieder. Jeder Zweifel war ausgeschlossen: Vor ihm stand »Frank Miller«.

»Guten Abend, der Herr, ich hoffe, nicht allzu sehr zu stören, aber wir haben da noch ein Rechnung offen.«

Gustav merkte erst jetzt, dass er im Schreck seinen eigenen Notfallplan vergessen und die Pistole oben liegen gelassen hatte. Er sah auch die gesprengte Eingangstür, die schief in den Türangeln hing und den Blick nach draußen freigab. So konnte er die vom Einbrecher heruntergerissene Sicherheitskamera sehen.

»Wo ist denn die gnädige Frau, mit der ich heute Nachmittag gesprochen habe? Wir wollen sie ja nicht unbedingt aufwecken und aus ihren Träumen reißen.«

Gustav war plötzlich hellwach, seine Gedanken waren klar, seine Erregung hatte er völlig unter Kontrolle. Er antwortete: »Sie ist heute Abend wieder zurückgefahren in die Stadt, muss morgen schon um acht Uhr früh eine Klausur für die Bachelor-Studenten abhalten.«

»Ich habe ihr Auto heute Nachmittag nicht gesehen«, rief Borowski misstrauisch.

»Das ist in der Werkstatt wegen einer größeren Reparatur am Getriebe. Sie ist mit dem Mittagsbus gekommen

und mit dem Abendbus um acht Uhr dreißig wieder gefahren. Die Haltestelle ist unten im Dorf. Sie läuft ganz
gerne die Strecke zur Hütte und zurück.« Gustav wusste,
dass er überzeugen musste. Tatsächlich war ihr Auto
nicht in der Reparatur. Uta hatte einfach aufs Autofahren
verzichtet, um einmal die Busfahrt durch die Berglandschaft zu genießen. Morgen wollte sie dann ohnehin mit
ihm zusammen in die Stadt zurückfahren.

Er hatte mit lauter, entschiedener Stimme gesprochen,
sodass Uta es hören musste. Im Haus rührte sich nichts.
Sie ist doch klüger als ich, dachte Gustav. Sie hat sich
nicht kopflos dem Feind entgegen gestürzt und sogar vergessen, zur Waffe zu greifen, die bereitlag.

Nach kurzem Zögern knurrte Borowski: »Okay, dann
vereinfacht sich unser Geschäft. Ich darf den Herrn nach
draußen bitten. Die Abrechnung erfolgt im Freien, wo die
Sternlein ungezählt am Himmelszelt stehen. Ich darf bitten.«

Gustav musste vorangehen, Borowski folgte ihm auf
die Terrasse, die nur schemenhaft durch die offene Tür zu
erkennen war. »Wie wär's mit einem kleinen Tanz? Alte
Wild-West-Sitte. Wenn ich auf den Boden unter Deinen
Füßen schieße, musst Du einfach hochspringen, dann
passiert Dir nichts, hahaha.« Das höhnische Lachen
schnitt Gustav in die Seele. Er wird mich umbringen,
dachte er, und vorher noch einige sadistische Spielchen
mit mir anstellen. Er stand mit dem Rücken zum Tal.
Drunten im Dorf waren die letzten Lichter außer verein-
zelten Straßenlaternen erloschen. Borowski hatte sich
vor ihm aufgebaut, stand mit dem Rücken vor der Hüttentür. Gustav blickte ihm ins maskierte Gesicht, suchte die

Sehschlitze der Strumpfmaske zu durchdringen, als könne mit seinen Augenstrahlen den Feind besiegen. »Frank Mil-ler«, murmelte er, sein Bewusstsein war vollständig mit diesen drei Silben angefüllt. Und noch einmal murmelte er sie.

Borowski reagierte wie einer, der angegriffen wird und sich wehren muss. »Dreckskerl, halt die Klappe, nochmal wirst Du mich nicht krallen. Diesmal stelle ich Dich kalt, ich schwör's Dir. Aber alles der Reihe nach, erst der Tanz.« Dann drückte er ab, den Lauf nach unten auf Gustavs Füße gerichtet. Noch bevor Gustav den Schmerz in seiner Wade spürte, streifte sein Blick nach oben. Das obere Fenster über dem Eingang stand wie immer in dieser Jahreszeit nachts offen. Eine Pistole schob sich aus dem Fenster, die von zwei hellen Händen gehalten wurde. Sie war auf den unten stehenden Verbrecher gerichtet. Im selben Augenblick knallten zwei Schüsse. Borowski sackte zusammen, ein Stöhnen, Röcheln, dann herrschte Totenstille.

Gustav ließ sich auf die Bank am Eingang fallen, in seinem Kopf drehte sich alles und der Showdown aus »High Noon« erfüllte ihn wie nie zuvor. War Uta in die Rolle von Kate geschlüpft und er selbst in die des Sheriffs Kane, der von seiner Braut durch einen Todesschuss gerettet wird? Uta setzte sich neben ihn auf die Bank, nachdem sie sich den am Boden liegenden Körper genauer angesehen hatte. Sie zitterte am ganzen Körper, sagte dann aber mit fester Stimme: »Frank Miller ist tot.«

Sie schaute nach Gustavs Wunde an der rechten Wade, die stark blutete. Obwohl sie als Ägyptologin außer einem Erste-Hilfe-Kurs für die Fahrprüfung keine medizinische

Erfahrung hatte, verfügte sie über einen vielfach erprobten diagnostischen Blick. »Gott sei Dank nur ein Durchschuss durch die Muskulatur«, sagte sie nach der Inspektion und holte Verbandsmaterial aus dem Notfallkoffer im Auto, während Gustav jenes Gebet in Richtung der Leiche flüsterte, das ihm schon bei schlimmsten Ereignissen geholfen hatte: »Salve regina, mater misericordiae ...«.

39. Sternschnuppen

Der Nachthimmel würde klar sein und beste Aussichten für die Beobachtung eines Naturschauspiels bieten: das Aufleuchten von Sternschnuppen. In den Zeitungen war viel davon die Rede, wo, wann, in welcher Häufigkeit und mit welcher Fotoeinstellung man das himmlische Geschehen beobachten und fotografieren könne. Gerade in diesen Wochen sei ein bestimmter Meteorstrom, wie es in der Fachsprache hieß, besonders prädestiniert, die Erdatmosphäre zu streifen.

Gustav und Uta wanderten in der Abenddämmerung mit ihren Rucksäcken von der Hütte zum Hohen Feld, einer kahlen Bergkuppe, von wo aus man einen freien Blick in alle Richtungen hatte. Sie hatten Isoliermatten, Schlafsäcke und Proviant eingepackt. Ihre Taschenlampen waren mit neuen starken Batterien einsatzbereit. Nach zwei Stunden hatten sie das Ziel erreicht. Sie suchten sich eine geeignete Lagerstätte und entschieden sich für eine flache Kuhle am Boden, die einen gewissen Schutz vor dem kühlen Nachtwind bot und zugleich den Blick zum Horizont nicht verbaute. Sie fügten die beiden Schlafsäcke, die mit neuartigen Reißverschlüssen versehen waren, zusammen und machten es sich bequem, ausgerichtet nach Nordosten, wo die meisten Sternschnuppen niedergehen sollten. Sie blickten direkt in das Sternenmeer über ihnen, deren Leuchten von der schmalen Mondsichel nicht gemindert wurde. Was tagsüber nicht auffiel und von Motorengeräusch überdeckt wurde, war jetzt zu hören: das Knacken von Bäumen, das vereinzelte Rufen und Flattern von Nachtvögeln, das Rascheln im Gras, dessen Ursache nicht auszumachen war.

Seit dem Einbruch war in den letzten Wochen viel geschehen. Die Reparatur der Eingangstür und die Entfernung der Blutflecken auf den Holzfliesen der Terrasse war noch am einfachsten. Die amtlichen Prozeduren waren das Anstrengendere. Sie hatten Kriminalpolizei, Staatsanwaltschaft und Gemeindeverwaltung Rede und Antwort zu stehen, den Tathergang in allen Einzelheiten wieder und wieder zu erzählen, Protokolle zu lesen und zu unterschreiben. Es würde zu einem Verfahren kommen. Obwohl die Schüsse von Uta eindeutig als ein Akt der Notwehr eingestuft wurden, war die Frage zu klären, wie es zu bewerten war, dass sie ohne Waffenschein geschossen hatte. Am Anstrengendsten aber waren die überregionalen Medien, die sich gierig auf sie stürzten und ihre Berichte im Hinblick auf ihr Publikum fantasievoll anreicherten. Für die Universitätskollegen war es eine Sensation, dass zwei der Ihren in einen so spektakulären Kriminalfall verwickelt waren.

Das Schlimmste lag jetzt hinter ihnen, der Druck ließ nach, der Abgrund, den der Einbruch vor ihnen aufgerissen hatte, schloss sich allmählich. Sie würden wieder Boden unter die Füße bekommen, nachdem das Unheil beerdigt worden war.

»Was wird jetzt aus Sophie und Philipp? Nach allem, was geschehen ist? Hast Du eine Idee?« fragte Gustav aus der Wärme des Schlafsacks.

»Was soll aus ihnen noch werden? Sie haben das Ziel erreicht und können die Zeit hinter sich lassen«, antwortete Uta und zog sich die Kapuze des Schlafsacks über den Kopf.

Irgendwann flüsterte sie leise: »Good night, Phil«. Und er flüsterte zurück: »Gute Nacht, So«.

Eine Sternschnuppe blitzte auf und ging am Horizont nieder, dann noch eine und noch eine. Sie spürten das Feuer einer Unendlichkeit, das ihre Körper durchströmte und sie entzückte. Wer glücklich ist, dem kommen keine Wünsche mehr in den Sinn, auch nicht beim Anblick von Sternschnuppen.

Personen

Gustav Gerbacher – Kulturhistoriker
Uta – Ägyptologin und Gustavs Gefährtin
Emil – freischaffender Soziologe und Schriftsteller
Lara (»Larissa«) – Immobilienmaklerin, Emils Freundin
Manuel Radke – Ägyptologe, Amtsvorgänger von Uta
Paul Pauli – Schreiner und Künstler
Lothar Krumbichel (†); Ingrid – Gustavs Freund; seine Witwe
Andreas Horn – Rektor der Universität
Pirmin Wenig – Dekan der Philosophischen Fakultät
Sascha Borowski (»Frank Miller«) – Gustavs Todfeind

Sophie Meister – Forscherin am Institut für Gender Studies
Philipp Rothmann – Betreiber von Phil's Bookshop
Marianne Leicht – Leiterin des Instituts für Gender Studies
Monika – Romanistin, Übersetzerin, Sophies Freundin
Klaus Mott – ehemaliger Leiter des Botanischen Instituts
Karola Bärwald – seine Amtsnachfolgerin
Yusuff Hassan – Student, Stalker von Sophie

Inhalt

Website:

Henri du Mont-Tonnerre Blog

https://henridumonttonnerre446359762.wordpress.com/